台灣文學發展現象

五十年來台灣文學研討會論文集(二)

出版／行政院文化建設委員會

編印／文訊雜誌社

序

　　台灣光復至今，已屆滿五十週年。這期間社會、經濟、文化的
變遷，有如滾滾洪流，不斷在向前邁進，每一天都有人在創造歷
史，也同時在向歷史挑戰。值此時刻，一向思慮敏捷的文學家，總
會把各種社會現象及人生百態，用他們的生花妙筆，寫下雋永的篇
章，不僅豐富台灣的文壇，也凸顯這塊土地的特色。

　　因此，我們特別策劃「五十年來台灣文學研討會」，以為這五
十年來的台灣文壇，做一番檢視及反省，這個計畫承中央大學李瑞
騰教授同意擔任總策劃人，經多次開會研商，最後決定研討會內容
分為「台灣文學中的社會」、「台灣文學發展現象」、「台灣文學
出版」等三個單元，並在研討會之前，先舉行一場「面對台灣文學
座談會」，作為暖身。基於區域平衡的考量，分別委託中央大學、
靜宜大學及文訊雜誌社主辦，未料第一場「面對台灣文學座談會」
在台灣師範大學舉行時，教育大樓國際會議廳擠滿人潮，有坐在會
場階梯上的、有站在窗外引頸聆聽的，一個會議室擠了二、三百
人，真是盛況空前，使得一向屬於小眾的研討會，忽然成了熱門話
題，這更給我們信心。台灣文學研究，經過學者們的默默耕耘，成
果已逐漸呈現，而由政府、學術單位、民間團體的共同合作也提供
了未來推動台灣文學研究發展可行的模式。

　　「五十年來台灣文學研討會」在今年元月即全部圓滿結束，但

因多數論文經過作者重新修正，研討會記錄的整理亦耗日費時。因此，本研討會論文集遲至今日才得以問世，再次感謝策劃人李瑞騰教授的策畫，中央大學、靜宜大學、文訊雜誌社的主辦以及所有學者、專家的熱心參與，沒有你們的付出及奉獻，我們不會有這本書的出版。未來在台灣文學這條漫長的道路上，我們仍將共策前進，共同灌溉、豐富的塊園地。

行政院文化建設委員會主任委員

林澄枝

八十五年六月

前言

⊙李瑞騰

1 緣起

去年春天，「台灣現代詩史研討會」一場又一場的召開，學界和文壇的朋友熱情參與，場內場外的討論都非常熱烈，有時不免觸及一些文藝事務，總能激發出一些新的想法。時值台灣光復五十周年，於是就談到辦個大型研討會來慶祝並紀念。當這個構想落實成案，文建會欣然接受，執其事者且積極主動的促成了這樣一件大事。

我原來的構想是三場學術會議，每場兩天，各發表十二篇論文，分別由一個教研或文化單位來負責，幾經考量與磋商，遂決定由中央大學中文系主辦「台灣文學中的社會研討會」、靜宜大學主辦「台灣文學發展現象研討會」、文訊雜誌社主辦「台灣文學出版研討會」，總其名曰「五十年來台灣文學研討會」，由我本人擔任總策畫，分別請中大的顏崑陽教授、靜宜的鄭邦鎮教授、文訊的封德屏總編輯擔任分項計畫的主持人。

由於希望能扣緊台灣光復的節慶，乃先行在光復節當天下午舉辦一場座談會，以「面對台灣文學」爲題，把有關的重大議題與現象攤開來，也算做爲三場學術會議的暖身運動，反應非常熱烈。基於預算，在中大的這一場縮減爲一天半，規畫了九篇論文。

對文建會來說，這是一種比較特別的委託案，在一個總計畫底

下,再由不同的單位分項去執行,行政的複雜與繁瑣可想而知了,溝通協調更屬不易,好在大家都有辦好這系列活動的心願,一切會務也就依序往前推動了。

2 用心

五十年來的台灣,變化很大,文學也在衝突激盪中曲折發展,其間的互動對應,足使這一段文學歷史豐饒多姿。然而,過去很長的一段期間,我們並沒有給予應有的重視,最近幾年的情況雖已大為改觀,但由於諸多主客觀條件的限制,還不盡令人滿意,尤其原應該是本地文學研究重鎮的大學校園,到現在還不能主動、積極致力於此,令人感到遺憾。

多少年來,有關台灣文學的研討活動,主要是媒體和社團在主辦,校園文學人力被動的參與。這種情形如今已在改變當中,民間研究者紛被請進大學校園參與研討,那種有別於課堂教學,一種活潑的論辯情境,正在文學系所之間產生一些微妙的效應。

這一次的規畫,有兩場由大學中文系主辦,而文訊的兩場也選擇在校園或與大學合辦,其用心亦無非如此。而主題的設定,人選的聘請以及議程的安排等,也都按學界規格,我們料想應能在校園起了一定程度的促進作用。

3 視野

五十年來的台灣文學究竟包含多少值得探索的議題,首先當然是台灣文學的界定問題。觀點不同,界定的寬窄就有所不同,評價當然更可能出現差異了。而就時間上來說,這五十年間所形成的風貌,和先前的有什麼關係?它如何形成的?相對於政經歷史的發展,我們如何為它進行分期以及作家作品的定位?文學思潮如何演變?文學意見如何辯論?文學社羣、文學媒體、文學流派、文學出

版等等現象，如何在一定的時間階段裏互動激盪？全都需要以翔實的文學史料來研究分析。

更進一步說，在地理上，台灣位處中國大陸東南外海，曾是海盜出沒之處，也曾是列強覬覦的地方。鄭成功於此為基地盼能復國，大清帝國擁有它卻不知珍惜，日本人佔領它把它當作本土外延地拼命剝削，回歸中國以後也沒被善待，一九四九年以後成了反攻大陸的復興基地，美國圍堵中共往太平洋滲透的前哨要地。其後我們辛苦的在這裏發展民主政體、自由經濟，開創了前所未有的輝煌歷史。在這樣的背景中，台灣的文學無可避免的要和中國文學產生極其複雜的關係，和美日等東西方文學也牽扯不清。因此，不管是分析台灣文學發展現象，或是探索台灣文學中的社會，都必須有一個開闊的視野，宏觀和微視兼而有之，歷史與現實都能照顧，一切以尊重歷史事實、還原文學面貌、掌握作家精神為原則。

在整個研討會之中特別策畫了「文學出版」。如所周知，出版是文化發展最重要的檢驗指標之一。文學出版的興衰，其實也正是文學的興衰。文學出版的探討，既是出版學，也是文學社會學及文學史的研究。我們結合出版界與文學界的力量，從生產到銷售，從封面到內頁，從圖書到雜誌，從出版的個別現象到總體發展，初步觸及台灣文學出版的一些重大議題，值得我們進一步探索下去。

4 期待

研討會已於今年年初圓滿落幕，論文集也即將編成，做為整個活動的總策畫，除了感謝文建會的委辦並且充分授權，特別要感謝分項計畫主持人及三個執行單位，沒有他們的協同合作，這樣一個學術大計畫根本不可能完成。當然，所有參與其事的諸位學界及文壇先進，更是貢獻良多，於此一並致謝。

學術議場是一個開放的論述空間，其可貴之處乃在於相關學術

人力的匯集，我們曾有幸相互問學，齊心致力於文學現象的研析，誠盼有機會再聚一堂，擴大領域，深化議題，共同書寫台灣文學璀璨的歷史光華。

＜台灣文學發展現象＞
研討會

５０年來的台灣文學

究竟如何發展？

本研討會十二篇論文觸及戰後台灣文學的

階段性變化、文學社團、

文學媒體、東西洋文學的影響，

乃至文學歷史的分期等文學發展的重大問題。

台灣文學史分期
的一個檢討

◎陳芳明

引言

　　文學時期的劃分之所以危險而迷人，乃在於這項工作能夠檢驗撰史者是否有識見建立周延的史觀，以及是否有能力掌握文學風格的發展。文學史分期工作的危險，主要是由於歷史的累積綿延不斷，無論進行如何精確的時代切割，都難以照顧到每位作家作品的參差存在。削足適履或顧此失彼，永遠是歷史分期的一個缺陷。不過，從另一個角度來看，分期的嘗試之吸引許多史家的理由，便是因為這項工作是一種假設、一種實驗。在每一個虛設的時代門檻，史家可以有所依據，從而為作家尋找一個較為清楚的關係位置，並且也為時代思潮與文學風格繪出較為明朗的輪廓。

　　台灣文學是殖民地社會的典型產物，在整個發展過程中，不斷出現中心／邊緣的緊張對抗關係。居於權力中心的統治者，總是無法自制地要支配居於邊緣地位的台灣作家。同樣的，台灣文學工作者也常常採取各種文學形式向權力中心挑戰。這樣的歷史延續，就不能不使台灣文學成為各方政治力量的角逐戰場。凡認同於權力中心的文學工作者，都會建立文學分期的觀念，以便符合政治權力在台灣社會的階段進程。於是被殖民者立場的文學工作者，自日據時代以降，就一直努力為台灣文學下定義，並且也嘗試為文學史做階段性的劃分。日本學者使用「帝國之眼」（imperial eye），根據

「內地延長論」來解釋台灣文學，並將之定位爲「外地文學」。（註一）中華人民共和國的學者，則以中原史觀來看待台灣文學，以「中國文學的一個分支」做爲歷史解釋的基礎。（註二）台灣本土作家也因歷史觀點與政治立場的歧異，在八〇年代展開統獨撕裂的論戰，爲台灣文學史預留更大的解釋空間。（註三）

在如此龐雜的史觀爭執中，有關文學史的分期工作就更加成爲一種冒險的任務。無論這種爭論是何等多樣而豐富，一個不能偏離的事實，是台灣文學所沾染的殖民地性格是無可抹煞的。基此，這篇論文集中於戰後台灣文學分期的討論，主要在於提出歷史解釋的看法。本文並不另外做分期的工作，而是在已普遍被接受的文學分期基礎上，進一步檢討每個時期的性質與風格。

戰後或再殖民？

對於台灣文學的分期，筆者曾經有過這樣的提法：「二〇年代的素樸文學，三〇年代的左翼文學，四〇年代的皇民文學，五〇年代的反共文學，六〇年代的現代文學，七〇年代的鄉土文學，八〇年代的認同文學，都代表了不同時代的不同文學風格。」（註四）這種斷代的方式，事實上只爲了求其方便，僅側重於該時期的主流風格，而未兼顧到每一時代的邊緣文學。這種分期方式不僅是斷代的，而且是斷裂的（rupture），似乎難以尋出前後時代發展的關連性。（註五）每十年做爲一世代，很明顯的，絕對不是準確的分期。如果要達到精確的目的，恐怕需要把文學與政治、經濟、社會等各層面的發展結合起來，才能獲得眉清目秀的解釋。

倘然不要在時間斷限上做嚴苛的要求，則一九四五年後，台灣社會在一定的時期裏出現過反共文學、現代文學、鄉土文學，應該是無可否認的事實。以這些名詞來界定每個時期的文學風格，幾乎

是文學工作所共同接受的。（註六）不過，以這樣的名詞來定義文學史，顯然不是以呈現台灣文學發展的延續性，而勿寧是一種跳躍的、懸空的演變。因此，如何建立一個較爲穩定的史觀，以便概括台灣文學的全面成長，似乎就值得嘗試。

台灣在日據時期淪爲殖民地社會；這樣的社會所孕育出來的新文學運動，就不能與一般社會的文學活動等量齊觀。以整齊劃一的中華民族主義來解釋台灣文學的起伏消長，顯然忽視了其中複雜的微妙的文學內容。同樣的，以中華民族主義來概括日據時期文學到戰後文學的過渡，似乎也刻意抹消了台灣社會本身的眞正性質。（註七）是不是日本殖民者離開台灣以後，殖民體制從此就消失了？是不是國民政府來台接收後，殖民地傷痕從此就療癒了？台灣文學史上最難解釋的時期，恐怕是發生太平洋戰爭與二二八事件之間的四〇年代。對於這個時期的歷史解釋，幾乎所有的研究者都採取切斷方式予以截然劃分。彷彿日據時期的台灣作家隨日本軍閥的投降而宣告消失，等到國民政府接收台灣，這些作家又立即迎接新的時代。在思想上、心靈上，台灣作家處於兩個時代的交錯中，似乎沒有產生任何變化。

這種切斷式的分期法，常見於台灣文學研究者的歷史解釋之中。試以台灣文學前輩王詩琅、葉石濤的文學分期爲例，他們都是以太平洋戰爭的結束來做爲分水嶺。（註八）因此，日據時期的文學發展可以下列的並排方式顯示出來：

王詩琅	萌芽時期	本格化時期	戰時文學時期
	1924～1930	1931～1936	1937～1945
葉石濤	搖籃期	成熟期	戰爭期
	1920～1925	1926～1937	1937～1945

　　王、葉二人對於台灣文學的階段進程有不同的時代劃分。但是對
於是最後的戰爭時期顯然沒有任何分歧。這是可以理解的。因為，
無論是萌芽或搖籃，都代表台灣新文學的草創階段，在時間與作品
的掌握上可以較為寬鬆。至於本格化（日語的全盛之意）時期或成
熟時期，王、葉的觀點受到各自文學信仰的影響。王詩琅本身是左
翼作家，因此特別重三〇年代左翼文學風潮的崛起。筆者比較傾向
於接受王詩琅的分期法。葉石濤則側重於文學技巧的轉變，因此把
成熟期向前推早了五年，而以賴和的第一篇小說＜鬥鬧熱＞做為這
個時期的起點。最後一個階段的戰爭期，王、葉都同樣以一九三七
年的禁用漢文政策為界線，並以一九四五年日本的投降為斷限。

　　如眾所知，太平洋戰爭期間，日本戮力推行皇民化運動，曾經
在台灣作家心靈上造成無可言喻的衝擊。即使是批判精神特別旺盛
的作家如楊逵、呂赫若者，都分別留下了所謂皇民文學的作品。當
大和民族主義以強勢姿態凌駕台灣社會時，殖民地作家簡直失去了
抗拒的能力。（註九）皇民文學在台灣文學史上造成國家認同的動
搖與民族主義的困惑，無論如何都不能以簡化的中華民族主義觀點
去評價。然而，必須提醒的是，戰爭結束以後，台灣作家精神的再
動搖、再迷惑，是不是能夠與太平洋戰爭時期的發展全然一刀兩斷
？

　　一九四五年國民政府的來台接收時，強力把中華民族主義引進
台灣。為了壓制大和民族主義思潮在台灣的殘餘，官方正式在一九
四六年宣佈禁用日文政策，距離一九三七年日本軍閥的禁用漢語政
策，前後未及十年。時代改變，政府體制也發生改變，唯獨定居於
台灣的作家，卻必須在最短期間內適應兩種不同的語言工具，並且
也必須同時適應語言背後所隱藏的兩種對敵的民族主義。國民政府
推動的中華民族主義是武裝的方式，充滿了霸權與暴力。這個事實
不僅反映在政府體制如台灣行政長官公署的設計之上，同時也反映

在國語政策所挾帶的對台人的歧視態度。一九四七年爆發的二二八事件，勿寧是文化差異所造成的悲劇，相當徹底暴露了國民政府的殖民者性格。在台灣殖民史上，外來統治者不乏以屠殺手段來鎮壓台灣居民的先例。在十七世紀的荷蘭時期，就有過高度的殖民主義存在於台灣。為了泯除殖民與被殖民者之間的文化差異，就必須訴諸武力以達到統治地位鞏固的目的。（註十）

中華民族主義在台灣的灌輸，甚至還是一種虛構的(fictional)與一種黨派的 (factional)的傳播。具體言之，國民政府高舉的民族主義旗幟，只是歡迎有利於其統治地位的文學作品，而對於政府體制採取批判的作家，必予以強烈排斥。以魯迅作品為例，官方對這位批判精神濃厚的作家進行了封饋圍剿，不容許在台灣流傳。（註十一）這充分說明國民政府的中華民族主義是一種分裂的、區隔的政治理念；是基於黨派利益的考量，而不是從所謂的民族利益出發。居於優勢地位的民族主義，對於台灣作家的鎮壓與凌辱，絕對不遜於太平洋戰爭時期的皇民化運動。除了民族主義的名稱分屬大和與中華之外，日本軍閥與國民政府推動的國語政策與文化運動，可謂不分伯仲。

因此，從文學的分期來看，把一九四五年定義為「戰後」，乃是一種客觀事實的描述，並不能觸及台灣作家內心世界的幽黯，更不能觸及台灣作家所處社會環境的困頓，從一九三七年到一九四五年的文學發展，日本學者尾崎秀樹曾經命名為「決戰下的台灣文學」。（註十二）如果「決戰」一詞是可以成立的，當不只用來描述那段時期的戰爭狀態，還應該包括了台灣作家內心的痛苦掙扎。他們的心靈決戰，恐怕是面對強勢民族主義的推銷而必須在抵抗與屈從之間做一番抉擇吧。（註十三）這種精神層面的對決，事實上並沒有因為戰爭結束而終止。相反的，中華民族主義取代大和民族主義君臨台灣時，作家在思考上所產生的混亂矛盾，豈可以「戰後」

一詞來概括？他們面對的勿寧是一個再殖民的時代。

以「再殖民時期」一詞替代「戰後時期」的用法，應該可以較為正確看待一九四五年之後的台灣社會。使用這個名詞，既可上接太平洋戰爭期的皇民化運動的階段，同時也可連繫稍後五〇年代反共文學的戒嚴時期。具體而言，過去的分期法往往把日本投降的歷史事件做為台灣文學史的一個斷裂。戰爭期間成長起來的作家，如呂赫若、張文環、龍瑛宗，以及較為年輕一輩的吳濁流，鍾理和、鍾肇政、葉石濤，就因為如此的分期而被切割為二。他們在戰爭期間的苦悶，以及在被接收後的幻滅，可以說是一種同質情緒的延伸。楊逵的判刑、張文環的被捕、吳新榮的受到監禁、呂赫若之投入游擊隊、朱點人之遭到槍決，都足以說明再殖民時期台灣作家命運之險惡。張恆豪在評論呂赫若與朱點人的文學生涯時，提出了如此冷酷的質疑：「他們都是殖民時代真誠的紀錄者及思考者，雖然他們不曾真正的投入反抗的社會運動的行列。但頗堪玩味的，當日本支配勢力在戰後被陳儀政權取代之時，他們卻不謀而合的做了同一選擇，在文學生命漸臻於絢爛豐實之際，毫不遲疑的告別創作美夢，以實踐的力量，躍入動亂的洪流，高唱起解放之歌，這真是耐人迷思的問題啊！」（註十四）

張恆豪之所以感到迷惑，無非是不知道如何詮釋國民政府的統治性格。如果進一步把反共時期的文藝政策拿來與皇民化文學政策並提比較，就可發現政治干預作家的手法是同條共貫的。經過這樣的比較，張恆豪提出的質疑當可獲得答案。昭和廿五年（一九四〇）元月的全島性台灣文藝家協會，是為了配合「皇民奉公會」的組織而成立的，該協會章程的第二條如此寫著：「本協會根據國體精神，藉著文藝活動，以協力建設文化新體制為目的。」（註十五）就在整整十年之後，國民政府為了推動所謂的反共文藝，也在一九五〇年五月成立了全島性的中國文藝協會。該會的章程竟有神似皇

民化政策的精神：「團結全國文藝界人士，研究文藝理論，展開文藝活動，發展文藝事業外，更以促進三民主義文化建設，完成反共抗俄復國建國的任務爲宗旨。」（註十六）皇民政策與反共政策，都同樣驅趕台灣作家去完成文章報國的歷史任務；而這樣的歷史任務，並非孕育自台灣社會內部，而全然是爲了鞏固一個外來的、强勢的殖民政權而設計的。

在反共假面掩護下的戒嚴體制，毫無疑問是殖民體制的另一種變貌。如果這種說法可以接受，則台灣殖民地文學絕對不是終止於太平洋戰爭結束時，而是橫跨了一九四五年的分界線。換句話說，殖民地文學發軔於一九二〇年代，成熟於三〇年代，決戰於四〇年代；然後銜接了五〇年代的反共時期。殖民地體制的正式停止存在，必須等到一九八七年解除戒嚴令才獲得解放。

現代文學與鄉土文學

如果再殖民時期發端於一九四五年，則如何解釋六〇年代現代文學與七〇年代鄉土文學的出現？現代文學在六〇年代的崛起，曾經遭到嚴重指控，現代文學之引進台灣，誠然是文學史上的一次「橫的移植」。但是，爲什麼會出現「橫的移植」這種現象？葉石濤在解釋這段時期的文學時，曾經使用過如此嚴重的文字來批判：「他們（現代文學作家）不但未能接受大陸過去文學的傳統，同時也不瞭解台灣三百多年被異族統治被殖民的歷史，且對日據時代新文學運動史缺乏認識。」不僅如此，葉石濤更進一步指出現代文學的脫離現實：

　　「這種『無根與放逐』的文學主題脫離了台灣民眾的歷史與現實，同時全盤西化的現代前衛文學傾向，也和台灣文學傳

統格格不入,是至爲明顯的事實。台灣文學有其悠久的文學
傳統,始於明朝末年,從古文學到白話文學有其脈胳可尋的
傳遞。只不過是四〇年代、五〇年代的時代風暴,使其不得
不斷絕而已。」(註十七)

很清楚的,葉石濤的文學史觀找不到恰當的歷史根據來解釋現
代文學的蓬勃發展。除了以失去歷史記憶與脫離台灣現實來概括之
外,葉石濤全然沒有觸及當時政治環境的問題。如果從再殖民時期
的觀點來解釋,則現代文學的產生並不是令人感到意外的事。在殖
民體制的支配下,作家與其他知識份子一般,根本不可能對過去的
歷史有任何接觸的機會,在所有的殖民地社會,「歷史失憶症」是
一個普遍存在的文化現象。六〇年代重要文學刊物《現代文學》的
創辦者白先勇,對於這種歷史失憶症有過極爲真切的描寫:「這些
新一代的作者沒有機會接觸到較早時代的作品,因爲魯迅、茅盾及
其他左翼作家的作品全遭封禁,他們未能承受上一代的文學遺產,
找不到可以比擬、模仿、競爭的對象。」(註十八)

沒有歷史、沒有傳統、沒有記憶,不就是殖民地社會共有的經
驗嗎?白先勇雖然是大陸來台的作家,並且又出身於統治階級的家
庭,但是在承受殖民體制的壓力時,與台灣本地作家比較,完全沒
有兩樣。殖民地作家在抵抗殖民者的權力支配時,有時並不是採取
正面抵抗、批判的態度,而是以消極流亡的方式來表達抗議精神。
尤其是在歷史記憶全然消失時,殖民地作家並沒有任何精神堡壘做
爲抵抗的根據,他們的文學作品呈現出來的面貌,就只能是「無根
與放逐」了。

所謂自我放逐(self-exile),乃是指作家不能認同存在於島
上的政治信仰與政治體制。他們能夠找到的心靈出口,便是向西方
文學借取火種,利用現代主義的創作技巧來表達內心的焦慮、苦悶

與絕望。因此，討論現代文學時期時，就必須瞭解當時的作家為什麼焦慮？為什麼苦悶？這些問題的解答，絕對不能離開台灣的戒嚴政治體制去尋找。基於這樣的看法，對部份闡釋現代主義階段的一些見解，就必須有所保留。以呂正惠對葉石濤史觀的批評為例，在很大程度上還是偏離了存在於台灣的殖民統治的事實。他說：「台灣的西化問題，遠比葉石濤想像的複雜多了。五〇、六〇年代的全盤西化，必須放在二次戰後，美、蘇兩大集團對立的大背景下去了解。中國分裂，在某一程度上來講，和南北韓、南北越、東西德的分裂一樣，都是美蘇對抗的『成果』。五、六〇年代台灣文化的特殊發展，可說是這一『世界』局勢的某種反映，同樣的，七〇年代以後的本土化，也和美國在第三世界的政治發展息息相關。」（註十九）

台灣的反共政策，當然是與美蘇兩大集團的對峙有不可分割的關係，而且也是受到美國權力中心的指揮操控。但是，這種解釋方式似乎有為台灣殖民體制開脫罪嫌之疑，同時也全然抹煞了現代主義作家的主體。整個大環境的營造力量，也許不是台灣的統治者能夠左右；不過，殖民支配之直接加諸於現代主義作家身上，則是台灣統治者不能脫卸責任的。因此，現代文學所要反映與逃避的，絕對不會空泛到對抗美蘇兩國的權力干涉，而是具體針對囚禁他們肉體與精神的戒嚴文化。

歷來有關現代文學作品的評價，大多受到七〇年代鄉土文學論戰的影響而採取負面的、貶低的態度。這種態度在解嚴之後，才漸漸獲得糾正，也獲得了較為全面的、正面的看待。（註廿）現代主義在西方社會的興起，主要是拜賜於資本主義伴隨著工業文明的衝擊而誕生的產物。人被物化以後所出現的心靈空虛、疏離與隔絕，都是現代主義作家熱切關心的主題。台灣社會的現代主義，並沒有經驗過資本主義歷史發展的過程；但是，島上的政治環境剛好釀造

了一個恰當的空間，使現代主義能夠長驅直入。西方知識份子的苦
悶，乃是因為面對了工業文明的龐大機器；台灣知識份子的疏離，
則是來自殖民體制的壓力。正如彭瑞金在評價現代文學時所說：「
在那個大統治機器之前，個人完全不受尊重，人性受到嚴重渺視、
扭曲的時代，強調自我解放的意識仍然是值得寶貴的覺醒，而且也
是有勇氣的反叛。」（註廿一）彭瑞金所謂的「大統治機器」，無
非是一個霸權。現代文學作品雖未採取正面對抗，整個時期所顯現
對內心世界的追求，以及對純粹藝術的經營，豈非就是對於政治干
預思想的戒嚴體制做了最好的批判反擊？

　　如果現代文學是屬於一種自我放逐的精神，則七○年代產生的
鄉土文學無疑就是回歸精神的浮現。流放與回歸，正好可以用來解
釋殖民地文學中一正一反的主題。在殖民地社會，當統治者權力臻
於高潮的時候，往往也是作家積極投入流亡行列之際。無論是內部
流亡或外部流亡，都足以顯示作家的無言抗議。當統治者權力開始
式微，殖民地作家就會發生精神回流的現象。以具體的作品為例，
在六○年代的反共高峰期，外省作家如白先勇、本省作家如陳映真
，都在作品裏描寫不少離家出走、無故失蹤，或者自殺死亡的故事
。這些與生命毀滅的主題緊扣的作品，可以說相當具體反映了台灣
作家心靈的流亡狀態。現代主義作品在文學史上的的正面意義，應
該是從這個角度來觀察。跨過七○年代以後，國民政府「代表中國
」的政治立場，在國際社會開始遭逢前所未有的挑戰，從而屹立於
島上的殖民體制也漸漸發生鬆動的現象。在整個權力支配系統出現
裂縫之際，台灣作家利用這些缺口而開始表達他們對台灣這塊土地
的關切，許多作家塑造的文學人物，都從自己最熟悉的周遭環境中
挖掘出來；因此而有鄉土文學的崛起，並且也有寫實的、回歸的精
神之高漲。

　　花蓮之於王禎和，宜蘭之於黃春明，基隆之於王拓，鹿港之於

李昂，雲林之於宋澤萊，美濃之旅吳錦發，這些原鄉都在七○年代
回歸風潮中成爲文學創作的動力。這並不意味鄉土文學必須侷限於
本鄉本土的現實反映，也不是對於六○年代現代主義進行強烈的對
抗。鄉土文學所挾帶而來的寫實主義精神，勿寧是針對戒嚴體制在
台灣刻意塑造歷史失憶症的偏頗政策予以積極的糾正。殖民者的策
略，往往把人民與土地區隔，使之產生疏離、遺忘的後果。被殖民
者與自己的土地疏離，越有利於殖民者對土地資源的剝削，而且也
越使被統治者不易產生認同。因此，鄉土文學的抬頭，便是利用殖
民體制的動搖而恢復對自己土地的關懷。找回自己的原鄉，其眞正
的意義無非是要找回失落的記憶。歷史記憶的重建，也等於是重建
人民與土地的情感。這些回歸的努力，都正好與殖民者的政治策略
全然背道而馳。

　　不過，一個必須注意的事實是，七○年代寫實的批判精神，原
是爲了暴露殖民地社會中偏頗的政治經濟體制；但格於當時高度的
思想檢查的羈絆，殖民統治的本質並沒有受到嚴重的圍剿，反而是
六○年代的現代主義文學成了代罪羔羊。從七○年代初期的現代詩
論戰，一直到一九七七年的鄉土文學論戰，鄉土文學與現代主義文
學竟然成爲對峙的兩個陣營。這樣的發展，使得國民黨賴以生存的
統治機器雖受到間接的影射批評，在整整七○年代論戰中卻毫無損
傷。

　　從一九七二年到七三年之間出現的現代詩論戰，原是檢討台灣
詩人失去認同的困境。文化認同的喪失，並非是作家努力獲致的，
而是政治環境的封閉所致。然而，論戰的批判對象並未朝向牢不破
的戒嚴體制，而是朝向手無寸鐵的現代詩人，最先向現代詩發難的
關傑明，是這樣發動攻擊的：「我們中國的詩人們實在由西方作家
們那裏學錯了東西，他們有永遠只能是一個學生的危險，永遠只有
模仿、抄襲、學舌。」（註廿二）不僅如此，他還進一步指控現代

詩是「一個身份與焦距共同喪失的例證。」（註廿三）關傑明在批判現代詩人時，似乎認爲現代主義作家完全只是西方文學思潮在台灣的一個反映而已，只是一個被動的受西方支配的客體，他並沒有隻字片語對存在於台灣的戒嚴體制有絲毫的批判。當官方體制不容有任何批評時，現代主義作品就被拿來代替做爲開刀的祭品。他完全忽略現代主義在戒嚴文化下也具備了積極的意義。現代詩如果是一個身份與焦距共同喪失的具體證據，這不就證明殖民體制在台灣支配的成功嗎？在殖民地社會，知識份子之喪失認同與自找，正是最常見的現象。關傑明文中所說的「中國」，其實是指台灣而言。這樣一位具備高度批判精神的評論者，對於「中國」與「台灣」的身份認知也顯得混亂失序，由此更可說明當時台灣社會的失憶症有多嚴重。

現代詩論戰點燃的戰火，後來就延燒到鄉土文學論戰。一九七七年爆發的文學論戰，乃是作家與統治者在意識形態上的一次對決。台灣作家如王拓所揭櫫的「擁抱健康大地」，其實是被統治階級對統治階級的一個回應。王拓爲自己的作品寫下如此的證詞：「都是從對這塊土地和這塊土地上的人的這樣堅定不移的愛心與信心出發的。」（註廿四）他的創作態度很明顯是爲了恢復人民與土地之之間的情感。相形之下，站在統治立場的彭歌，就千方百計使用宏偉的敘述(grand narrative)爲殖民體制辯護。他回應鄉土文學作家的說詞是這樣的：「希望那極少數鑽牛角尖的人虛心反省。想一想整個國家的處境，想一想大陸上八億同胞的苦難，想一想每一個知識份子在這樣一個時代應該負起的責任。」（註廿五）藉用大敘述的策略，是殖民者最擅長的支配手法。敘述的格局越宏偉、統治者的偏執與偏見就越能受到掩護，而被殖民者的人格與發言就越受到矮化。

鄉土文學論戰涉及的層面極爲廣泛，其意義已有很多後來者予

以回顧並檢討。（註廿六）不過最值得注意的，也許應推王拓以「殖民地經濟」一詞來概括台灣社會。王拓特別強調，這個名詞「就是指經濟的殖民地，而不是政治的殖民地」。（註廿七）但是，這可能是一九四五年以來第一位作家如此爲台灣社會的性質定位。王拓辯稱沒有影射台灣是「政治殖民地」，而且他所說的「經濟殖民地」乃是指美國對台灣的關係而言。但很清楚的，事實上這樣的論述方式已經把國民政府視爲經濟殖民地的代理人。一個依賴經濟殖民地的統治機器，本身無疑就是不折不扣的政治殖民統治。如果這樣的解釋可以成立，則鄉土文學論戰在一定的程度上是台灣作家對殖民體制的徹底批判。

台灣文學遺產的整理，台灣歷史經驗的回顧，都在鄉土文學的發展過程中次第受到注意。這些現象都一一顯示了台灣社會正從深沈的歷史失憶症甦醒過來。直到一九七七年高雄事件後，鄉土文學論戰的餘緒才暫告中止。然而，這並不意味對於殖民體制的批判從此就結束了。一九八〇年代初期重燃戰火的統獨論戰，其實是銜接了鄉土文學論戰還未完成的討論。圍繞著葉石濤與陳映眞的台灣文學史觀，台灣作家第一次以具體的「台灣文學」一詞，用來取代虛構的「中國文學」。（註廿八）這是解嚴以前發生的相當引人矚目的文學爭論。經過這場論戰的洗禮，「台灣文學」一詞才護得澄清與定位。（註廿九）在台灣社會中孕育出來的文學作品，竟然必須穿越四十年的時光才得到正名。這自然是極其諷刺的事。文化身份與認同的失焦，對台灣文學史構成的扭曲可謂嚴重。

從一九八二到八四年進行的統獨論戰，基本上是批判殖民體制最徹底的一次。「台灣文學」一詞得到普遍的接受，但是，台灣文學的主題與內容還是受到客觀環境的箝制。追求歷史記憶的恢復，在七〇年代雖已展開，卻由於戒嚴重的繼續掌握，收到的效果仍然有限。同樣的，對於台灣社會內部矛盾的操索，還是不能全面展開

。必須等到一九八七年戒嚴令正式解除，封鎖台灣社會的殖民體制才正式開閘，文學多樣性才日益活潑開放。因此，文學史的分期似乎可以做這樣的調整。一九六〇至一九七〇年劃歸爲現代文學期，應是能夠成立的；而鄉土文學期就不能僅限於一九七〇到一九八〇年的發展，還應該往後延長七年，直到一九八七年解嚴爲止。

後現代或後殖民

　　解嚴之後的台灣文學之呈現多元化，已是不爭的事實。從女性主義文學、原住民文學，一直到後現代文學的出現，都充份說明了文學生命力逐漸釋放出來。這是可以理解的，在戒嚴假面下的殖民社會最底層的人民欲望、能量，雖長期受到壓抑卻沒有全然失去生機。思想枷鎖一旦解除之後，潛藏的各種聲音終於可以發抒出來。多元的文學發展，伴隨著台灣經濟生產力的提昇，盛況的景象頗類似於西方的後現代社會。因此，解嚴後的一些文學工作者，有意把繁華的文學定義爲「後現代時期」。

　　最先宣告台灣進入後現代社會的是羅青。他說台灣生產電腦的數字，以及服務業所佔比重超越工業的事實，表示台灣社會「正式的邁入了所謂的後工業社會。而在文化方面的發展，台灣也顯著的反映出許多後現代式的狀況」。（註卅）羅青的說法，立即獲得孟樊的接受。孟樊在討論後現代詩時，更進一步認爲：「在後工業社會尚未全然成形之際，後現代詩是不可能在台灣詩壇上流行起來的。」（註卅一）後現代時期的到來，是不是已經在台灣實現，應該是一個值得討論的問題。

　　即使不討論台灣後現代社會或後工業社會是否形成，僅就文學史發展的脈絡來看，是不是解嚴後可以把台灣文學劃爲後現代時期？後現代主義在美國的發展，乃是緊跟現代主義的衰微之後而來。後現代主義 (Postmodernism)的「後」有兩種含義，一是對現代主

義（modernism)的抗拒與排斥，這發生於一九六〇年代；一是指現代主義的延續，成熟於一九七〇年代以後。（註卅二）無論是抗拒或延續，後現代主義一詞的成立，乃是在此之前存在了一個現代主義的時期。從這個觀點來看台灣文學，的發展，後現代主義若是可以成立的話，這種思潮之前應有一個現代主義時期。但是，歷史事實顯示，自六〇年代以後的台灣文學卻是以現代主義－鄉土寫實主義－後現代主義的順序在發展。西方文學思潮的演進則是沿著寫實主義－現代主義－後現代主義的秩序進行。換句話說，西方文學思潮是自然的發展；若依羅青的解釋，台灣文學反而是跳躍前進的形式。這種突變式的文學演進，並非不可能發生，但是將其放在台灣文學史的脈絡來看，是相當突兀的。

羅青把八〇年代以後的台灣社會定義爲後現代，已經招到批評。陳光興對於這種說法，認爲是「一場追逐『後現代』流行符號的併發症正逐漸地燃燒起來」（註卅三）也就是說，羅青的定義，在台灣社會內部或在台灣文學發展中是找不到事實根據的。

如果要解釋八〇年代以後的文學現象，就不能忽略了在此之前的整個文學發展的脈絡。以前述的討論爲基礎，倘然日據時期可以定義爲殖民時期，而一九四五年以後定義爲再殖民時期，則一九八七年解嚴以後應該可以定義爲後殖民時期。所謂後殖民主義(post-colonialism)的「後」，並非是指殖民地經驗結束以後，而是指殖民地社會與殖民統治者接觸的那一個時刻就開始發生了。對於殖民體制的存在，殖民地作家無不採積極的抗爭（如批判），或消極的抵抗（如流亡、放逐）。因此，這裏的「後」(post)，強烈具備了反對的性格。

以這樣的觀點來檢驗二十世紀台灣文學運動史，就可得到清楚的印證。台灣作家對於殖民權力的支配，從未放棄過反抗的立場。三〇年代成熟期的左翼文學，採取積極批判日本殖民主義的攻勢；

四〇年代決戰期的皇民文學,則表現出消極流亡的精神。這種流亡
精神,在五〇年代反共期與六〇年代現代主義時期就發展得更爲清
楚。到了七〇年代以後寫實主義時期,積極的批判性格又高度提昇
。台灣作家與統治者之間所構成的邊緣/中心的緊張對抗關係,貫
穿了整個新文學史之中。後殖民主義所強調的主題是擺脫中心(de-
centering)或是抵抗文化(cerlture of resistauce)。(註卅四)
這種精神,可以說極其豐沛蘊藏於台灣文學作品裏。

　　後殖民主義與後現代主義的性格相當接近,這可能是台灣部份
學者容易產生混淆的主要理由。後現代主義在於解構中央集權式的
、歐洲文化理體中心(logocentric)的敘述,而後殖民主義則在瓦
解中心/邊緣雙元帝國殖民論述。(註卅五)兩種思潮都在反中心
,並主張文化多元論,以及首肯「他者」(the others)的存在地
位。不過,後現代主義發源於資本主義高度發達的歐美,後殖民主
義則崛起於第三世界。更值得注意的是,後現代主義的最終目標是
在分裂主體,而後殖民主義則在追求恢復主體。這兩種思潮在很多
場合是可以相互結盟的,但是其精神內容必須分辨清楚。最顯著的
例子,便是這兩種思潮對於女性主義的孕育與發展都有很大的幫助
。

　　解嚴後,並不意味殖民文化就已全然消失。台灣作家開始對歷
史記憶的重建有更大的關切,對於過去的政治傷害也有更爲深刻的
檢討,後殖民時期的性格,正逐漸在台灣社會顯露出來。較具警覺
的學者,也非常用心地藉用後殖民理論來回顧並重新評價台灣文學
。(註卅六)倘然這樣的關切繼續發展下去,後殖民理論將在台灣
文學的研究與批評中建立具有特殊性格的地位。後殖民文學對於多
元文體的出現,是能夠包容的。因此,後殖民時期在台灣成熟時,
以後現代主義的形式創造出來的作品,也一定能夠找到可以存在的
空間。

　　這篇論文的歷史解釋，是以殖民地知識份子的立場來演繹的。檢討了戰後以來的文學分期，應該可以獲得如下的結論：台灣新文學的成長，乃是依照殖民時期、再殖民時期、後殖民時期的秩序在進行的。如果以表格來排列的話，應該是如下所示：

殖民時期	1.萌芽時期(1920～1931) 2.成熟時期(1931～1937) 3.決戰期第一階段(1937～1945)
再殖民時期	4.決戰期第二階段(1945～1949) 5.反共時期(1949～1960) 6.現代主義時期(1960～1970) 7.鄉土文學時期(1970～1987)
後殖民時期	1.多元代時期(1987～　　　)

　　最後的後殖民時期仍在發展之中，究竟會延續多久，會產生怎樣的新的文學形式，這些發展已經不是這篇論文能夠預言的。

　　　　　　　　　　　　一九九五年十二月十三日　台中

註解：

註 一　日據時期最能代表殖民者觀點的台灣文學分期，當以台北
　　　　帝國大學擔任講師的島田謹二，他把台灣文學納入日本領
　　　　台後的政治解釋之中。參閱，島田謹二，＜台灣の文學的
　　　　過現末＞原發展於《文藝台灣》第二卷第二號(1941)，此
　　　　處轉引自尾崎秀樹，《舊殖民地文學の研究》（東京：勁
　　　　草書房，1971），頁一五六～一五七有關島田謹二文學史
　　　　觀的討論，參閱葉寄民，＜日據時代的「外地文學」論考
　　　　＞，《思與言》，第卅二卷第二期，(1995年 6月)，頁三
　　　　〇七～三二八。

註 二　中國學者的台灣文學觀點，相當具體表現在劉登翰、莊明
　　　　萱、黃重添、林承璜等主編的《台灣文學史》，上卷，（
　　　　福州：海峽文藝出版社，1991），特別是總編的第一節＜
　　　　文學的母體淵源和歷史的特殊際遇＞，頁三～十三。

註 二　文學的統獨之爭，參閱施敏輝編，《台灣意識論戰選集》
　　　　，（台北：前衛，1989）。有關這場論戰的概括介紹，參
　　　　閱謝春馨，＜八十年代初期台灣文學論戰之探討＞，《台
　　　　灣文學觀察雜誌》，第九期，(1994)，頁五一～六三。

註 四　陳芳明，＜撐起九〇年代的旗幟＞，收入《典範的追求》
　　　　，（台北：聯合文學，1994)，頁二三五。

註 五　對於斷裂式文學分期的商榷，參閱孟樊、林燿德編，＜以
　　　　當代視野書寫八〇年代台灣文學史＞，收入《世紀末偏航
　　　　》，（台北：時報文學，1990），頁七～十二。

註 六　有關反共文學、現代文學、鄉土文學等詞的普遍使用，見
　　　　諸於葉石濤《台灣文學史綱》，（高雄：文學界，1987)
　　　　；以及彭瑞金《台灣新文學運動40年》，（台北：自立，

1991）。

註 七　以中華民族主義來解釋台灣歷史的演進，最近的典型代表作當推陳昭瑛，＜論台灣的本土化運動：一個文化史的考察＞，《中外文學》，第廿三卷第九期，(1995年2月)，頁五～四三。

註 八　王詩琅的文學史分期，重複於數篇文字之中，此處引自王詩琅＜半世紀來台灣文學運動＞，《台灣文學重建的問題》，（高雄：德馨室出版社，1979），頁一二三～一三六。葉石濤的解釋，參閱《台灣文學史綱》，頁廿八。

註 九　關於戰爭期間的台灣文學發展，可以參閱兩篇碩士論文：王昭文，＜日治末期台灣的知識社群(1940～1945)：《文藝台灣》、《台灣文學》及《民俗台灣》三雜誌的歷史研究＞，（清華大學歷史研究所碩士論文，1991年 7月）；柳書琴，＜戰爭與文壇－日據末期台灣的文學活動＞，（國立台灣大學歷史研究碩士論文，1994年 6月）。

註 十　Leonard Blusse' "Retribution and Remorse:The Interaction between the Administration and the Protestant Mission in Early Colonial Formosa, "Gyan Prakash, ed., *After Colonialism:Imperial Histories and Postcolonial Displacement.* Princeton : Princeton Uiversity Press, 1995.PP.153～182.

註十一　關於魯迅作品在戰後初期的介紹，可以參閱黃英哲，＜魯迅思想在台灣的傳播，1945～49：試論戰後初期台灣的文化重建與國家認同＞，宣讀於中央研究院近代史研究所主辦，「認同與國家：近代中西歷史的比較學術討論會」，1994年6月。關於近四十年來官方反魯迅運動的研究，參閱陳芳明，＜魯迅在台灣＞，收入《典範的追求》，頁三

〇五～三三九。

註十二　尾崎秀樹，〈決戰下の台灣文學〉，前揭書，頁五四～二二〇。

註十三　台灣作家在太平洋戰爭期間的抵抗與屈從，已受到學者的廣泛注意。參閱林瑞明，〈騷動的靈魂：決戰時期台灣作家與皇民文學〉，收入國立台灣大學歷史學系編，《日據時期台灣史國際學術研討會論文集》，(1993年 6月)，頁四四三～四六一。

註十四　張恆豪，〈麒麟兒的殘夢──朱點人及其小說〉，《台灣文藝》第一〇五期（1987年5月），後收入張恆豪，《覺醒的島國》，（台南：台南市立文化中心，1995），頁一四二。

註十五　參閱尾崎秀樹，前引文，頁二一四。

註十六　轉引自胡衍南，〈戰後台灣文學史上第一次橫的移植──新的文學史分期法之實驗〉，《台灣文學觀察雜誌》，第六期（1992年9月），頁三二。

註十七　葉石濤，《台灣文學史綱》，頁一一六～一一七。

註十八　白先勇著，周兆祥譯，〈流浪的中國人──台灣小說的放逐主題〉，《明報月刊》（1976年1月)，轉引自葉石濤，前揭書，頁一一五。

註十九　呂正惠〈評葉石濤《台灣文學史綱》〉，《台灣社會研究季刊》，第一卷第一期，（1988年），頁二二五。

註 廿　對《現代文學》雜誌所造成的廣泛影響，已受到學界的重視；到目前已有兩篇碩士論文以《現代文學》做為研究的主題。參閱，沈靜嵐，〈當西風走過──六〇年代《現代文學》派的論述與考察〉，（國立成功大學歷史語言研究所碩士論文，1994年）；以及林偉淑，〈《現代文學》小

說創作及譯介的文學理論的研究＞，（國立中山大學中國
文學研究所，1995年）。

註廿一　彭瑞金，《台灣新文學運動四十年》，（台北：自立報系
，1991），頁一一〇。

註廿二　關傑明，＜中國現代詩的困境＞，收入趙知悌編著，《現
代文學的考察》（台北：遠行，1976），頁一四二。

註廿三　關傑明，＜再談中國現代詩＞，同上，頁一四四。

註廿四　王拓，＜擁抱健康的土地＞，收入尉天驄編，《鄉土文學
討論集》，（台北；作者自印，1978），頁三六二。

註廿五　彭歌，＜對偏向的警覺＞，同上，頁二三六～二三七。

註廿六　關於鄉土文學論戰的始末經過，可參閱陳正醒著，路人譯
，＜台灣的鄉土文學論戰＞，（上）（下），《暖流》，
第二卷第二期，(1982年 8月)，頁二二～三三；第二卷第
三期，(1982 9月)，頁六〇～七一。另外有關論戰的研究
，參閱周永芳，＜七十年代台灣鄉土文學論戰研究＞，（
文化大學中國文學研究所碩士論文，1991）。

註廿七　王拓，＜「殖民地意願」還是「自主意願」？＞收入尉天
驄編，前揭書，頁五七八～五七九。

註廿八　葉石濤，＜台灣鄉土文學史導論＞，尉天驄編，同上，頁
六九～九二；許南村（陳映眞），＜鄉土文學的盲點＞，
同上，頁九三～九九。

註廿九　參閱宋冬陽（陳芳明），＜現階段台灣文學本土化的問題
＞，《台灣文藝》，第八十六期，(1984)，後收入宋冬陽
・《放膽文章拼命酒》，（台北：林白，1988）。

註三十　羅青　＜台灣地區的後現代狀況＞，《什麼是後現代主義
》，（台北：五四書店，1989），頁三一五。

註卅一　孟樊，＜台灣後現代詩的理論與實際＞，《當代台灣新詩理論》，（台北：揚智，1995），頁二二三。

註卅二　Andreas Huyssen," Mapping the Postmodern", Charles Jencks, ed., *The Post Modern Reader*, London: Acadeny Edifions, 1992, PP, 40～72。

註卅三　陳光興＜炒作後現代？－－評孟樊、羅青、鍾明德的後現代觀＞，《自立早報》，(1990年 2月23日)，「自立副刊」。

註卅四　在研究後殖民主義的西方學者中，對擺脫中心與抵抗文化提倡最力者，首推薩伊(E.Said)無疑。Edwand Said, *Orientalism* London: Penguin Books, 1978; Edward Said, *Culture and Imperialism*. New York; Vintage Books, 1993.

註卅五　Kwane Anthony Appiah," The Postcolonial and the Postmodern," in Bill Ascnoft Gareth Griffiths, Helen Tiffin, eds., *The Postcolonial Reader*. New York: Routledge, 1995, PP, 119-124.

註卅六　以後殖民理論來討論台灣文學的學者，日漸增加，其中值得注意者，當推邱貴芬的研究。參閱她發表的文字：＜發現台灣」：建構台灣後殖地論述＞，《中外文學》，第二四二期，(1992年 7月)，頁一五一～一六七；＜想我（自我）放逐的兄弟（姊妹）們，閱讀第二代「外省」（女）作家朱天心＞，《中外文學》，第二五五期，(19933月)，頁九四～一二〇；＜性別／權利／殖民論述：鄉土文學中的去勢男人＞，收入鄭明娴主編，《當代台灣女性文學論》，（台北：時報文化，1993），頁一三～三四。

戰後台灣文學的再編成

⊙林瑞明

一、荊棘之路

　　一九二〇年代於日本殖民統治下產生的台灣新文學運動，歷經三大論爭——新舊文學論爭、鄉土文學論爭、台灣話文論爭，台灣文學主體性的概念於一九三〇年代初葉已具體成型。在特殊的歷史條件下成立了獨樹一幟的台灣文學，既非殖民帝國的日本文學所能支配，也非同是使用漢文的中國文學所能概括。從台灣左翼文化戰線的戰將黃石輝、郭秋生、周定山....等人的言論、主張，可以觀察出在文化、文學抵抗日本的過程中，台灣意識已具體成型，也發現了台灣是弱小民族的新身分，抵抗日本並不必然依傍中國。三〇年代台灣話文派與中國話文派的論爭，除了是語言／文字的操作問題之外，也跟左翼政治運動尋求台灣獨立解放有密切的關係。

　　台灣是台灣人的台灣，是新文化運動初期即已歸結出來的主張，在運動過程中不斷被強化。從文化方面而言，早在一九二〇年代，台灣新興的知識分子，即已不斷地強調台灣文化的特殊性，其中以一九二七年五月八日賴和、陳滿盈、楊雲萍、陳紹馨....等人發起組織「新生學會」，發表宣言書，其宣言堪稱是代表性的言論，文中首言中國南北的不同景觀造成不同的文化特色，歐洲各國也是如此。緊接著強調云：

　　　　我們可以知道各國所謂特有的文化是從各國特有的境遇——
　　　　山川、氣候、人情、風俗——所發生的。不消說我們不是主
　　　　張這個命運的鐵則唯一無二的文化發動力，改變歷史的源泉

。總是各地方因各地方特殊的境遇，各有特殊的文化，這層可算是天經地義的真理吧。那麼我們台灣既說是相續了一份漢民族四千年的文化的遺產，培養於台灣特殊的境遇之下，兼受了日本文化的洗禮。自然相信我們台灣必定也有我們台灣特殊的文化。這個運命是我們天生的所註定的，我們只好從這條路上跑。這才配稱對我們自己的使命忠實，亦則對於世界文化有貢獻。（註：一）

文中清楚地表達，台灣既繼承漢民族的文化遺產，但又處於台灣特殊的境遇之下，又經日本文化的洗禮，肯定台灣有特殊的文化。這樣的說法代表了當時台灣新興知識分子，在文化立場上不卑不亢的態度，也清楚地表明台灣需要走出自己的路子，才能有所貢獻於世界文化。

就日本統治下的台灣人而言，民族問題是相對於大和民族，獨立是從日本分裂出來，但就政治屬性而言，也不必然朝中國統一。郭秋生批評中國話文派的人是「望洋失海的事大主義者」，強調「建設台灣話文的確是台灣人凡有解放的先行條件」是確立了以土地與人民為中心的臺灣文學主體論述；而周定山（一吼）一九三二年二月在《南音》更是大聲疾呼不可有依賴民族劣心理、不可徒抱殘闕，必須打破「向來台灣文學，是中國文學」的奴隸根性，如此激情而具主見的語論，在在顯示出台灣文學已有自己的路走。(註：二）

殖民地的文化特徵之一是語言的破碎性，而語言是文學創作的根本。新文學理論初期，雖有少數日文作品，但在台灣文化向上的鼓吹下，隨即轉入漢文的詩文創作。

殖民地文學作家的深刻苦惱，是語言／文字的選用，在漢文系統中，我們可以看出從二〇年代張我軍的提倡中國白話文，經過三

○年代初期的鄉土文學論爭、台灣話文論爭，其發展的走向側重強調台灣話文的創作，這是第一代台灣新文學作家所面對的挑戰！而較年輕的世代，受了更多的日文教育，留學日本的台灣學生一九三二年八月在東京組成了「台灣藝術研究會」，發行了《フォルモサ》（《福爾摩沙》）代表了日文創作世代的崛起。在＜發刊詞＞上如是宣言：」

> 在消極方面，想去整理研究從來便微弱的文藝作品，來吻合於大眾膾炙的歌謠傳說等鄉土藝術；在積極方面，由上述特種氣氛中所產生的我們全副精神，從裡新湧出我們的思想及感情，決心來創造真正台灣人所需要的新文藝。我們極願意從創作「台灣人的文藝」。決不俯順偏狹的政治和經濟之拘束，將問題從高遠之處觀察，來創造適合台灣人的文化新生活。（註：三）

必須注意的是儘管語言／文字已不得不轉換成日文操作，但其基本精神仍是要創作「台灣人的文藝」，並非「日本人的文藝」。《南音》與《福爾摩沙》是不同世代的人，使用的語言／文字儘管有別，在一九三二年的銜接點上，反映了同樣的心聲。殖民地台灣沒有「自己的國籍」，但表現於文學上的是植根於台灣土地與人民之感情與精神，漢文也好，日文也好同樣是台灣文學的一部份。儘管也有在台灣的日人從事文學活動，但日本人是以「外地文學」（Colonial Literature）的概念，倡導台灣文學作為日本文學的一翼，和台灣人的台灣文學主體性概念，根本之處大有差別，支配者與被支配者的立場畢竟是對立的，文學功能論自然南轅北徹。

一九三七年七七事變之後，在戰爭的怒火狂濤之中，台灣作家被剝奪了漢語寫作的自由，僅能以日文創作，使得台灣話文完全失掉了發展的空間，致使夭折；四○年代更被強迫進入皇民文學的國

策之中，對台灣作家更是絕大的考驗。創辦於一九四一年五月由張文環主編的《台灣文學》，迄一九四三年十二月止，共刊行了十一期，仍延續了台灣文學的命脈。這份當時台灣人的精神食糧，與西川滿主導下的《文藝台灣》，含有相互較勁抗衡的味道，對方甚至以「敵性部隊」視之。

台灣文學主體性的概念在一九三二年已成立。即使操作日文創作的世代，從《福爾摩沙》至《台灣文學》，都堂堂正正地標示出文學的所屬地。台灣殖民地作家，運用殖民者的語言而保有其文學的自主性，毋寧是母語斷裂之後的唯一出路。台灣文化人在被迫日本化的過程中，對於保有其文學的自主性，毋寧是母語斷裂之後的唯一出路。台灣文化人在被迫日本化的過程中，對於保有台灣的特殊性是非常在意的。一九三九年二月，既是詩人也是研究者的楊雲萍曾發表一篇題為＜台大さ台灣の研究＞，文中首先提及，作為台灣唯一的大學，非要發揮研究「台灣的特殊性」不可，以作為文政學部改革的首要任務，楊雲萍建議的台灣研究講座，包括「台灣史講座」、「台灣文學講座」、「廈門語學講座」。（註：四）這裡頭含有對台灣文化遭受泯滅的危機感、焦慮感，這三項建議如從「台灣文學史觀」而言，實與以日人為中心的「外地文學史觀」站在對立面。（註：五）楊雲萍的危機感、焦慮感在改朝換代，相隔半世紀之後，竟然還需再一次面對！

二、戰後初期的台灣作家與文壇

戰後初期，隨著中國政府接收台灣，中國文學以及中國語文形成文壇的主流。台灣作家的反應有幾種不同的典型，可以作為觀察台灣文學發展的指標。

1.楊雲萍

一九三九年建議台大文政學部設立「廈門語講座」的楊雲萍，面對日據末期台灣日語的普及率已高達70％左右，新生世代逐漸喪失運用母語的能力，於一九四五年十月即在《民報》發表〈奪還我們的語言〉，楊雲萍認爲尊重台灣話的使用，是學習國語的先決條件，充份表現了對母語的關心。他說：

> 事實上，日本統治台灣的最大成績，就是造成許多的兒童和青年，忘記了他們的「母語」，最少忘記了一部份。台灣光復，河山依舊，而事物有全非者。全非的事物之中，要算這件「語言問題」爲最嚴重。....語言學者說，人們任憑是怎麼學習，除去「母語」之外，是不能充份學習到的。而且人們用母語發表意見、表現情感時，才得眞實的愉快。何況此問題，不僅是所謂「語言」的問題而已，實關於「民族精神」的問題。我們要奪還我們的語言！（註：六）

面對台灣新文學運動以來的成就，則充滿了一貫的自信，在他主編的《民報》〈學林〉文藝欄，發表了〈我們的「等路」——台灣的文藝與學術——〉，「等路」原是台灣口語，意指探望他人時，隨手攜帶的禮物，楊雲萍面對中國現代文學之際，並未矮下身來，反而岸然自立，楊氏云：

> 從文學界說，我們的語言的大部分，是被日人掠奪，失去我們的表現手段，這是致命的。可是一面卻因爲由「日語」的媒介，得接觸世界一流的文學。所以我們雖是其數不多，卻對於文學的鑑賞，或是評價，自信較祖國人們的一部份，正確些。（註：七）

在蘇新主編的《台灣文化》一卷二期，「魯迅逝世十週年特輯

」，楊雲萍發表〈紀念魯迅〉一文，亦強調台灣青年具有世界文學
的鑑賞水平，比中國大陸更能認識到魯迅的意義，楊雲萍提出這樣
的看法：

> 當時的本省青年，多以日文爲媒介，得和世界的最高的文學
> 和思想相接觸，獲得相當程度的批判力和鑑賞力；所以對魯
> 迅先生的眞價，比較當時的我國國内的大部分人們，是比較
> 的正確而確實的。（註：八）

　　對於絕大多數在國統區生活、受教育的人而言，「魯匪迅」的
刻板印象，妨礙了他們理解魯迅作品所代表的左翼文學之認知；對
於生活在日本殖民統治下的台灣人，台灣的左翼文學運動向來是台
灣文學的主流，《台灣民報》大量轉載魯迅的作品，對於台灣文學
發展的影響自不待言。（註：九）

　　楊雲萍乍似自高的言論，其實含有對台灣文學不受外省文化人
的尊重而發言，一如一九四三年八月，他赴日本參加第二次「大東
亞文學者決戰會議」，曾就台灣文學未受到應有的重視而與日人作
家片岡鐵兵有過針鋒相對的對話：「對不起，在座各位恐怕都不了
解台灣文學吧？」楊雲萍衝著片岡鐵兵的無知而引發的態度，被視
爲「閃爍著尊嚴的血汗歷史結晶的台灣作家光芒」。（註：一〇）
由於楊雲萍對台灣文學的深刻認識，戰前面對日本人，戰後面對新
來的中國人，他的態度是前後一貫，維護了台灣文學的尊嚴。

2.龍瑛宗

　　龍瑛宗曾於一九四二年十月前往東京參加第一次「大東亞文學
者會議」，會中曾念講稿而有「感謝皇軍」一詞，戰後顯得特別不
安，彷彿驚弓之鳥，在一九四五年十一月十五日創刊的《新新》，

迫不及待地以日文寫了幾則文學箚記，其中有云：

> 回顧台灣，台灣無疑是殖民地。在世界史上殖民地，文學能
> 夠繁榮的一次也沒有。殖民地是與文學無緣的。（略）儘管
> 如此，台灣不是有文學嗎？是的，有過像文學的文學，然而
> 這不是文學，應該知道的。有謊言的地方就沒有文學。有披
> 著假面的文學是偽文學。我們非首先自己否定不可。我們非
> 再出發不可。非走正道不可。（註：一一）

如此言論，反映出害怕被新來的政權檢舉、清算的不安。其實
龍瑛宗自一九三七年四月以〈植有木瓜樹的小鎮〉一文，入選《改
造》雜誌以來，就有日本普羅作家葉山嘉樹評論道：

> 這不僅是台灣人的悲吟，而是地球上所有受虐階級的悲吟。
> 其精神與普希金、柯立奇、魯迅相通；也與日本的普羅作家
> 相通，十分具備了至高的文學精神內涵。（註：一二）

龍瑛宗的作品充滿了明暗光影，希望與絕望之對比，充份的反
映出台灣在日本殖民體制下，隨著時間的越往後推移，承受的皇民
化壓力更大，也凸顯了皇民化時期台灣人曲折的精神歷程，是台灣
文學的寶貴遺產。（註：一三）

戰後初期，龍瑛宗內心深懷不安，一面主編《中華日報》日文
版文藝欄，刊登文學作品，前後四十期，維繫了台灣作家日文作品
的一線香火，迄一九四六年十月二十四日光復後一週年前夕廢刊，
前後維持了七個多月，使日文系統的台灣文學仍有一絲生機。

3.楊逵

楊逵一如日據時代，充滿了活動力，並且熱心於文化交流。一

九四五年九月二十二日創刊《一陽週報》「介紹祖國的革命理想與
文學作品」，一九四五年擔任《和平日報》「新文學欄」主筆，三
月，由台北三省堂首次刊行日文小說集《鵝鳥の嫁入》（《鵝媽媽
出嫁》），他在後記中沈痛地寫道：

> 自從《台灣新文學》被壓碎歸隱於首陽農園以來，有長久的
> 時間我不再執筆。多虧《台灣文學》的惠，我重又操筆寫
> 了＜無醫村＞。收在這本集子裡的零碎文章是那以後登載在
> 報紙雜誌中的一部份；要是說有什麼長處的話，就是為了避
> 開嚴重的檢閱起見，曾經費了一番慘澹苦心吧。從如今已是
> 青天白日的世界去回顧，也許容易看到許多似是而非的地方
> ；但是為了獲取免於餓死的食糧，只好由著人家惠，不得
> 不裝鐵臉皮。回想八月十五日以前，連刊行書本也不被允許
> 的日子，真是感慨無量！（註：一四）

一九三四年十月以《新聞配達夫》（《送報伕》）躍登日本中
央文壇以來，直到這時候，作家楊逵才有一本自己的作品選集。

七月，由台灣評論社刊行《送報伕》中日文對照本，一九四七
年十月，與東華書局合作開始編印中日文對照的「中國文藝叢書」
共六輯，稍後，開辦平民出版社，出版了賴和的小說《善訟的人的
故事》，這也是賴和的作品第一次以單行本的面貌問世。一九四八
年八月創刊《台灣文學》叢刊，是本薄薄的三十二開小冊子，第一
輯內文共有三十二頁，定價一百五十元，前後共刊行三輯。
；一九四一年五月張文環主編的《台灣文學》，名稱被楊逵承繼過
來，且此時物價波動非常厲害，「稿酬千字斗米計算刊出即寄」；
九月出版的第二輯四十頁，定價兩百元；十二月出版的第三輯，仍
是四十頁，定價已高達一千元，短短三個月漲了五倍，再也無法支
撐。（註：一五）

一九四七年至四九年楊逵亦活躍於《台灣新生報》歌雷（史習枚）主編的「橋」副刊，在「新現實主義」的基礎上，省內省外的作家有所合作，但省外作家歌雷等人將台灣文學定位爲「邊疆文學」，駱駝英甚至傲慢地指陳「消沈、傷感、麻木、「奴化」....等等落後的「特殊性」，必然而且應該向內地人的普遍覺醒的一般性轉化。文藝工作者的主觀的努力應該就在於促進這個偉大的轉變」；楊逵、林曙光、瀨南人等強調希望台灣文學紮根於台灣的特殊性，建立自主性的文學，兩方人馬仍然存在著不可跨越的鴻溝。（註：一六）

楊逵爲文化交流而努力，但文壇之間歧見仍然存在，台灣文學要被平等對待，仍需很長的一段時日。

4.吳濁流

吳濁流是大器晚成的作家，一九三六年三十七歲始發表小說處女作〈水月〉，同年以〈泥沼中的金鯉魚〉獲《台灣新文學》徵文比賽首獎，比起上述三位作家而言，在戰前的台灣文壇，吳濁流並不活躍。依其自述，一九四三年至四五年的戰火聲中，處身面對台北警署官舍的住處，冒著生命的危險，躲起來寫作戰後影響深遠的台灣文學名著《亞細亞的孤兒》（原名《胡太明》）（註：一七）。吳濁流戰後把握機會，隨即於一九四六年九月以日文出版《胡志明》（第一篇），此後陸續於同年十月、十一月、十二月發行第二、三、四篇，完成《亞細亞的孤兒》之最初版本；一九五六年日本一二三書房發行《アジアの孤児》；一九五九年六月出版了首次的中文譯本《孤帆》（楊召憩譯）；一九六二年六月又有傅恩榮譯本《亞細亞的孤兒》，在台灣、日本之間影響日益放大。

吳濁流寫作此書，時局已處在變化之中，吳氏曾在日本出版的

《アジアの孤兒》自序云：

> 雖然那時候、已微露了歷史是必然有轉向的動態。但無意義
> 的犧牲仍然應該迴避的。可是空等著時機又覺難耐。空襲愈
> 來愈加劇烈，不曉得在何時何地會逢其不測，不能予料。忽
> 然湧起一種衝動的感情，急急要完成這部小説。到了現在一
> 想，幸虧在那個時候，一鼓作氣地寫起來，不然的話，現在
> 要寫也就不容易了。縱使能寫出來，也不能透出當日的實感
> 。因之作品也許會變了質吧。至於這部小説的好壞暫且莫論
> ，只是第四篇，第五篇實爲作者冒有生命之險的作品。（註
> ：一八）

這是向來將《亞細亞的孤兒》一書係完成於終戰前的依據之所
在，從而詮釋小說中主人翁胡太明夾於台灣與日本、台灣與中國之
間的苦惱歷程及其所代表的意義。

從出版的經過來觀察，《胡志明》（第一篇）是一九四六年九
月，距離日本戰敗投降已經過了一年多一點；第四篇則是一年四個
月；第五篇出版前則恰巧遇上二二八事件，因而更添增了傳奇，吳
濁流一九六二年三月於傅恩榮譯本，有以下之自述：

> 這篇小説，如小説中的主角一樣的遭遇到很多苦難和知己。
> 第一次日文版出版時，承印的民報，因爲二二八事件被封閉
> ，第五冊雖已印好，亦被封鎖在内，等了八個月，啓封後才
> 知大部分已散失了。幸得校對原稿尚存，不然這篇小説就沒
> 有機會和讀者見面了。（註：一九）

冒了生命危險寫作的第五篇，正式問世，已是一九五六年日本
一二三書房發行的《アジアの孤兒》，換言之，距離前四篇出版，
已是十年之後了。距離終戰已有十一年，才有了完整的《アジアの

孤兒》之日文全本。這期間吳濁流都未曾潤飾、改筆嗎？頗值得存
疑。即以前四篇而言，依常情而論，作家在作品印鉛成字之前，每
每加以增添、刪改、更動。吳濁流在日本發行的《アジアの孤兒》
，但因「省紙張關係」，刪削很多，因此在傅恩榮譯本「這次又再
加入，並改訂多少，暫爲定稿」（註：二〇）。筆者沒有充份的證
據，但懷疑戰後初期，一九四五年八月至一九四六年十二月，吳濁
流依原先起草的稿本，努力進行定稿、出版，以清理台灣知識份子
在日本殖民統治下的精神苦惱，第五篇也連帶變形的清理了二二八
事件所帶來的祖國憧憬之破滅。

　　戰後初期，吳濁流以作家見證時代的姿態，呈現了台灣人精神
上的苦惱與痛苦。

三、重新建構台灣文學的傳承

　　一九四六年文化評論家王白淵於《台灣新生報》出版之戰後第
一本《台灣年鑑》中的＜文化＞部分，曾總結日據時代台灣文學的
成就，從文學史的觀點強調云：

> 台灣的文學，在日本統治時代，比任何藝術部門總受著更大
> 的壓迫，和歪曲事實的鉗制，在五四運動以後，台灣就有民
> 族主義文學的產生，此問已有不少傑出的作家。（註：二一
> ）

　　王白淵的勞心之作，試圖以日據時代的文學成就，說明台灣文
學有其發生的背景及發展的理由，是戰後台灣文學研究極爲重要的
文獻，可惜出版恰在二二八事件發生之後不久之六月，台灣文化界
在驚嚇之餘，王白淵的業績，長期被遺漏，致使戰後重建台灣文學
史的契機，被延誤了一段相當長的時日。

　　一九五〇年代白色恐怖時期，反共文學當道之下，台灣作家青

黃不接，日據時代的作家因語言／文字的轉換，已喪失了文學的舞台，幾乎全面消失；一九二四、二五年曾掀起台灣新舊文學論爭的張我軍，戰後從北京回到台灣，一九五二年十二月遇見了戰前日文系統的中堅作家張文環，不禁興起了無限的感嘆：

> 我一邊和文環君且走且談，一邊斷斷續續地想著文環君的事。在台灣光復以前，他是台灣的中堅作家，做一個文學家正要步入成熟的境地。就在這當兒，台灣光復了。台灣的光復在民族感情熾烈的他自是有生以來最大的一件快心事，然而他的作家生涯卻從此擱淺了！一向用日文寫慣了作品的他，蒻然如斷臂將軍，英雄無用武之地，不得不將創作之筆束之高閣。光復以來雖認真學習國文，但是一支創作之筆的煉成談何容易？況且年紀也不輕了，還有數口之家賴他謀生哩。目前他的國文創作之筆已煉到什麼程度我不大清楚，但是他這幾年來所受生活的重壓和為停止創作的内心苦悶我則知之甚詳。我每一想到這裡，便不禁要對文環君以至所有和他情形類似的台灣作家寄以十二分的同情！（註：二二）

張我軍的這段話是對戰前台灣的日文作家之戰後的處境，最好的說明，台灣作家世代之間的青黃不接，於此可見一斑；一九五四年台北文獻委員會王詩琅主編《台北文物》「新文學‧新劇運動專號」（三卷二期、三期）試圖有系統的銜接日據時代以來的台灣文學傳統，但是荒謬的是政府的出版品被政府查禁（註：二三），使得到新起的一代和日據時代的文學傳統斷裂，前輩努力的成果，延遲到一九七七年五月方由當時主持《大學雜誌》的陳少廷繼承，編纂《台灣新文學運動簡史》，距離台灣新文學運動二〇年代發軔以來，已足足超過半個世紀。新起的作家斷掉了日據時代台灣文學的傳承，只有在官方主導的文藝政策下學習，即使有中國經驗且從小

立志做中文作家的鍾理和，從北京歸來之後，也只能與熱衷文學的
鍾肇政、廖清秀、李榮春....等人以油印的《文友通訊》，相互勉
勵，一九五六年得中華文藝獎金委員會第二獎（第一獎缺）的《笠
山農場》，生前連出版的機會也沒有，五〇年代台灣作家的沒有出
路，於此可見一斑；六〇年代出發的年輕作家，已受了完整的中文
教育，寫出了不少優秀的作品，但在當時「無根與放逐」、「橫的
繼承」之影響下，對於台灣文學的傳統一無認知，處在斷裂的狀態
之下，所幸一九六四年四月，吳濁流創刊了《台灣文藝》，承繼日
據時代新文學運動的基本精神，使得老作家逐漸歸隊，也培育了注
重鄉土色彩、傾向於寫實主義的台灣本土作家群；同年六月，「跨
過語言的一代」之前輩詩人也與台灣年輕詩人集結成《笠》詩社，
從此綿延不斷，堅持到九〇年代的今天，仍然繼續出版，是台灣文
學史上壽命最長的詩刊；一九六五年十月為紀念光復二十年，鍾肇
政主編「本省籍作家作品選集」十冊（文壇社），「台灣青年文學
叢書」十冊（幼獅），初步總結了台灣作家的成績；同時葉石濤再
度復出文壇，開始於《台灣文藝》發表台灣作家論，正面評價省籍
作家的小說創作，肯定台灣小說的寫實傳統；葉石濤於日據末期即
有作品發表於西穿滿主導下的《文藝台灣》是當時傑出的新秀，戰
後初期一度相當活躍，復出文壇給台灣作家打氣不少，十一月於《
文星》九十七期發表了＜台灣的鄉土文學＞，廣泛介紹日據時代台
灣新文學運動的成果，並及於「戰後派」的鍾理和、鍾肇政、鄭煥
、林鍾隆、鄭清文……等人。葉石濤在結尾云：

> 由於本省過去特殊的歷史背景，亞熱帶颱風圈內的風土，日
> 本人留下來的語言和文化的痕跡，同大陸隔開，在孤立的狀
> 態下所形成的風俗習慣等，並不完全和大陸一樣。生為一個
> 作家這不就是豐富的題材嗎？能發覺這些特質，探求個體的

　　特殊性，我認為可以給我們中國的文學添加更廣的領域。（
註：二四）

　　這是銜接戰前戰後台灣文學發展的一篇重要文獻，呼應了早在
一九二七年「新生學會」所發表的宣言（見第一小節），可以看出
不同世代間的文化人，即使處於不同的政權底下，仍有相同的看法
。也是一九八七年葉石濤撰寫《台灣文學史綱》的原始雛型，其間
經歷了二十二年。其中有葉石濤所堅持的特殊性，也有所放棄的中
國文學中心論，關鍵處在於台灣文學是否中國文學的支流？其政治
意涵則是台灣是否中國的一部份？心理癥結則是數十年來喋喋不休
的「台灣結」與「中國結」之糾紛纏結的葛藤。

　　一九六六年四月吳濁流設立台灣文學獎，正式標出台灣文學，
每年獎勵傑出的台灣作家，一九六九年七月吳濁流文學獎基金會成
立，成為延續台灣精神的文學陣營。

　　一九七三年保釣運動及退出聯合國等一連串事件之後，政治局
勢的變動帶來了對文化前途的反省，在強調民族文學、社會文學之
際，台灣文學逐漸受到重視。

　　台大外文系教授顏元叔一九七三年應邀前往夏威夷參加「東西
中心社會意識文學研討會」，選擇了〈台灣小說裡的日本經驗〉為
題，檢討日據時代台灣作家，在文學作品裡反映的社會意識。行前
，請教了日據時代即參與文壇活動的黃得時教授，及生於日據時代
並活躍於現代文壇的哲學系教授趙天儀，廣泛了解日據時代台灣文
學的發展情形（註：二五），首先撰成初稿於《中外文學》二卷二
期發表，然後再經擴充於「東西中心社會意識文學研討會」宣讀，
文中論及楊逵的〈送報伕〉、〈春光關不住〉、張深切的〈黑色的
太陽〉、吳濁流〈亞細亞的孤兒〉、〈陳大人〉、〈無花果〉、廖
清秀〈冤獄〉、葉石濤〈獄中記〉以及林衡道的〈姊妹會〉，引起

廣泛注意。自從顏元叔發表〈台灣小說裡的日本經驗〉之後，張良澤研究鍾理和的論文亦陸續刊出，匯成風潮。戰後出生就讀於東海大學的林載爵因地利之便認識了隱居東海花園的楊逵，比較楊逵與鍾理和的作品，寫了〈台灣文學的兩種精神——楊逵與鍾理和之比較〉一文，一九七三年十二月發表於《中外文學》二卷七期。林載爵在文中首先呈現出楊逵作品的時代意義，並在結論中進一步說明檢討台灣文學首要注意的是作品表現的精神，至於文學技巧尚在其次。林載爵強調說：

> 不管是楊逵的抗議，或者鍾理和的隱忍，他們都是紮根於鄉土之上，他們的血肉裡奔瀉著這塊泥土上的人民的歡樂和痛苦。過去批評到台灣文學時，幾乎均以文字上的拙劣技巧來顯示台灣文學的幼稚，這種批評是不智的，不能同情日據時代下台灣客觀環境，復不能了解像賴和、楊逵、吳濁流、張深切、鍾理和等作家在苦難中的不屈意志及孜孜不倦的努力。抽棄了台灣文學中所透視出來的精神，而只注意於文字、形式的技巧，豈非只見秋毫，不見輿薪。（註：二六）

因為這篇文章刊在當時全國重要的文學刊物《中外文學》，引起甚大的注意；二卷八期的《中外文學》緊接著以醒目的篇幅刊出〈鵝媽媽出嫁〉全文；《文季》則於一九七四年元月刊出楊逵的〈模範村〉；九月《幼獅文藝》刊出了刪減部份的〈送報伕〉，從而促成了楊逵的「復活」，以及對於日據時代台灣文學的重視。（註：二七）林文的另一個重要意義，一般性而言，代表著戰後出生的世代，跨越青少年時代受日本軍國教育的父親一代，直接和抵抗日本的祖父一代碰頭了，台灣文學傳統中的反殖民、反封建精神，也隔代傳承下來，台灣文學也在這一階段再從故紙堆中重新被挖掘、檢討。一九三一年出生的張良澤奮力編輯了《鍾理和全集》八卷（

遠行，一九七六年十一月）、《吳濁流作品集》六卷（遠行，一九
七七年九月）、《王詩琅全集》十一卷（德馨室，一九七七年十一
月）、《吳新榮全集》八卷（遠景，一九八一年十月）。李南衡主
編《日據下台灣文學》五卷（明潭，一九七七年三月、張恆豪、林
梵、羊子喬執編《光復前台灣文學全集》小說八卷（遠景，一九七
七年七月）、羊子喬、陳千武主編《光復前台灣文學全集》新詩四
卷（遠景，一九八二年五月）……，提昇了台灣文學研究的水平。
文獻資料的彙編，代表了台灣文學的再構成之機會，向前邁進了一
步。此一階段，對於台灣文學的主體性，仍尚未充份檢討。一九七
七年鄉土文學論戰時，葉石濤發表了〈台灣鄉土文學史導論〉，是
一九六五年〈台灣的鄉土文學〉一文之擴展，亦談到台灣文學的「
特殊性」，陳映真以葉文具有分離主義的色彩，曾為文批評，但尚
未激化。然而站在中國統一的觀點，左派陳映真不提「台灣文學」
，必要拗口地稱之為「在台灣的中國文學」，彆扭一如右派的「中
華民國在台灣」，其實不管哪一派都是反映了政治態度與國家認同
。而從台灣文學發展的歷程來看，日據時代也有「在台灣的日本文
學」，又豈是中國文學所能涵括。台灣文學的本土論在一九三〇年
代經鄉土文學論爭、台灣話文論爭之後已然成型，經歷不同的政權
，同樣的論題依然浮現，九〇年代台灣本土化的訴求再次響起，其
中包括對台灣文學的重視、台灣史的重視、台語的重視，表現出戒
嚴的魔咒掃除之後，台灣人民急於認識生存之地的文化傳承，這是
可喜的現象。有了根，台灣文學的主體性思考自會成長。

附　註

註一：新生學會的宣言，轉引於葉榮鐘＜再論「第三文學」＞一文，《南音》第一卷九‧十合刊號，卷頭言。

註二：引文出處及其變化請參閱拙著《台灣文學與時代精神——賴和研究論集》（允晨，一九九三年八月），〈自序〉，頁三一九。

註三：《フォルモサ》創刊號，頁一。

註四：《台灣日日新報》，一九三九年二月十五一十七日。

註五：參閱林春蘭《楊雲萍的文化活動及其精神歷程》（成大史語所碩士論文，一九九五年七月），第四章第一節「《民俗台灣》活動時期」，頁八一一八六。

註六：《民報》，一九四五年十月二十三日，第一版。

註七：《民報》，一九四五年十月二日。

註八：《台灣文化》一卷二期，頁一。

註九：參見拙稿〈石在，火種是不會絕的——魯迅與賴和〉，收於《台灣文學與時代精神》，頁二二九一三一七。

註一〇：見尾崎秀樹《近代文學の傷痕》（岩波，一九九一年），頁一三五。

註一一：《新新》創刊號，頁一一。

註一二：葉山嘉樹〈顯かな精神《パパイヤのある街》〉，《帝國大學新聞》，一九三七年三月。

註一三：筆者對龍瑛宗有不同角度的詮釋，參見拙稿〈不爲人知的龍瑛宗——以女性角色的堅持與反抗〉，收於《民族國家論述——從晚清、五四、到日據時代台灣新文學》（中研院文哲所，一九九五年六月），頁三三七一三五八。

註一四：譯文見拙著（林梵）《楊逵畫像》（筆架山，一九七八年

九月），頁一四六。

註一五：參見《楊逵畫像》第六章〈光復初期的活動〉，頁一四一
　　　　一一五三。

註一六：論爭詳見葉石濤《台灣文學史綱》（文學界，一九八七年
　　　　二月），頁七六一七七；另見彭瑞金《台灣新文學運動四
　　　　十年》（自立晚報，一九九一年三月），頁五四一五八。

註一七：參見傅恩榮譯《亞細亞的孤兒》（南華，一九六二年六月
　　　　），頁一〇。

註一八：同上註，頁一一。

註一九：〈由日文翻譯中文出版的經過〉，收於前揭書，頁三。

註二〇：同註一七，頁五。

註二一：《台灣年鑑》（台灣新生報，一九四七年六月），第十七
　　　　章：＜文化＞，頁一。

註二二：見於張我軍＜城市信用合作社巡禮雜筆＞，原載於《合作
　　　　界》季刊第三號，收於張光直編《張我軍詩文集》（純文
　　　　學，一九八九年九月二版）頁三三〇。

註二三：查禁一事並未見諸文字資料，王詩琅生前筆者聞之於他。

註二四：收於《葉石濤作家論集》（三信，一九七三年三月），頁
　　　　一二。

註二五：參閱大學雜誌社舉辦的「日據時代的台灣文學與抗日運動
　　　　座談會」，趙天儀發言記錄。《大學雜誌》七十九期，一
　　　　九七四年十一月。

註二六：《中外文學》二卷七期，頁二〇。

註二七：參見拙著《楊逵畫像》第一章〈一個老作家再臨文壇〉，
　　　　有比較詳細的背景說明。

「寫實」與政治寓言

⊙彭小妍

　　一九八七年解嚴後，九〇年代的臺灣文壇，政治寓言小說大行其道，民族／國家認同問題和族群意識抬頭。大體來說，解嚴前的政治小說側重「寫實」或「擬眞」（verisimilitude）的技巧，例如吳濁流的《亞細亞的孤兒》（1943－45）以平舖直敘的方式描寫日據時代知識分子的悲哀，李喬的《寒夜三部曲》（1981）、東方白的《浪淘沙》（1981）等，以大河小說的模式建構族群史、家族史。

　　相對之下，九〇年代的政治小說開始見到寓言體的浮現，作者往往突破「寫實」、「擬眞」的格局，以寓言的架構傳遞某種訊息或理念。如果過度凸顯「使命感」，使其凌駕小說美學的考量之上，則極有可能成爲作家的包袱，也容易引起讀者的排斥。政治寓言小說的成功端賴「寫實」與「寓言」之間的出入游移；重要的並非兩者的「際分」，而是交融。本文擬就陳映眞的《華盛頓大樓》系列（1978－82）、林燿德的《1947高砂百合》（1990）、及施叔青的《遍山洋紫荆》（1995）爲例，嘗試探討這類型小說如何掌握寫實與寓言的技巧。李昂的《迷園》（1991）在寫實和寓言架構的處理上有獨到之處，因筆者在另一篇文裡中有處理過，此處不再贅述。

一、後殖民與政治寓言

　　《華盛頓大樓》是解嚴前的作品，可說是開政治寓言小說風氣之先。這一系列故事主旨是抗議跨國性企業對第三世界的殖民剝削。陳映眞以男方情慾（權力）關係比擬跨國性企業和第三世界的殖民／被殖民關係。小說以女性或女性化的男人象徵台灣，攻擊性特強的男人則代表跨國性企業的業主美國。事實上這樣的歸納簡化了《華盛頓大樓》的複雜性。陳映眞本人曾強調，他寫作的用意「不在於對企業和它的行爲作出分析和批判」。而是「理解企業下人的異化的本質」。我們可以進一步說，這系列作品表現的是臺灣在世界企業體系衝激下，人際關係的異化。故事中的人物，有美國老闆、中國買辦階級、臺灣員工等，例如上司與下屬間的主從關係、同事間的鬥爭、男女間的情與慾、甚至本省人與外省人的情結，都因跨國性企業的影響而變得複雜走樣。這應該是陳映眞心目中，「美國統治下的臺灣」特殊現象。

　　陳映眞本人反殖民的立場十分鮮明。1977年鄉土論戰前後他曾陸續發表反帝國主義、反殖民主義的文章。他以許南村發表的〈試論陳映眞〉（1975）指出：

> 新的和舊的帝國主義在中國的侵凌，數百年來，在中國發生了長遠而複雜的影響。作爲東南中國門戶的臺灣省，更是尖銳地經歷了東洋和西洋殖民體制的毒害。她經歷了殖民主義的局部或全面的、暫時或長期的霸佔，使她常常在歷史上因而和中國斷絕了。

這段文字恰好反映出《華盛頓大樓》所傳遞的訊息。如果將此系列故事串連起來看，其基本寓言架構如下：服務於跨國企業的本地員

工（臺灣籍或外省籍），在「成爲國際人」的憧憬中迷失了自我；上焉者在轉機時刻會有「頓悟」的經驗，體會到「鄉土」是生命的根源、存在的意義（例如〈夜行貨車〉中的詹奕宏）；下焉者則喪失心神，及於瘋狂（例如〈萬商帝君〉中的林德旺）。而「真理」（認同鄉土）的展現通常是透過一名女性作爲「媒介」。由於這名女性媒介的引導，故事中的角色或讀者最後終於摒棄跨國企業，決心回歸鄉土。

〈夜行貨車〉一開始就點出殖民國／殖民地與兩性關係間錯綜複雜的揪節。美國籍老闆摩根索在員工林榮平面前戲稱女職員劉小玲爲「小母馬兒」，使他怒不可遏。但林爲了跨國企業所帶給他的「青雲直上」的美景，只能忍氣吞聲，任由上司調戲自己的情婦：「他的怒氣，於是竟不顧著他的受到羞辱和威脅的雄性的自尊心，竟自迅速地柔軟下來」。這裡我們看到的，顯然是一個去勢的男人；他的「迅速地柔軟下來」地怒氣，顯然影射他柔軟下來的「雄性」。憑一股氣爲情婦討回公道而得罪美國上司，畢竟得不償失。陳映真在此批判的，是在殖民經濟體系宰制下，被「女性化」的男人。以男女之間的情慾權力關係比擬殖民者和被殖民者間不均衡的權力關係，是後殖民作品慣用的技巧。

劉小玲是〈夜行貨車〉中的靈魂人物，在整個寓言架構中扮演「媒介」的角色。她周旋在美國上司、林榮平和詹奕宏之間，三個男人有一個共同點：只要不必負責任的性關係。就後殖民觀點而言，劉小玲象徵遭到雙重剝削的被殖民女性，處於最不堪的情境。她懷了詹奕宏的孩子，詹得知她和林榮平的關係，辱罵她：「你的褲帶，就不能束緊一點？」她的女體，象徵的是被跨國企業所覬覦、剝削的臺灣（中國）吧？她一向強忍詹的打罵，此時爲了保護腹中的胎兒，拿起水果刀阻止他再動粗，並宣告自己已懷了他的孩子。最後詹奕宏唾棄跨國企業，不再介意劉小玲是「外省婆」，決定和

她結婚,一起回臺灣南部鄉下老家;本省人完全接受了和外省人血肉相連的事實。回歸鄉土,固然是溯本追源,更重要的意義是在充滿貧窮、落後、不快記憶的土地上,開創一個和諧的新局面。

在南方朔心目中,陳映眞是「最後的烏托邦主義者」。〈夜行貨車〉的結局裡,陳映眞讓我們嚮往一個烏托邦遠景,在這美好的未來中,外省人與本省人終於打破省籍觀念,爲了共同的目標而結合。但陳並非「最後的」烏托邦主義者。本文提到的其他三位作家(包括李昂)也在作品中描摹出烏托邦美景,這是本文所討論的「政治寓言小說」的特色。(詳見下文)

女性作爲「媒介」,指引出小說世界的「眞理」,最爲明顯的是〈萬商帝君〉中的乩童角色林素香。林德旺出身偏遠的銅鑼,在臺北跨國公司中當個小職員,卻幻想能位居高職。他爲了模仿公司員工時髦的穿著打扮,向姊姊素香需索無度。素香勸他回家,說這:「我們是做田人…做田人有做田人的出路…外國人,就高等嗎?」她警告弟弟的一句話有如預言:「花草若離了土…就要枯黃。」後來林德旺因爲被排除在行銷管理的國際會議之外,挫折過重而喪失心神,闖入會議廳,自稱是「萬商帝君爺」,果然印証了素香的預言,徹底瘋狂。

很明顯的,陳映眞在此把家(鄉土)和世界(跨國公司)形成對比:代表「家」的姊姊(女性)職業是乩童,象徵精神的純淨和自我;代表「世界」的跨國公司(男性)則象徵物質的無饜追求。〈夜行貨車〉中,陳映眞是否透過林素香的話,憂心忡忡地提出警告讀者:「花草若離了土…就要枯黃」?

〈夜行貨車〉中劉福金和陳家齊象徵效忠跨國企業、摒棄鄉土的被殖民者。兩人互相較勁,在國際行銷管理會議上,爭先發揚光大跨國公司全球性企業的理念,最大的爭議是:產品廣告要強調臺灣的「鄉土風味」,還是表現出「跨國企業商品…創造了一個沒有

文化、民族、政治、信仰、傳統的差別性的，統一的市場？」結果
主張後者的陳家齊獲勝。此時正當中共和美國建交之際，見到街上
遊行情景，陳家齊以英文批評道：「盲目的民族主義」。如此「理
性」地放棄了民族的自我認同，會產生什麼後果？故事的敘事者沒
有給我們直接的答案，但我們看見劉福金心中忽然顯現林德旺自命
「萬商帝君」、大鬧行銷管理會場的情景。作者所營造的對比十分
明確：理性／物質／國際化；情感／精神／鄉土。

　　但政治寓言小說寓意過於明顯時，就形同教條式的宣告。藉故
事角色之口說出「盲目的民族主義」這樣的字眼，作者針砭之意一
覽無遺。究竟是點題還是敗筆，見仁見智。又如〈雲〉裡面美國老
板艾森思坦心目中的東方形象，完全是「東方主義」主導下的刻板
印象：「東方像是個深情而又保守的寡婦…只要你懂得討她的歡心
，她會獻出一切－－但是即使在最輕狂的時刻，也要顧到她的面子
，以及一切東方人的禁忌。」政治寓言小說中類似的刻板形象描述
，從正面來說是強化小說的寓言效果，從負面來說則使得小說的寓
意流於教條化，減低了小說的「擬真」意圖－－這是兩難的抉擇。

二、男性世界中的女性形象

　　《一九四七高砂百合》的寓言架構十分顯明，作者企圖建構臺
灣史。故事時間鎖定在一九四七年二月二十七日午後，以二二八事
件的導火線作為故事的起點、終點、也是轉捩點。整個臺灣史以倒
敘的方式展現，由不同種族、族群和宗教為軸線，全部匯聚在臺灣
的舞台上。故事起始時瓦濤・拜揚在深山峭壁上和部落的祖靈對話
，痛惜族人的神話傳說面臨淪喪的命運；故事結束時瓦濤・拜揚在
孫子羅洛根的夢境中出現，羅洛根從他手中接受了一個熊皮袋，象
徵承接祖靈的神話。整部小說以熊皮袋、百合、和「女陰」等意象

貫串起來，象徵族群神話和命脈的延續。

在故事中我們看見許多「寫實」的場景，例如原住民的獵頭、鯨面；荷蘭教會的聖女、安德肋神父的信仰行止；台北街頭的動亂、閩南籍記者的採訪；閩南籍中醫廖清水琳琅滿目的藥、洛羅根和淪為平地煙花的璐伊之間的愛慾；日本軍國主義者中野與情婦興子的交合、日本人中川與漢人吳有等共同參與的擊缽詩會；陳儀浙江官話的演講；等等。但這許多場景又都有其象徵意義，就寓言層面而言，各人物也可解讀為象徵性的角色。

這是一部以男性為主體的小說，小說的世界是男人的世界，作者的歷史觀是屬於男性的。女性在小說中完全退化為陪襯、象徵性的角色，除了聖女小德蘭以外，我們幾乎無從「讀出」其他女性是有「思想」的人物。即使聖女小德蘭也並非具有「主體性」的個體。她對天主的愛慾是不由自主的；她「自從歡愉地嫁作新婦後，專務愛慕天主及犧牲自己」。她對天主的愛情是她生命中唯一的意義，她為此而生，也為此而死。就「寫實」層面而言，她死於肺癆；就寓言層面而言，她死於慾火；「將世人所拒絕給予的愛情全部在胸腔和食道間熊熊燃燒開來，她將被這愛火所焚」。她死時咳出的血跡在她心目中是「處女之血」，象徵她的肉體與基督結合。作者塑造出這樣的聖女形象，當然吻合基督教文獻對信仰的詮釋：以男女情慾比擬對天主的愛。就此角度而言，聖女小德蘭是刻板形象，但作者不但把基督教對信仰的理念擬人化，更進一步強調慾念的腐蝕人心：聖女臨終前照相時，「聞到自己體腔中發出的惡臭」。

在小說中女性並不只是男性世界的一個點綴；透過女性，男性世界的慾望和弱點原形畢露。安德肋神父致力開化原住民，一心夢想藉宗教殖民的功績成為教皇。聖女小德蘭赤身裸體出現於他的幻境中時，彰顯出他的權力慾望的無比誘惑力和可恥：「安德肋神父禱告著，卻無能為力，他的目眶被一種難以言說的無形物體強硬撐

開,眼睜睜看見聖女散發寒芒的裸身與盤蛇般的體毛暴露在前。」聖女在此場景中幻化爲撒旦,似乎表現出聖與邪只是一念之間。她臨終前見到象徵原住民部落的「驚人的大百合花」,但在伊芙修女眼中她卻轉化成黑色的百合,展現出「令人顫慄的邪惡」。

基督教義中有關意念(will)的討論是永恆的議題。例如政教鬥爭或宗教戰爭的動機,究竟是順從上帝的意旨、榮耀上帝之名,還是出於個人求取功名榮耀(glory)的傲氣(pride)?前者是大善(good),後者是大惡(evil);最上者則融合上帝的意旨(God's will)和個人的意願(personalwill),榮耀自然加身。但上帝的意旨和個人的意願究竟如何判定際分?西方文學作品以此爲主題者甚夥,例如艾略特(T.S.Eliot)的劇本《大教堂謀殺案》(Murder in the Cathedral;1935)重新詮釋 Thomas-a-Becket 殉教的動機,探討他究竟是聖徒(saint)還是犯了七大原罪之一的驕矜之罪(pride)。此劇是處理這類題材的經典之作。《高砂百合》運用基督教這種理念來塑造安德肋神父,但卻簡化了聖旨/個人意願/驕矜間錯綜複雜的弔詭。這是作家在塑造寓言性人物時,極容易陷入的困境。

很明顯的,作者企圖藉白色百合和黑色百合的對比,宣告福爾摩沙島上基督教殖民政策的頹敗、原住民祖靈傳統的再生。瓦濤‧拜揚在祖靈的山上看見無數百合枯萎凋零,在心中感歎:「我族的文明,像曝曬在熾熱陽炎下的苔蘚,逐漸乾涸」。這是宣告百合象徵部落「文明」;類似的宣言,在小說中俯拾皆是,強化了寓言效果,但卻多少剝奪了讀者的想像空間。

璐伊作爲百合的象徵,是透過洛羅根的思緒表達的:「璐伊是一朵無瑕的高砂百合。」戀愛中的少年把情人比成花朵,也許是「寫實」的。作者又透過洛羅根的思緒把她比擬成「大地」和「永恆沃土」:「他接近了那最甜蜜而飽含罪惡的初度之地,璐伊的氣味

濃烈傳來，猶如她即是大地的本身，孕育萬樹千花的永恆沃土。那糾捲的體毛散發出一整座樹林的百合氣味…」這種想法是洛羅根的，但語言充滿詩意，似乎是作者的語言，又極可能是角色自己的語言。在敘事學上這種技巧稱爲「敘述性獨白」(narratedmonologue)，顯示出洛羅根族人的語言是詩的語言，族人的思緒是和自然結合的；對比之下，族人淪落到大都會打工、賣淫的醃齪環境中，更凸顯失根之痛。

　　璐伊顯然象徵失根的百合。她淪爲娼妓，軀體成爲「洞開的女陰」，除了生理的功能，已不再具有任何崇高、詩意的聯想和意義。羅洛根記憶中的「少女璐伊」，代表族群的集體記憶，給予他「頓悟」的能力；最後他從瓦濤・拜揚手中接受象徵祖靈傳統的熊皮袋，此時正是二二八前夕，台灣史的轉機時刻。

　　小說賦予「女陰」種種指涉意涵，主要是反映（或包容、承受？）男性世界的權力、征戰慾望，以及死亡的迷戀、恐懼。獵頭行動時，我們讀到「女陰一般激起瓦濤・拜揚性慾的頭顱。」殖民軍官中野和興子交合時，「肉體和肉體碰撞的聲音就像是大東京夜景的軍車聲」；「女性高潮的面相充滿驚悸和死亡的幻覺」。女性在小說中似乎整體濃縮爲「女陰」的形象，無論是原住民、漢人（記者之妻）、荷蘭籍、或日本籍的女性，在小說的「功能」都是由生殖器延伸出來的。女性在政治寓言小說中是否不能佔據更深層的地位？

三、後殖民主義與女性主義

　　施叔青的《遍山洋紫荆》是一部寓言小說，以妓女黃得雲象徵殖民地香港；英國官員亞當・史密斯是殖民國的化身，先豢養她，繼而遺棄她；華人通譯屈亞炳代表通殖民國、出賣同胞的賣國賊，

英國上司遣散黃得雲以後，他覬覦、接收她的身體，不久又唾棄她的不潔，另娶良家出身的「小腳媳婦」（象徵未受殖民國污染的「純粹中國」？）

小說的寓言架構也十分明顯，作者企圖書寫香港的殖民史，結局當然是殖民地人民的出頭天。故事中象徵殖民政策必敗的，是女性角色：殖民官員妻子夏綠蒂一心「要把英國花園搬到太平山頂山岡上的家」，但最後水土不服，得重病回國。同時我們看見「兩個殖民者陶醉在帝國偉大的構想」：夏綠蒂的丈夫懷特上校和駱克想像如何開發殖民地的鐵路系統，使「國際旅客可以從----九龍乘火車，，經西伯利亞、莫斯科、巴黎而直達倫敦…」一個溫柔嬌弱的女性，輕易地反映出殖民者國際殖民大夢的脆弱。

這部小說集女性主義與後殖民主義於一爐。靠出賣身體維生的黃得雲，最後擺脫妓女習性，學得當舖交易的奧祕，自立更生，撫養中英混血的私生子，送他上英文學校，終於「母以子貴」。陽具成為小說中頗具象徵意義的意象，強調的是男性生殖器的攻擊性和脆弱。殖民國勢如破竹時，屈亞炳的男性雄風大振，「稍一觸碰，強又豎起，終夜不能止。」一旦殖民地人民流血反抗，殖民國節節失利，屈亞炳立印「龜縮」，在黃得雲床上一蹶不振。

也許為了表現殖民地的異國情調，小說的文字讀起來偶覺有外文翻譯的風格。殖民國官員在「土著」面前射殺水牛的一幕，頗似喬治・奧威爾（George Orwell；1903—50)的短篇小說，＜射殺大象＞（Shooting an Elephant）中的情景：殖民國官員必須滿足殖民地人民的期待，殺牛不眨眼，任由土著替他戴上「暴君」的「面具」，一旦扮演了殖民地人「要他扮演的英雄統治者的角色」，此後他有如行屍走肉，「成為一具空的軀殼」。

小說中精雕細琢的「擬真」細節俯拾皆是，恍如百年前香港再現：屈亞炳母親惜姑委身屈氏家族的賣身契歷歷如繪，當舖的歷史

和文物也鋪陳出栩栩如生的唐山風情。但這些細節又在在吻合、強化「東方主義」主導下西方人眼中的東方形象。殖民地的奇花異草雖「如眞」卻又「似幻」（殖民政府官員妻子夏綠蒂因花草所生的「蟲豸」而受驚失神，從此病重）；這些細節看似「寫實」，和小說的政治寓言訊息交互滲透之下，超越了寫實的範疇。

　　《遍山洋紫荆》是施叔青香港三部曲的第二部，續接《她名叫蝴蝶》，第三部出版時當可窺其全貌。政治寓言小說和後殖民理念結合，似乎正值當道之時，值得評家注意。

註解

註一：筆者曾指出一九八七年解嚴後女作家如李昂、陳燁等積極參
與政治論述。參考彭小妍，〈女作家的情慾書寫與政治論述
——解讀《迷園》〉，《中外文學》，第24卷第5期(1995年10
月)，頁74-92。
林燿德曾指出「50、60年代的政治小說是官方政策的產品，
70年代的政治小說來自知識分子憂國的血性，80年代政治小
說則建立在思想與政治上雙重禁忌的突破。」參考林燿德，
〈80年代臺灣政治小說〉，《臺灣的社會與文學》，龔鵬程
編，臺北東大圖書股份有限公司，1995，頁119-34。筆者本
文所討論的「政治寓言小說」，以長篇或系列小說採取寓言
架構者為主，有別於林燿德文中所談論的「政治小說」（大
多為短篇小說）。有關寓言架構的定義及討論，詳見下文。

註二：有「寫實」或「擬真」技巧,可參考M.H.Abrams,The Mirror
and the Lamp : Romantic Theory and the Crilical Tra-
dition (New York: W.W.Norton,1953)。

註三：參考彭小妍,〈女作家的情慾書寫與政治論述——解讀《迷園
》〉,《中外文學》,第24卷,第5期(1995年10月),頁72-92。

註四：見陳映真,〈企業下人的異化——「雲」自序〉(1983),
《陳映真作品集》,臺北人間出版社,1988,卷9,頁29。

註五：按《陳映真作品集》第4卷即名為《美國統治下的臺灣》。
參考彭小妍,〈陳映真作品中的跨國性企業——第三世界的

後殖民論述〉，《臺灣的社會與文學》，頁235-56。

註六：許南村，〈試論陳映眞〉，《陳映眞作品集》，卷9，頁10。

註七：陳映眞，〈夜行貨車〉，《陳映眞作品集》，卷3，頁101。

註八：CF. Rhonda Cobham, Cisgendering the Nation:African Nationalist Fictions and Nuruddin Farah Maps,"in Andrew Parker & Patricia Yaeger, eds., Nationalisms and Sexualities (New York : Routledge, Chapman and Hall, Inc., 1992),p.47.

註九：南方朔，〈最後的烏托邦主義者——簡論陳映眞知識界諸要素〉，《陳映眞作品集》，卷6，頁19-22。

註十：〈萬商帝君〉，《陳映眞作品集》，卷4，頁139。

註十一：同前註，頁142。

註十二：「家(精神;女性)和「世界(物質;男性)的對立，在第三世界文學作品中有例可循，參考Partha Chatterjee, he Nationalist Resolution of the Women Question, "in Kumkum Sangari and Sudesh Vaid,eds., Recasting Women: Essays in Colonial History (New Delhi: Kali for Women,1989),pp.238-39.

註十三：〈萬商帝君〉，《陳映眞作品集》，卷，頁125-26。

註十四：陳映眞，〈雲〉，《陳映眞作品集》，卷4，頁57。

註十五：林燿德，《高砂百合》,臺北聯合文學出版社,1990,頁40。

註十六：《高砂百合》，頁41。

註十七：《高砂百合》，頁49。

註十八：《高砂百合》，頁49。

註十九：《高砂百合》，頁71。

註二十：《高砂百合》，頁43。

註二十一：《高砂百合》，頁49。

註二十二：《高砂百合》，頁23。

註二十三：《高砂百合》，頁223。

註二十四：《高砂百合》，頁223。

註二十五：Dorrit Cohn 研究第三人稱小說如何表達角色思緒，她
把基本的技巧分爲三種：psycho-narration(心理敘述)
，quoted monologue(引用性獨白)、及narrated mono-
loguc（敘述性獨白）。參考Dorrit Cohn, Tranparent
Narrative Modes for Presenting Conciomoness in

Fiction. (Princeton, New Jersey: Princeton University Press, 1983).

註二十六：《高砂百合》，頁227。

註二十七：《高砂百合》，頁13。

註二十八：《高砂百合》，頁125。

註二十九：施叔青，《遍山洋紫荊》,台北洪範書店，1995，頁51。

註三十：《遍山洋紫荊》，頁50。

註三十一：《遍山洋紫荊》，頁89。

註三十二：《遍山洋紫荊》，頁103。

註三十三：Georgc Orwell, hotting an Elephant and Other Essays"(New York: Harcourt, brace, Jovanovich, 1950).

註三十四：《遍山洋紫荊》，頁55。

日治時代台灣作家
在戰後的活動

⊙呂興昌

一、前言

　　數千年來的台灣文學，隨著歷史階段的「異質」發展，一直呈
現出令人不得不深思的特殊情境。首先，數千年前，生於斯、長於
斯的原住民，他們或居高山（所謂「高山族」），或處平洋（所謂
「平埔族」），在不知有「漢」，無論「日本」「紅毛」與「西班
」的歲月裡，用他們那富於音樂變化、悅耳動聽的南島語，不管是
莊嚴的集團祭祀抑或悲歡的個人生涯，透過神話與傳說，經由長歌
與短調，譜出了台灣文學最早、最彌足珍貴的口語傳統。當其時，
天壤之間純是一派知足常樂的世界，真是列國之帝力於我何有哉！

　　其後，外力入侵，先有1624年荷蘭之佔領南台灣，1626年西班
牙之盤據北台灣，原住民飽受欺凌之餘，卻也學會了拼音文字，例
如南部的平埔族便從荷蘭傳教士習得羅馬字來記錄西拉雅、華武壠
與放索語，至於是否曾經據以書寫歌謠民話？由於年代邈遠，文獻
不足，實在已難究詰。

　　然後就是1662年鄭成功之攻取台灣，驅逐荷人，建立了鄭家王
朝，接著1683年清帝國又消滅鄭王朝，奄有全台，成為台灣的新統
治者。儘管清國長期勵行「禁海令」與「渡台禁令」，但從荷據以
來陸續移入台灣的漢人仍大量偷渡入境，與平埔原住民進行相當程

度的混血，從而成為台灣最強勢的族群，隨之而來的台灣文學也改而走向以漢語傳布、書寫為主的新趨勢；這中間既有上層知識分子的漢詩漢文，也不乏下層芸芸眾生的里巷謠詠，形成台灣近代文學另一值得注意的豐饒蘊藏。

可是就在十九世紀即將結束的前五年，－1895－，台灣又一次陷入歷史的悲局；在日清戰爭中慘敗的大清帝國，竟將一向視之為「鳥不語花不香」「男無情女無義」的台灣割讓給日本，使台灣再度改換新的外來政權，一個徹底實行帝國主義的殖民統治者。身處其境的台灣作家，在這充滿挫折的歷史鉅變中，深受影響，自是不言可喻；他們原先賴以抒寫情志的漢文系統，橫遭嚴酷的衝擊，在殖民當局有計劃的教育措施與「國語」（日語）政策雙重推動下，一步步走向萎縮的命運，可以說，到了日據末期，1920年代以降出生的台灣作家，率皆無法讀／寫漢語，僅能精鍊日文，從而創作出數量可觀的文學傑作，造成台灣文學語言另一多音的歷史現象。

1945年，二次大戰結束，日本無條件投降；台灣終於脫離日本殖民統治，慶幸之餘，不禁熱烈歡迎前來接收的新政權－中華民國－，然而好夢未酣．四七年慘絕人寰的二二八大屠殺與五○的白色大整肅，竟使多數不滿新政權的秀異分子，失去了生命，也使倖免於難的志士，或者遠走他鄉，成為數十年無法洄游的鮭魚，或者禁若寒蟬，苟存於社會的各階層。在這種肅殺的環境中，毫無疑問地，從日本時代走過來的台灣作家立刻面臨一個致命的困境。僅只一年，號稱「祖國」的新政權，竟然毫無人性、也毫無智慧地全面禁止這些作家幾乎是唯一的文學語言－日文，使他們一夕間頓成啞口的族類。筆者這樣的提法，並非本質上反對進行「祖國」的「國語」（又是「國語」），而是在技術上、方法上不滿那種劇烈而毫無緩衝餘地的霸道作風。試想，同樣是外來政權，同樣都想透過語言政策來全面控制台灣，但日本的作法顯然比國民黨中國遠為高明；

日本統治台灣，雖然也大力推行「國語」，但對於台語，開始是相當尊重的，學校教育甚至是採用雙語教學的方式，一直到1937年，也就是入主台灣的第三十八年，才正式禁止一切漢字的文字流通。在那三十八年裡，台灣人在接受日文的同時，比較少有失落自己母語的緊迫感。對照之下，「祖國」的作風真是顢頇而可議，再加上不幸的屠殺事件，遂使部分作家有終身不說北京話，提筆不再寫華文的誓言了。

從以上簡單的歷史敘述中，我們特別強調日治時代台灣作家在戰後的困境，其意義重在反省，而不僅僅是為了批判，經由這樣的反省，我們才能比較正確而客觀地評估台灣文學發展史上的一些曲折進程。今年是一九九五年，緬懷過去這百年，前五十年，台灣的統治者是日本，後五十年，是國民黨中國，值此關鍵時刻，探討前五十年的台灣作家在後五十年的活動情形，其意義自是非比尋常，值得研究台灣文學的同道關心與思考。

二、日治時代台灣作家對台灣「光復」的觀感

台灣作家對於台灣「光復」的觀感到底如何？資料紛雜，頗不易言，這裡僅以具體舉例的方式，選擇其中較有代表性的個案做為說明。

日治時代的台灣作家，並非全部有幸目睹日本的敗戰降伏，例如楊華自縊於一九三六、賴和病逝於一九四三、林永修卒於一九四四、黃石輝歿於一九四五的四月，除了賴和剛好五十歲以外，其餘全都是三、四十歲的年紀，真可說是天妒英才了。至於能夠走到戰後的作家，就文學的角度而言，也是充滿坎坷與感慨，而要瞭解個

中眞象，首先應從他們面對台灣「光復」的態度說起。

鹽分地帶的詩人吳新在他的《震濤回憶錄》中曾描述戰後四個月的台灣人心境云：

> 民國三十四八月十五日，這是世界上最寶貴的日子……晚上夢鶴（即吳新榮本人）再拿出《中山全集》下卷，讀讀未完的幾頁，這次他公然的放這部稀有的文獻於案上，而心理不知不覺中發出一大歡聲，說我們已遭遇著歷史的新頁了。……

但不久，當吳新榮發現三位維持治安的義勇隊員莫須有地被鎗殺的時候，不禁悲憤的說：

> 夢鶴戰慄於祖國這樣的作風——以個人利益，以派別的感情，利用一己的職業，到用公共的機關，來謀殺對手人——他感覺非常不憤！他在理念上雖有一片熱烈的正義觀念，願爲社會服務，雖有永久不滅的民族精血，甘爲國家犧牲；但在實際上他非常灰心，誓歸家庭，除國家民族存亡以外，暫不問世事。

對整個台灣的新處境，從一開始的歡欣鼓舞到緊接而來的失望灰心，變化至爲迅速，卻仍然保有有一份努力改善的熱誠，但演變到最後，竟然是徹底的絕望，這並非吳氏個人的特例，而是當時知識分子頗具普遍性的心路歷程。陳逸松也在他的《陳逸松思憶錄》中也記錄了當時的一些實況，譬如說台灣人對重回「祖國」懷抱的熱情表示是，到處獅陣鑼鼓，鞭炮響徹雲宵，甚至有殺豬公歡迎的，簡直比迎媽祖還熱鬧。而陳氏這一群日據時代以《台灣文學》雜誌爲中心的文化界人士，則開始狂熱地學唱國歌、學說國語，眼看到處飄揚國旗，到處懸掛孫中山與蔣介石的掛像，深深感覺一種有如棄兒重回母親懷抱的歡愉，絲毫未曾懷疑表面裡頭的眞象，看到國軍進入台北竟然穿草鞋、背大鍋、帶雨傘、戴斗笠、擔米籮時，

身為律師、言詞犀利的陳逸松竟無中生有、振振有詞地美化這種現象正是「王師」在中國大陸神出鬼沒、讓日本鬼子防不勝防的遊擊隊雄姿；天真的台灣子民當時還深信不疑呢！可是等到國民黨政權腐敗的真面目－－呈現在台灣人的面前之後，陳氏也徹底的失望了，最後甚至在七〇年代進入中國尋找另一種「祖國」形象。

就是在這種從盲目的欣羨轉成無限的質疑氣氛中，台灣作家冷靜而孤獨地在戰後走他們應走的道路。

三、日治時代台灣作家在戰後的活動

(一)淡出文學一羣

由於戰後台灣的新政權基本上並非真能尊重知識分子，再加上種種政經措施明顯地與日本殖民地統治並無本質上的歧異，此外，歷經二二事變與白色恐怖的雙重摧折，從日治時期走過來的台灣作家，普遍有嚴重的社會冷感症，他們為了避免情治人員無孔不入的糾纏與羅致，乾脆將日治時代所創作的文稿、剪報，連同書籍與文學雜誌付之一炬，更徹底的則是藉口抗拒新國語政策，索性放棄文學創作！從而成為淡出文學的一群。

例如台南新化的張慶堂，原本是擅長描寫各種農民疾苦的小說家，其文學語言特見功力，戰前他曾與台南的趙櫪馬、董佑峰、朱鋒、除阿壬等同好共組「台南藝術俱樂部」，推展文學與戲劇活動，同時還注意蒐集抄錄舊文獻，對於文學、文化工作應有一份執著，可惜戰後一改舊轍，竟然遠離文壇，專事農務。由於張氏之生平，目前尚未見出土，其淡出文學的真正原因為何？仍待進一步的考索；於此可以斷言的只是，應非基於語言的理由，因為他的中文造詣在同輩中實是佼佼者。

同樣從事小說創作的豐原人林越峰，也是以農村的問題作爲表現的主題，他甚至處理過農民組合出賣同志的「內奸」事件。他在一九三四年參與台灣文學聯盟的籌備工作，並擔任默片時代的電影解說員（即通稱的辯士）。他戰前也是以白話小說爲主，認爲小說有改革舊制度，蘊涵民族意識的作用。然而戰後也放棄了文學，轉而從商。可惜也由於資料不足，無法深究其心理轉折的實際過程。

比較值得注意的例子是鹽分地帶的詩人莊培初，他與郭水潭同是佳里人，擔任過台灣新民報記者，亦屬台灣文學聯盟的會員。戰後他也離開文學，從事貿易工作。據說他絕口不談文學的程度，甚至會暴跳如雷的否定戰前的任何文學活動。筆者有次登門拜訪，他也是一再強調所有的作品都不成熟，都是林芳年幫他拿去發表的，連筆名也是林芳年替他加上的。筆者想將難得蒐集到的一張有他在內的老相片轉送給，他也雙手連揮，不願接受，讓筆者油然心生此老業已心死的深刻印象。

莊先生爲何會表現如此絕決的態度？從他本身不易獲得答案，筆者僅能從側面瞭解一點蛛絲馬跡的理由。據莊先生的好友楊熾昌見告，莊氏是「怕死」；他早把從前所有的資料毀掉。所謂怕死，豈不正簡明扼要點出恐怖時代的肅殺氣氛對作家直接推殘的力量！

所幸今年，莊先生在其鄉後輩羊子喬的百般敦請下，終於接受「鹽分地帶文藝營」頒發給他的文學貢獻獎，筆者殷盼這是一個有意義的契機，希望後續還有更精彩的發展。

(二)「革命」事業的憧憬

如果說前述台灣作家之淡出文壇是來自消極的避禍心理，那麼這一節所要討論則是積極的主動出擊，只不過不再經由文學的手段罷了。這類作家可以舉朱點人與呂赫若爲例說明。

　　被張深切譽爲「台灣新文學創作界的麒麟兒」之朱點人，原名朱石頭，爲台北艋舺人。他是日治時代中文寫得特別流暢出色的小說家，在三〇年代鄉土文學論戰中，站在中國白話文的立場，反對黃石輝與郭秋生等人的台灣話文主張（這會不會與他擅長中文有關？）。他的小說側重描寫工人與庶民階級，文字表達客觀而精準，善於讓人物自然呈現意義，而不作眞接披露主題的敘述，在同儕中是位才華與潛力都有可觀的作家。可是到了戰後，眼見四七年那場血腥的殺戮，十足體會出中國官僚的狡滑、陰狠和殘忍，遂對新統治者產生反感，同時有感於台灣困居海島，本身力量薄弱，缺少組織，亟需外力聲應支援，因此對於台共分子蔡孝乾的勸誘，乃起共鳴，思想逐漸左傾，行動亦轉爲激進，不久即正式成爲台共的地下工作人員，最後於一九四九年被捕而遭鎗決於台北車站（見張恆豪＜麒麟兒的殘夢；朱點人及其小說＞一文）。

　　與朱點人頗爲類似的作家是呂赫若，這位出身台中潭子的小說家，被公認是日治時期台灣最有才氣的作者之一，他的《清秋》是戰前唯一出版的個人小說集。戰後，他深知日文已不可能再成爲台灣主要的文學語言，遂毅然改以中文從事創作，以他的才情，假以日，必能大放異彩於未來。此外，他在音樂與戲劇方面也有傲人的造詣。無奈，時代的動亂改變了他人生的方向。他先是以筆記錄他的時代，例如四七年二月寫的中文小說＜冬夜＞，透過他銳利的小說家之眼的觀察，竟預言似地預告了數天後便發生的二二八事變。然而呂赫若並不滿足於這種靜態的「文字作業」，他滿腔的悲憤與理想已經無法只從文學的構作中獲得解決，他企圖進一步從問題的根本入手去解決，於是他選擇了政治參與的手段。戰後一開始，他原本就曾參加三民主義青年團，爲的是想瞭解國民黨中國的基本理念，但二二八之後，他徹底對國民黨絕望了，遂義無反顧地走向另一個紅色中國的追求，他接受建國中學校長陳文彬的影響，思想開

始左傾，緊接著便積極行動；主編《光明報》，正式加入中共的台灣省工作委員會，同時變賣家產，開設印刷廠，印製秘密資料與宣傳刊物。然而到了一九五一年年底，當位於汐止附近的鹿窟武裝基地被破獲夷滅時，卻傳出呂赫若在山中死難的消息，或謂被射殺，或謂被毒蛇咬死，結束了他意興風發，充滿理想性的一生。

另一個雖非醉心紅色天堂，卻也招致殺身之禍的例子是李張瑞。他是台南關廟人，提倡超現實主義詩風的風車詩社之同人。這樣的一位具有前衛思想的詩人，戰後竟於斗六水利會主任工程師任上，被誣指參加叛亂組織，解押台北，於一九五二年執行鎗決。據筆者訪問李氏家屬，發現他們根本從未接到任何有關李張瑞被捕的資料，甚至連死的刑判決書也付諸闕如。而據筆者訪問與李氏同案被判十五年徒刑的新竹彭先生所作的證言，確實證明李氏根本就是被誣陷入罪致死的。

像這樣，在那高壓的統治年代裡，不管是情有獨鍾的革命志士，或無辜受難的代罪羔羊，他們的不免死於非命，正說明了台灣作家的現實處境，其實比他們所描述的文學世界是更富於悲愴性的。

㈢文獻整理與學術研究

另一類日治時期的台灣作家，他們在戰後也有相當程度的活動，而且也與文學不無關係，但基本上，他們已不再創作，而是轉向文獻整理或學術研究。前者可以舉王詩琅、吳新榮做為代表，後者則以楊雲萍最為大家所熟知。

王詩琅戰前的文學作品雖然不多，但由於他那無政府主義的特殊色彩，使他在台灣文學史上站有一席之地，；但更重要的是，他在文學評論所表現的真知卓見，例如＜賴懶雲論＞與＜一個試評：以《台灣新文學》為中心＞，永遠是研究戰前台灣文學極重要的參

考資料。到了戰後，王詩琅任職台北市、台灣省文獻委員會，主編《台北文物》與《台灣文獻》，後來又主編《台灣風物》，這三種公認對台灣研究最有影響力的刊物，在他主編之下，內容特別豐富，有些企劃專輯，至今仍然廣被引用，如新文學運動、新劇運動等座談會記錄。此外由於王氏博學強識，有關台灣研究的著作，數量極多，遂有台灣文獻與新文學活字典的雅稱。至於提攜後進，永遠不遺餘力，許多發憤研究台灣歷史的年輕學者，更是深受沾漑，受益匪淺。

可以這麼說，戰後王氏雖已少有創作，但從文學史的角度來看，他對台灣文學的貢獻仍是厥功至偉的！

其次要談的吳新榮，戰後以一篇＜亡妻記＞蜚聲文壇，曾被許為台灣的《浮生六記》。不過吳氏的專長仍在新詩創作上，而且還被推為鹽分地帶左翼文學的掌旗者。戰後，這類創作中斷，繼之而起的是鄉土文獻的蒐集與整理。其中聲名卓著、貢獻最大的是《南瀛文獻》的編輯。其後擔任台南縣文獻會編纂組長，負責《台稿》的撰寫與編修，被認為是台灣方志中不可多得的佳構。

總之，吳新榮在現實政治舞台飽嘗冷暖之餘，深深體會到整理鄉土文獻，才是摯愛台灣最具體的方式，這種情懷，與他戰前新詩所表現的土地之愛，原是一脈相承的。

至於楊雲萍，他不僅是戰前文學雜誌《人人》的主要編者，更是台灣新詩走向成熟顛峰的重要詩人；他個人出版的《山河》詩集，早有中譯本流傳中國。而《山河》藝術水準之高，也早有定評。戰後初年，楊氏主編《台灣文化》，在當時重建台灣文化的覺醒中，具有歷史關鍵的意義。不過，楊氏最值得肯定的仍是在台大歷史系教授的職位上，當台灣研究還是禁忌的年代裡，便已開設具有台灣立場的台灣史課程，如今當年有幸得列門牆的學子，也大都「自立門戶」，成為台灣研究的重鎮了。可以這麼說，楊氏固然已不再

有新文學作品問世，但經由他在台灣史所播下的種子，間接影響了台灣文學研究的背景架構，其無形的貢獻仍是不容小覷。

㈣台灣文學的重建

作為行動派的馬克斯主義文學家，楊逵是戰前農民運動的大將，但他的文學創作卻自有他的藝術規範，而且控制得宜，甚少叫囂。這種兼具理性與活動力的均勻組合，使他比較容易發揮開闊的思考空間。戰後初期，當大部分從戰前走來的作家還因為語言困擾而躊躇不前時，他已果斷地採取了行動。戰爭一結束，他立刻刻印《一陽週報》，第二年接下《和平日報，新文藝》的編輯工作，同時將戰前的小說加以整理，結集出版，名曰《鵝媽媽出嫁》；之外，也把＜送報伕＞的中日對照本在台北印行。第四年擔任《力行報‧新文藝》的主編，同時對於重新出發的「銀鈴會」同仁，如張彥勳、朱實、蕭金堆。林亨泰等鼓勵有加，經常把他們的作品發表在文藝欄裡，頗有文學青年之導師的味道。同一時間，他又創刊《台灣文學叢刊》，繼續發揚戰前創辦《台灣新文學》的精神。

至於像龍瑛宗這些日文作家，在報紙未全面禁刊日文之前，也借中華日報的篇幅，闢了半版的文藝欄，刊登日文的文學創作。由這過渡期的作法，可以看出台灣作家不肯中斷寫作命脈的本心，只可惜由於執政者偪仄狹隘的心胸作梗，終使這部份的寫作曇花一現，瞬告解體，使他們轉而成為潛流，必須經過若干年後，或是六〇年代，才再噴湧而出，重視人間，奔流匯聚，流向台灣文學的大洋裡。

戰後台灣小說的階段性變化

⊙許俊雅

一、前言

　　欲建構一九四五年至九五年，台灣小說階段性的變化，本身即面臨了文學史架構的問題，如何詮釋論述是個難題。此一工作首需閱讀大量翔實的史科（文學作品），並進行剔偽存眞，去粗取精的藝術鑑別，以及對歷史發展上各種文學思潮、流派、現象，進行深入細密的個案研究，同時對社會、政治、經經、文化有相當的了解，如此描述出來的文學輪廓方能清晰貼切。然而面對浩如煙海的的文學作品，加上過多政治的禁忌，資料毀滅的歷史斷層，我們迄今難以全面掌握究竟有多少文學雜誌、文學典籍？也無法盡數瀏覽。面對如此龐大的文學現象，不禁令人惶恐。四、五〇年代的文學作品不易見；八、九〇年代的作品，置身高速滾動的資訊消費社會中，其妍媸優劣無從充分掌握。劉紹銘曾說：「五十年代的文學作品我看得最少，不是作品不好我不願意看，而是想看卻看不到，根本買不到。……五十年代作品看得少就不能說。」（註一）其實，又何嘗五〇年代情況如此？爲了進行初步的爬梳、鉤沈，對各個階段活動的作家予以客觀定位，我們不得不試著說說看。

　　本文對戰後台灣小說發展的脈絡、軌跡，採以每十年爲一橫切面檢視，緣以政經變遷大致符合此十年一階段情況及論述之方便。當然，每一時代的文學史斷代，任何作家、作品都不可能因應某一

個十年為期的階段，而做自我創作的調整，此一機械性的時空分割，有其盲點，也受到頗多人的質疑（註二）。過去大致被畫分為五〇年代反共、戰鬥文藝時期，六〇年代為橫的移植－西化，現代主義文學思潮的時期，七〇年代為縱的繼承－回歸鄉土的寫實主義時期，八〇年代為多元化或後現代主義時期。而此間又賦予後一階段之興起乃針對於前一階段的反動，因此七〇年代的鄉土文學運動，乃是不滿於六〇年代的現代主義所帶來的頹廢、逃避、蒼白、虛無；六〇年代的現代主義乃是在反共、戰鬥文藝下，心靈苦悶、一種精神荒原的追尋。

可謂各個時期的主流乃是針對其他支流創作而言。然而某一時期的主流創作浮現，蔚為風潮時，其他支流並未頓然消失或死亡，其間仍是或隱或現，並存發展。因此當我們說七十年代鄉土文學時，並不意味六十、八十年代鄉土文學就銷聲匿跡了，或寫實主義的文學隱沒了。事實上作品永遠在論戰之前即已發生，王禎和、黃春明、陳映真、楊青矗、王拓等人，他們大部分的小說創作在六十年代即已出發完成了，而八、九十年代仍有葉石濤、鍾肇政以寫實主義的作品問世。不惟此也，當我們說六十年代是現代主義時期，事實上五十年代中文壇是反共文學與現代主義的文學平行發展，而七〇年代是否僅是對六〇年代的不滿？事實上，鄉土文學論者所排斥的部分六〇年代灰頹、失血、病變的現代主義文學，在某個意義上，也是對五〇年代文藝政策的反彈，因而七〇年代可說是對前二十年文藝的抗辯與自覺。此一種十年畫分的方式，造成書寫時以主流為關懷重點，同時代的異聲或許將更為後來文學史書寫者所重視，此一論述應是可以預見的。

本文自知以十年為一階段，作家之創作生命難免被切割，尤其對跨越世代、長期創作不輟、文學典範不斷更迭的作家來說，不論放在那一階段來書寫，都將使焦點模糊。因此論述時，視其必要將

縱橫座標聯連起，或較能貼切看出台灣小說變遷的歷程。

以一九四五年做為階段起點的戰後台灣小說，存在著從舊殖民地政權（日本）解放出來，同時又被納入另一個不易被明顯察覺的新殖民地體制禁錮裡的雙重性格。從一九四五年到一九九五年，台灣小說的生態環境與深層結構也面臨了一個與過去不同的階段。其後小說的發展動向與社會政治脈動息息相關，而有各個階段性的發展、特色。茲以概略的階段畫分，試為戰後台灣小說發展歷程描繪輪廓。

二、戰後初期（一九四五～四九）的小說

從一九四五至一九四九年，台灣光復、國府遷台，這期約四年光景，台灣的小說過去很少被提起，成為空白期。然則這四年的小說呈現的是「驟然消失的繁華年代」。日本投降，台灣歸還國民政府管理，對殖民體制下的台籍知識分子而言，他們長久處於被鄙視、壓抑的惡劣困境，一旦得到解放，莫不認為是發揮理想，施展抱負的大好時機。根據張良澤蒐集到的資料，此時出版的文學、文化雜誌有數百種之多。在經濟匱乏的年代，這樣的繁華好景，說明了作家對文學創作熱情，又回復到新的沸點。

脫離殖民地統治，曾是許多台灣人的夢想，而在美夢成真的戰後初期，文學界的確百花齊放，龍瑛宗、楊逵、吳濁流、葉石濤諸人，皆有作品發表於報刊雜誌。其時副刊尚保留日文版，他們亦得以藉之延續創作生命，即使日文作品逐步煙消，但仍有翻譯後再刊登之作，有些作家甚至急於為時代見證，迫不急待踏出中文創作的腳步（如呂赫若）。而台灣在太平洋戰爭及戰後的蛻變，除了充滿了滿目瘡痍、愁雲慘霧的歲月外，又加上心靈的鉅痛，它給台灣人民帶來深度的裂縫與扭曲，這是戰後台灣作家首先要予以深刻凝視

、關注的。台灣人民無可奈何的命運,是戰爭期作家最想處理但又不能碰觸的題材,呂赫若在戰後即迫切地以不很圓熟的中文創作了四篇中文小說:〈故鄉的戰事一一改姓名〉、〈故鄉的戰事二一一個獎〉、〈月光光-光復以前〉、〈冬夜〉,這四篇作品記錄了台灣人民在日本、中國統治下生活的真實面貌。〈冬夜〉一篇尤其凸顯了政權更迭之際,人民所承受的巨大衝擊。此四篇中文小說,篇幅都不長,藝術成就遠不及其日文作品,人物之刻畫及情節之營造,均缺乏他一貫冷靜而熟練的解剖技巧。應是從日文轉換到中文,尚不能圓熟運用之故,但他進步得非常快,一篇比一篇精彩,細節亦能多所描繪,他對文字的天分,誠令人敬畏。

龍瑛宗戰後不久,亦發表了兩篇作品,表達他對「光復」的看法,〈青天白日旗〉描述了阿炳乍聞光復時內心的震盪,並有著幸福的感覺。〈汕頭來的男子〉慨嘆生於不幸星辰下的台灣人,沒有祖國的淒涼。台灣人原罪的負擔,在文中有所敘述:台灣人「背著幫兇的任務」。此一原罪主題在吳濁流《亞細亞的孤兒》也有所披露,胡太明初到大陸,太明的朋友即好心告誡他:

> 我們無論到什麼地方,別人都不會信任我們……命中注定我
> 們是畸形兒,我們自身並沒有什麼罪惡,卻要受這種待遇是
> 很不公平的。可是還有什麼辦法?我們必須用實際行動來證
> 明自己不是天生的「庶子」,我們為建設祖國而犧牲的熱情
> 並不落人之後啊!(註三)

此一原罪負擔,在邱媽寅〈叛徒〉裡,分裂為迷失於中國、日本的民族認同兩端,這種游離於兩個敵對民族間的苦痛,實是台灣人無可奈何的宿命。主角蘇靖彬與陳西彥的狂飲,透露此中悲情:

乾杯！為了我們的世界大同主義，乾杯！在我們四海為家者，管他是日本人，還是中國人，結果都是一視同仁的。哈哈……（靖彬）有時候噴著吐沫，哭聲地（自語）：「你，你是支那人呀，哈哈」但他最後總是皺著眉頭，一口飲盡那簡直是痛苦的酒。西彥忽然想起似地說著茫然一笑：「據說日本人也是黃帝的子孫，說是什麼秦朝時候移住過來的。」「你相信嗎？」靖杉問，「我什麼屁事也不相信。」西彥又露出一個微笑，「但是我都清楚，日本人跟中國人是不同的，是一種可佩的人種，是吧」靖彬嘴裏雖是這麼說，可是到只是一個人的時候，連他也會從心底委曲起來，而潸然淚下了。（註四）

這篇小說在當時，其探討的問題頗為尖銳，認同的過程亦頗為曲折，是篇十分成功的作品。游喚曾謂：「有關『台灣』及其主體的小說形式之論述，這一篇可謂相當尖銳直接。」「＜叛徒＞文本中也存在著兩個文本自我解構的宰制認同之因素。」（註五）另葉瑞榕筆下的＜高戰銘＞描述了擔任中學教員的台籍知識分小，由日文過渡到中文，遇逢大陸合格教師等的挫敗經驗。

二二八事件後的台灣文學園地主要以《中華日報》日文版文藝欄為主，（一九四六、三、十五～十、廿四，主編是龍瑛宗及《台灣文化》零星的文藝創作（二二八事件後《台灣文化》改為純學術刊物）。在《中華日報》上我們可以看到王莫愁的＜春天的戲弄＞及邱寅媽的＜天花＞描述了台灣女性的處境，深切盼望戰後丈夫的歸來，但日本回來的丈夫，卻出人意外地帶回日本妻子，這在當時應也是很普遍的社會現象。在台灣文化刊登的小說如楊宗愚＜阿榮＞（為戰爭＜鴛鴦＞一作轉載）、張冬芳＜阿猜女＞、呂赫若＜冬夜＞，大致上都以台灣女性命運為經，以此暗喻被殖民的台灣之慘

境。張、呂之作尤其架構在外省男性與本省女性之婚姻，皆是因女性爲外省男士所騙、被强暴後，方嫁給對方，此一「强暴」行爲或許有暗喻台灣之爲中國收編，事實上是不能自己做主的。以女性命運象徵台灣被殖民的慘境，是台灣小說的一貫的寫作傳統。

此期台灣作家面對的問題其實相當多，最大的挑戰來自一九四六年十二月統治者查禁日文，他們之中大部分人失去賴以依存的文學語言。不久二二八事件發生，對他們又產生相當大的衝擊，雖然有不少知識分子轉瞬間熱情轉爲冷凝固結。但在這樣的環境下，仍有不少文士奮筆創作，從這些作品，可以發現戰後台灣人民的苦悶，以及對整個時代的無奈。這些作品如實呈顯台灣作家一貫的鄉土寫實風格。

一九四八年八月，在台中主編《力行報》文藝版的楊逵，繼續爲台灣文學的重建而奮鬥，他開始主編《台灣文學》（僅三期即停刊），並特地在第一輯說明刊行宗旨：「最近的論爭所得到的『認識台灣現實，反映台灣現實，表現台灣人民的生活感情思想動向』這原則，本刊認爲是建立台灣文學當前的需要，而且是最堅强的基礎。」在這樣的原則下，我們可以發現楊逵特別轉載了兩篇省外作家的作品：鄭重＜摸索＞、楊風＜小東西＞，這二篇小說反映了濃厚的台灣經驗，尤其是光復初期台灣民眾普遍的窮苦，並指出台灣封建社會，養女習俗的弊端。鄭重的＜摸索＞也觸及到外省人和本省人對事物的不同看法及習俗的差異，呈現了當時祖國年輕知識分子的理想和人道關懷（此項在楊風小說亦可見到）。

省外作家所描述的台灣經驗，尚可見諸於《新生報》「橋」副刊，該報一九四七年八月一日創刊，一九四九年三月廿九日停刊，共刊出二二三期。副刊主編爲歌雷（史習枚），是一位較能真心關心台灣文學前途的大陸知識分子。他認爲「報紙的讀者多是本省人，卻沒有本省作家的文章，這是說不過去。」（註六）遂刊登啓事

徵求日文稿件,再請人翻譯後刊登,楊逵、葉石濤之作即藉此管道
得以發表。歌雷崇奉現實主義,在他主編的「橋」副刊,因此樹立
了此一現實路線。在副刊裡刊登的省外作家的小說,基本上也是著
重寫實的風格。如呂宋<到達>描述大陸民眾搭乘海輪初抵基隆碼
頭的情景:林鹿<夜車上>描寫主角在夜車上碰見流落台灣卻找不
到工作的外省人的故事。吳阿華<出差記>靈活呈顯了外省公務員
藉出差作威作福、騙吃騙喝的醜態(註七)

　　相對於省外作家的台灣經驗,在「橋」副刊上台灣作家的筆觸
幾乎沒有以外省人為主題的小說。如有亦大致見諸二二八事件前,
並集中於台灣女性為省外男女欺騙,凌辱的故事。(如前所述)在
一九四八年五月,吳濁流撰就了<ボシダマ科長>(波茨坦科長)
,這是在二二八事件後,吳氏強烈的反殖民意識之作,對接收官僚
極盡辛辣諷刺,主角翁玉蘭在來台接收官員范漢智熱情的追求下,
很快便與范結婚,但婚後她漸了解范的為人,及出賣台灣、牟取暴
利的勾當,他酒後吐真言:「台灣真是個好地方,由重慶只穿一領
西裝來,不久就可以做百萬富翁或千萬長者,真好!」(註八),
她的女權意識隨著她到動物園散心,看到大象求食情景而有所反者
。大象為求得「一片之食擺出媚態。出賣媚態而求人喜歡。唉呀,
女人也和大象一樣嗎?在「家庭」的鳥籠裏,不過給一個男人觀賞
而已。(註九)」玉蘭曾「像一個孩子」戀慕母親似歡欣迎接王師
的到來,輕易地嫁給了范漢智,婚後才發現自己就像被關在家庭的
鳥籠裡,成為被觀賞的對象,進而喪失自主性,事事取媚於人。小
說以玉蘭和范漢智的婚姻關係隱喻台灣與祖國之政治關係,翁玉蘭
女權意識之覺醒,其實象徵了台灣人及中國殖民意識的覺醒。吳氏
善用類比諷喻,成功而深刻表現台灣人認同的挫折,及可悲的被殖
民命運。

　　一九四八年<橋>副刊陸續登了不少作品,蔡德本<苦瓜>,

寫嗜吃苦瓜的阿金婆，在戰爭中失去了唯一可依靠的兒子，媳婦不堪她的壞脾氣逃回娘家，孤苦無依的阿金婆為了平素愛吃的苦瓜，只得晚上到鄰居家偷摘苦瓜，遭兒子的好友不知情毒打一頓，後阿百知是亡友之母後，偷偷將最熟的苦瓜以及亡友土獅遺留的木刀，由牆壁的縫隙塞入。小說以「苦瓜」為意象，具體呈現「苦」之來源，在於戰爭、貧窮及家庭權力結構的不合理。黃昆彬＜美子與豬＞，如實呈現了當時女性在家庭結構中必然的挫敗與幻滅。王溪清的＜女扒手＞、謝哲智的＜拾媒屑的孩子＞描繪了戰後台灣物資的奇缺、生活淒涼的情境。

　　除了反映台灣民眾普遍的貧窮，也有作品隱喻了台灣之改革、建構。楊逵＜萌芽＞以洋牡丹的栽培、除蟲、開花過程，象徵了台灣人的解放運動之花朵終將開花、結果。葉石濤＜汪昏平，貓和一個女人＞、＜三月的媽祖＞及一些歷史題材之作，實都具有批判台灣現實之意味。在＜汪＞、＜三＞二作未刊登之前，陳顯庭即評葉氏之作，說他的作品「全是屬於十七世紀台灣人對荷蘭人的反抗的故事，而作者想要藉此表現台灣人的特有的性格及象徵台灣的過去的社會，將以對現社會給予一種暗示。」（註十）陳氏又緊接著期許葉氏能將筆鋒對準台灣現實，給亟待改革的台灣注入進步的力量。＜汪昏平·貓和一個女子＞、＜三月的媽祖＞體現了筆鋒對準台灣現實之建議，前一篇指責了汪昏平的浮游無根世紀末頹廢。揭示台灣知識分子應與勞動群眾攜手共進，後一篇以二二八為背景，描述律夫步步驚魂的逃亡過程，尤其扣住「三月媽祖」大地之母(Earth Mother)的象徵，一個救律夫的女子。能真心撫慰律夫（或台灣人）的人，象徵了台灣這塊土地，她充滿了守護女神媽祖溫馨仁慈、值得信賴的特質，是台灣人重新自我定位所找回的母親。

　　二二八事變後的台灣小說，仍然有不少作品表達了台灣人悲慘的生活，對台灣社會經濟的混亂一如事件前，但大致上筆觸不是那

麼直接尖銳指向統治者，而以一種低沈平淡口吻描述事件，使通篇文章充滿無奈及無力感的焦慮世界，隱約中仍充滿作家關懷社會，時局之情。可見作家淑世的精神，事實上並未因二二八事件而有所退縮，甚至有一些作品反映了台灣人唾棄暴政，企思再革命，解放台灣之心願。本土先行代作家作品在戰後文學界（尤其五、六○年代）瘖啞失聲，除了語言、生活，其實最大因素來自於政治干預。而政治變故，固然二二八事件使得一些作家噤若寒蟬，但最重大影響應是五○年代白色恐怖時期之延續。從一九四七年至一九四九年，這二年間，台灣的文學活動並未完全沈寂，甚而台灣史上第二場鄉土文學論戰都引起省內外熱烈的討論。一九四九年十二月國府遷台，不久因韓戰（一九五○年六月）爆發，使得美國改變政策，以軍事、經濟援助蔣介石領導的國民政府，派遣第七艦隊協防台灣海峽，防止中共對台灣的攻擊。韓戰爆發，扭轉了台灣被「血洗」、「解放」的立即危機，但也使國民政府，有餘力展開白色恐怖時期，台籍作家即未被二二八受震如驚弓之鳥，亦不得不在語言轉換中暫時消音。至此台灣文學進入另一截然不同的階段，在大陸來台作家的主導下，「台灣文學」一詞被壓抑沈潛下來，而在台灣的文學活動代表的即是正統的自由中國的文學。

三、五○年代的小說

一九四九年十二月國府倉皇東渡，在短短半年間，國民政府及美國分別入主島嶼及海峽，改變了台灣的歷史文學。台灣的政經也面臨另一次的世代更替，在政治上，另一種民族文化意識型態的改造來臨，在經濟上則因美援的關係，使得美國勢力對戰後台灣的政治亦有所影響，甚而與國民政府所代表的中原勢力交相作用，在五○年代中期以後達到顛峰，直至六○年代中期以後，才逐漸撤出台

灣。雖然如此,美國方面的影響卻也不曾眞正斷絕過。

在美國的支持下,一個相對於共產中國的「自由中國」出現了;在反共的恐慌中,一個沈默無語的「白色」年代也來臨了。五〇年代思想言論管制,使台灣文學的發展喪失自主性,成爲附屬於戰鬥文藝旗下的小兵。

孫陵主編《民族晚報》副刊時,他在一九四九年十一月的創刊號,提出「反共文學」一詞,馮放民(鳳兮)接編《新生報》副刊時,確定了「戰鬥性第一,趣味性第二」的徵稿原則。起而效尤者不少,一時文風不變。跨入五〇年代,國民黨正式將文學列爲反共戰鬥力量之一支,以「管制」和「培訓」政策,雙管齊下。一方面禁絕三〇年代作品,另一方面組織機構,訓練控管文藝作家。在張道藩、蔣經國、宋美齡等人領導下,光復成立直屬中央指揮的文運機構:一九五〇年三月中華文藝獎金委員會,一九五〇年五月中國文藝協會,一九五三年中國青年寫作協會,一九五五年中國婦女寫作協會。此間,一九五一年擔任總政治部主任的蔣經國先生發表〈敬告文藝界人士書〉;號召「文藝到軍中」去之策略,是爲「軍中文藝」,一九五三年蔣中正總統在《民生主義育樂兩篇補述》中提倡民族文學作品,反黃色反赤色,同時中國文協強調反共救國文學,其中堅分子多爲報社副刊主編,文藝政策因之得以落實。在小說方面,幾乎以揭發共產黨醜惡、宣揚反共英勇事蹟爲題材,以張道藩爲首的文獎會,當時小說取稿標準即特重反共抗俄意識之闡發。「其內容不外兩種:一是寫我們的忠貞的反共志士,在大陸淪陷前後,和共匪鬥爭的經過;一是寫軍中的生活和戰爭的事實。」(註十一)文藝是不能被政策指導的或服務於政治的,强行介入的結果,只有使作家的創作力提早夭折,事實上這段被歸於政策文學的時期,因官方將文藝視爲對中共進行心理喊話的工具,而與文藝本身品質的發展愈行愈遠,致泰半作品在藝術上難成典範之作。

　　對於省內作家來說，語言的轉換、政治的高壓迫使許多人沈默下來，四〇年代曾活躍一時的楊逵，因一紙和平宣言被判十二，年鋃鐺入獄；與《台灣文化》有密切關係的日據作家楊雲萍、黃得時，進入台大，從事學術研究的道路；呂赫若生死不明；張文環、龍瑛宗躲入金融世界，不問世事；除了廖清秀、鍾理和、施翠峰和李榮春等人偶因徵文，與中華文藝獎金委員會或中國文協有一點關係外，其它戰後第一代的省籍作家仍在克服語言障礙，試探摸索，準備俟機出發。

　　而對省外作家來說，初至台灣本無久居之意，他們對台灣自缺乏落實而具體的情感與文化歸屬認同感，這本是人性之常，記憶中的家園國土魂縈夢牽，是揮也揮不去的，他們的寫作不能說沒有鄉土寫實色彩，相對於台灣的副熱帶風情，他們筆下呈現了迥異的鄉野情趣，懷仰念舊之情，亦真摯動人，惟對生息於斯的廣大民眾而言，那是陌生遙遠的國度。比較起來鍾理和、鍾肇政、廖清秀等少數台籍作家，雖然非主流文學，但卻深刻反映了對土地、人民熱愛之情，聲音雖微弱，但在一片反共懷鄉的浪潮中，不異是一股清流，如以鍾理和為例：

　　從一九五〇年至一九六〇年八月病逝為止的十年間（卅六～四六歲），是鍾理和創作力最旺盛的時期，在這段期間，他完成一個長篇、一個中篇，三十多篇短篇。其中＜故鄉＞系列四篇，對戰後初期台灣的農村，遽變的社會有無言、沈痛的悲訴，記錄了人與土地緊密微妙的關係，作品中呈現的人性尊嚴、台灣情懷，在五〇年代初期，實具重大意義。但該作完成之後，卻始終遭退稿命運，他做了四次修改，「他她明明知道，這篇作品不蒙探納是因為文中描寫了台灣光復後農村的悽涼艱困，以及當時台灣住民的悲慘境況。這類鄉土文學最犯政治上的大忌，何況又寫得如此真切動人！」但他「絕不改變他所堅持要表達的重點，只在文末作了偽裝式的注解

，說明文學所記是光復初期現象，後經政府大力經營，農村生活已大有改善云。」（註十二）一九五六年十一月鍾理和＜笠山農場＞榮獲中華文藝獎金委員會舉辦國父誕辰紀念長篇小說第二獎（首獎從缺）。場景以戰前父親經營的笠山為主，描述農場經營的過程，及與同姓女工淑華的戀情，對南台灣客家山村、農民生活細節，客家文化的保守、刻苦、淳樸、真摯，流露了深刻細緻的筆觸。是部充滿自傳方式的小說，也「奠定台灣農民文學的典範。」（彭瑞金語諷刺的是當時戰鬥懷鄉文學充斥文壇，一部得獎之作為張道藩文教基金會扣留而不得出版，延至六○年，之作者已病逝，方在林海音主編的《聯合報》副刊連載。以鍾氏如此充滿鄉土之愛的作品，不是屢遭退稿，就是不得出版，台灣作家命運之坎坷，在五○年代尤令人深慨。事實上從一九五四年《台北文物》三卷二、三期的遭禁，即可感受到台灣人士所處時代之荒謬。其時台灣不少作家早已因語言文字、政治　壓雙重挫折而輟筆，因此當王詩琅主編台北文獻委員會刊物《台北文物》時，即亟思以「新文學、新劇運動專號」試圖接續日據時代以來的台灣文學傳統，但即使是政府的出版品也仍遭查禁命運。五○年代台灣本土文學、作家之無出路，由此可見。

尉天驄曾說：「由於當時台灣歷經島內之治安未久，惶恐無著的人們很難與所謂的「反共大業」結合一起，也就是說，就廣大的台灣同胞而言，反共文學一開始便因為與此地的文學傳統切斷關係，而缺少生根的土壤。」（註十三）台灣本土作家基本上是未參與此階段「反共」小說之創作行列的，反而表面上以抗日經驗安全偷渡，而背地裏可能隱藏另一反抗之企圖。

當然，在反共戰鬥文藝最高潮的五○年代來說，也並非全部一面倒，或所有作品都欠缺藝術成就，仍有截然不同的聲音潛伏其中，或依自己人生理念創作或注重藝術形式和個人思想感情，不依循

僵化的政策教條。陳紀瀅的《荻村傳》（一九五一）、姜貴的《旋風》（一九五七）、張愛玲的《秧歌》（一九五四）（雖非台灣作家，但張在台灣，情況特殊）、潘人木的《蓮漪表妹》（一九五二）、潘壘的《紅河三部曲》（一九五二，後改爲《靜靜的江河》）、端木方的《疤勳章》（一九五一）等，至於懷鄉之作，或女作家林海音《綠藻與鹹蛋》等等，至少都是不能忽視之作。此一段花果飄零的血淚往事，在已不談反共的今日，其意義固難彰顯，但此一傷痕，事實上作家亦是無形中受害者，如以楊群奮爲例，可見其時的文藝政策，不僅前述的本省籍作家深受打擊，省外作家內心亦彷徨不安的，他以方瑜筆名發表＜窗前＞（散文）之作，寫道：「我說不盡我近年來如何的空虛，我們生活，我們如同沒有生活」，誠如鄭明娳所說：「這是那一個絕望時代中人性的枯涸吶喊，一種集體的無奈與厭世情緒。」（註十四）

四、六〇年代的小說

比較而言，一九六〇年代是國民黨控制台灣更嚴密的時期。在一九五〇年代初期，台灣省政府主席分別由吳國楨、俞鴻鈞、嚴家淦諸氏相繼擔任，仍是文人主持省政。從一九五七年開始，迄六〇年代末，擔任台灣省主席者依次是軍人出身的周至柔、黃杰、陳大慶，顯示了軍人左右政局的比重大爲增強。除了省主席外，當時中央若干單位，警政機構、交通單位，甚至若干財經生產事業，都由軍人出任主管，使台灣政治充滿了軍事色彩。同時知識子受到的壓迫，有增無已（如殷海光、雷震、彭明敏、陳映眞、柏楊、李荊蓀等）在這樣的政治情境下，追求內在世界的現代主義(modernism)適時而起，實是時代的產物。

小說的現代主義運動應可從一九六〇年三月台大外文系學生白

先勇、陳若曦、王文興、李歐梵、歐陽子等人創辦的《現代文學》
雜誌算起。根據《現代文學》的發刊詞，他們追求的是：「試驗、
摸索和創造新的藝術形式和風格」「向近代西方的文學作品，藝術
潮流和批評思想借鑑」，《現代文學》特別介紹卡夫卡、喬埃斯、
勞倫斯、吳爾芙、沙特、福克納、詹姆斯……。因為對舊有藝術形
式和風格不滿，所以要建立一種新的更符合於現代社會與現代人情
感的藝術理想。王文興在第二期序文中說：

> 我們上期介紹卡夫卡，給自由中國小說界帶來一陣騷動……
> 我們這一期再推出一位勢將為更多讀者所費解的德國作家托
> 瑪斯·曼，並且我們以後將要不竭的推出作風嶄新的小說，
> 吃驚也罷，咒罵也罷，我們非要震驚台灣的文壇不可！

這些引介的確使小說創作開啟新視野，王文興《家變》、《背海的
人》可能都從心理分析學獲得了些啟發。

六〇年代的現代主義（以小說而言，新詩在五〇年代即引進現
代主義）之所以蔚然成風，自有其「內在真實」（inner reality）
。唯台灣之真實與西方之真實不太一樣。在西方，自十九世紀末因
資本主義、工業化、都市化的危機，引起人民對世態的不安與焦慮
，本質上它是對其現代文明的危機意識，並產生對人類歷史發展失
望的哲學焦慮。復經一次大戰的慘痛經驗，人們只好轉向內心世界
尋找出，加上佛洛依德（Sigmund Freud）學說之影響，更使大部
份文學作家否定客觀外在世界之真實，由於對現實的失望、不安，
他們放棄外在表象的真實，追求屬於自己的超現實（surrealistic
）世界，進而肯定潛意識或者深層的心理意識、夢境，才能反映人
類內在世界的真實，人類真正的自我乃至世界的內在奧祕。

在台灣的現代主義，尤其是外省籍的青年更有此危機意識，在
他們的成長經驗中，夾動著陌生不安的陰影，與寄寓海島的羈客（

expatriate)態度看待事情，這種栖遑動盪的末日危機，對未來的
不確定與不信任和二十世紀初的西方心靈頗有相類之處；而戰亂和
流離所帶來的焦慮，孤絕、失落、不安、無根在強度上絕不亞於工
業化和都市化所導致的失落感、「現代衝擊」。

　　五、六○年代的小說呈現了有史以來最特殊的流亡圖像，在人
類歷史中，流亡避難可以說中外皆有，尤其在專制政治一元化的全
體主義社會中。在台灣小說發展過程中，流亡型態大抵可分為兩種
，一種是內在流亡（internal exile），亦即國內流亡，這類流亡
者對國內政治體制、一元化意識型態，感到強烈的不滿，但為避免
牢獄之災，或不做正面無謂的挑戰，而採取沈默、輟筆，抑鬱一生
的方式表示異議，或利用文學批判、揶揄當時政治、社會現象，並
抒發個人孤絕疏離感。另一種外在流亡（external exile）；即是
自我放逐或為政府刻意放逐，縱身異域，流落陌生國度，除了精神
放逐外，肉體亦遭放逐，可謂流離失所，漂泊滄桑，遍嘗苦楚。

　　一九四九年國府帶領二百萬軍民倉皇東渡，其中有不少知識分
子出走大陸，以充滿流亡的心態，飽經憂患的感嘆和思念故土的心
情，譜成了充滿歷史失落感的流亡文學的新頁。作品以魂縈夢牽，
割捨不下的文化鄉愁及無望痛苦掙扎的破滅感為基調。這樣風聲鶴
唳的環境，對另一批本省籍年輕知識分子來說，其苦悶、徬徨恐更
無出口得以宣洩：反共文學沒有出路，流亡政權亦非其所認同的中
國，當然認同中共體制下的中國亦有所不能、不願。此一失落感、
流亡意識，恰與現代主義傳統的孤絕蒼涼主題密相契合，余光中說
：「以表現個人的內在世界為能事的意識流小說和超現實待，似乎
為作家提供了一條出路。」（註十五）葉維廉亦說：「古代已經離
我們很遠了，而現實的世界已經是支離破碎─我們的希望要放在哪
裏呢？」（註十六）於是「在離開母體文化的背景下，就很容易進
入一個內心的世界，去肯定一個主觀的世界。」（註十七）西方文

化成爲流亡的逃遁途徑。陳映眞＜我的弟弟康雄＞、＜鄉村教師＞
、＜第一件差事＞充滿了死亡（自殺）與瘋狂的影像，標示了他們
孤絕的生命型態。王文興＜最快樂的事＞年輕人在是日下午自殺，
顯然自我解放後的性經驗，並非眞實人生的存在意義，亦非最快樂
的事，白先勇＜芝加哥之死＞、＜謫仙記＞不論是台灣／美國，或
者中國／美國的時空架構，終究反映出認同的危機、破裂，最後也
只有探取自殺途徑。白先勇自己也承認在美國異鄉的時空中，他是
第一次深刻感受國破家亡的悲哀，無論中國或台灣對他而言都不是
他的家。自我認同的艱辛，表達出失根、疏離的落寞。五〇、六〇
年代的小說到處充滿了死亡、流亡，但本質兩者有異（註十八）。
張系國、於梨華、歐陽子、聶華苓等人長期旅居美國的漂泊心靈，
發抒於六〇年代的留學生文學中，亦都刻畫了同樣的面貌精神。五
〇年代政治移民的流亡感，到了六〇年代成爲灰曙色彩的留學狂潮
─留學生文學，這是繼政治放逐後的一種自我放逐、流亡。六十年
代的留學生大牛是不回故鄉的，雖然土地是別人的，但留下來的又
陷入愛情、婚姻、工作、寂寞、疏離的苦楚，這樣的困境迥異於其
前的流亡心態，《紐約客》一系列小說中，幾乎都是絕望的。這背
後正與複雜的政治認同、心理背景有關，牽連的是歷史的悲情。（
此一現象至七、八十年代後有所改觀，如張系國《遊子魂組曲》十
二篇，態度積極，主題更寬廣了）。

　　六〇年代現代主義小說，值得留意的是語言處理問題。施淑＜
現代的鄉土＞一文提到：「由於是沒有現代的物質條件下預先扮演
現代文化的批判者，六〇年代的現代主義文學不免於青蒼虛幻，自
我消耗，雖然如此，在小說方面仍有出乎意料的收穫。明顯可見的
如小說視野的開拓，敍寫對象、主題、形式的創新突破，其中值得
注意的應該是語言處理的問題。……他們在文字的自覺，新感受力

的開發，個人風格的探索等方面，都有不容忽視的成就。經過時間
的淘洗，這注意到語言形式，努力於「文學性」的經營的創作手法
，對光復後的小說藝術，對台灣現代文學傳統所起的作用，是明顯
可見的。」（註十九）的確如此。王文興的小說，常不惜偏離語言
常規，不斷翻新創造語言，以符合小說人物身分、性格及文學效果
，有時爲了捕捉語音的精確性，勇於實驗注音符號、音標、英文字
母等形式，或誤用標點符號、不合文法的句法、扭曲文字書寫的習
慣，嘗試挑戰讀者的品鑑力。他對訪問他的夏祖麗說：「對於一個
受過寫作訓練的人來說，寫作除了文字，別無其他。」（註廿）七
等生從＜我愛墨眼珠＞以來，他「麻痺症」（劉紹銘語）一般的文
字成了傳達特有訊息的媒介。他們的努力的確爲六十年代的台灣小
說開展了寬闊的天地，他們在語言文字方面試驗創新的努力，雖然
不免受到一些批評與責備，但在文學形式上無遺注入了充沛的活力
。王禎和語言世界的特殊（台灣俚語、國語，洋涇濱英文、日文的
混合，及諧謔、嘲諷的運用，與讀者生活熟悉的語言有時不免突兀
，但又自成一格，且逼迫讀者重新思索，再現語言生機。甚而八十
年代新世代小說家尤爲注重語言的實驗，試著由圖畫、符號、語態
發展小說新的表現手法或突破語言文字的障礙，或質疑語言文字的
功能，刻意凸顯作品的顛覆性，這與現代主義在語言文字實驗創新
之精神不無關係。

　　現代主義作家在徬徨無依的心靈世界，找到了意識流（stream
-of-consciousness） 手法之書寫方式，如水晶＜沒有臉的人＞、
＜悲憫的笑紋＞，七等生＜放生鼠＞、＜精神病患＞、白先勇＜遊
園驚夢＞等等。此一技巧特色，乃在改變中國傳統文學語言時空的
依序化，進一步展現文字對抽象世界的描寫，使其本身意涵有所象
徵，擴展、聯想、深化。周伯乃就說過意識流小說最大的特色，就

是「小說的語言已經不再是傳統小說的語言，它所重視的意象的重疊，並超出了日常慣用的語法，爲的是要創造出一種足以捕捉那些瞬現即滅的人類意識活動的語言，這種語言，……是最能展示現代人內在精神世界的語言。」（註廿一）。

白先勇對意識流的意義及自己的看法是：

> ……意識流，很多人攻擊這是賣弄技巧。但意識流之所以發生，一定有它的條件，第一次大戰以後意識流小說興起，是有原因的。……大戰以後，傳統的價值破滅，每人對社會價值、人生意義非常疑惑，便求之於內。往內心鑽，愈鑽愈深，進到潛意識，佛洛伊德學說一出，便打開一戶窗，互相影響。……外邊世界沒有可靠的架構，只有向內求意義。所以意識流興起與社會環境很有關係。不過我看，不是非要用意識流不可，要看小說題材來決定。（註廿二）

相對於反共抗俄文藝政策的八股，現代主義的確給予年輕一代嶄新的感受，同時符合他們所嚮往的叛逆、苦悶、漂泊、不安、焦慮的心境。比較起來，反共抗俄文藝雖爲官方所提倡，但其僵化的政策教條，及過於激情的表現、審美趣味的扭曲，在在迫使現代主義者在美學思維和創作形式不得不另謀出路，加遽助長了西化（美國化）的發展。就其創作成績來看，的確逐漸取代偏重宣傳文藝政策的作品，或者說在某種意義上顛覆了反共懷鄉文學之地位，成爲六〇年代小說的主流作家。

在這同時，五〇年代被視爲軍中作家的司馬中原、朱西甯、段彩華等人，其創作技巧與生命視野在六〇年反是顛峰期，膾炙人口之作亦都不是典型的反共、戰鬥文藝，朱西甯的＜鐵漿＞、＜冶金者＞、＜狼＞、＜破曉時分＞、《旱魃》，司馬中原的《荒原》、《狂風》、《狼煙》等，依人性之莊嚴譜下的史詩性創作，其在藝

術境界的經營，烘托出之情節氣氛和人物內心世界，早已不能以「反共文學（作家）」一言以蔽之。

其實現代主義與所謂的「軍中作家」（他們大都不喜歡這樣的稱呼，與後來被冠以鄉土作家之情形一樣，似乎誰也不願意被如此狹隘的定位）難脫離關係，從五十年代裡的現代詩作家即可觀知，瘂弦、洛夫、辛鬱、商禽、羊令野、楚戈，詩氏皆來自軍中，一、二十歲的年輕人，少小離家，漂泊來台，在嚴密的軍律、呆板的生活，困苦的磨練下，其心靈的苦悶（不論在親情或愛情的問題上）較一般人恐更強烈。在意識上他們或許被指導以反共文學，但內心深處的呼喚，迫使他們必需找一出口來宣洩不安、反叛的情緒。現代主義內斂、自省的象徵美學，無疑是一條逃避檢查的新路。

當現代主義的小說作品，成為六○年代主流時，代表台灣本土文學的《台灣文藝》（一九六四年）創刊了，承繼了日據時代以來的寫實、抵抗精神，使得老作家日漸歸返，也培育了新生代對台灣傳統文學之認知，一九六五年時，鍾肇政主編出版了《本省籍作家作品選集》、《台灣省青年文學叢書》各十冊，同時葉石濤復出文壇，開始發表台灣作家論、台灣的鄉土文學等評論，又出版小說《葫蘆巷春夢》、《羅桑榮和四個女人》等，鍾肇政也發表大河小說《濁流三部曲》，鄭清文、李喬、黃春明、王禎和、七等生、楊青矗、王拓、陳映真、林懷民、施叔青、李昂等人都已有重要作品發表。一九六六年尉天驄主編《文學季刊》結合了黃春明、王禎和、陳映真、七等生等人創作以台灣為背景的本土小說，王禎和＜來春姨悲秋＞（一九六六年）、＜嫁粧一牛車＞、＜五月十三節＞（一九六七年）皆刊於《文學季刊》上、黃春明（《文學季刊》主要的長期撰稿人之一），其寫作生涯的第二個時期，創造了一些值得重視的佳作，亦多數在六十年代中、後期，如＜青番公的故事＞、＜溺死一隻老貓＞、＜看海的日子＞、＜癬＞、＜魚＞、＜兒子的大

玩偶＞、＜鑼＞，可說台灣本土文學之傳統，此時已再度復甦過來，台灣主體性已漸甦醒，似乎已昂然向七〇年代的鄉土文學時代招手。

當然，六〇年代中、後期的鄉土作品，並沒有造成有形的流派，大部分（年輕）作家不知道也沒閱讀過日據時的台灣作家作品，他們的作品也時受現代主義潮流的影響，在作品中可以發現此新的質素。

五、七〇年代的台灣小說

七〇年代的台灣是壓抑與覺醒的島嶼，七〇年代的台灣小說是爭議不休的年代：傳統／現代，鄉土／西潮等種種對立，複製著「縱的繼承／橫的移植」等轇轕。七〇年代也是台灣在戰後首次面臨最激烈變動的時代，局勢極其動盪不安，但本土、新的生命力卻努力從島上開出綠芽。一九七〇年台灣退出聯合國，次年，美國總統、日本首相相繼訪問中國大陸，台灣在國際舞台上備受打擊：釣魚台事件、中日斷航、中菲斷交，之後各國紛紛與中共建交，中美關係也只撐到一九七八年。七〇年代的台灣，在國際政治地位是節節敗退，步步驚魂，險象環生。但在另一方面，台灣的經濟則在一九七三、七四年石油危機導致的經濟衰退後，經濟建設的腳步逐漸加快，開始呈現大幅度的成長，並成為台灣足以自恃之實力。一九七六年，台灣的ＧＮＰ每人突破一千美元；一九七八年，經濟成長率高達百分之十四，同年的出口成長率高達百分之二十五點七，世界第一。一連串國際事件激起了台灣知識分子開始反省思考周遭切身問題，經過保釣運動，文化意識終於覺醒，阻擋了五〇年代中期以來追逐西潮的現象，新生的文化人及一直默默耕耘的台籍作家，環視左右，積極從事筆耕，使得台灣文學（藝術）不得不走回頭路，

再回到現實主義回歸鄉土，在強調民族文學、鄉土寫實文學之際，台灣文學逐漸受到重視。當時超現實主義脫離台灣現實關懷，漸為人詬病。由於過度依賴潛意識，與自我的絕對性，致形成有我無物的乖謬，過於追求意象的密集與新穎，致造成想像離奇閱讀時晦澀難解；過於強調內省，而厭倦外在世界，以致脫離現實，凡此種種，均使台灣作家重新反省，關注自己所生存的土地。初期，西化（現代化）之衝擊，導致文化認同的危機，台灣知識分子（作家）對此民族文學固極力捍衛，但台灣在特殊體制下，政治認同卻成為一個重要問題。

　　如果說六十年代是以西方文化挑戰傳統文化為其主流，七十年代則是以民族主義對抗現代主義為主流，鄉土文學在當時實為政治危機意識及社會改革意識之產物。台灣退出聯合國，所謂「中國」的代表性已然被否決，台灣何去何從？與中國統一或革新保台各種想法，都促使文學重新與台灣現實結合，鄉土文學論戰之後，促使更多人了解文學創作其基本關懷也在台灣的前途問題，或政治認同，也因之七〇年代末期的論戰最後造成了台灣文派的對立。

　　鄉土小說之創作事實上從六〇年代末期已出現（前述），不過黃春明、王禎和、陳映真此時之作品並無明顯批判、改革意識，這些作品如＜青番公的故事＞（一九六七）、＜溺死一隻老貓＞（一九六七）大抵將傳統農業社會中，人與人、人與自然和諧之關係，遭到社會變遷被破壞而產生失落感或挫敗。邁入七〇年代鄉土小說進一步批判現實或謀求社會改革漸明顯，其中更富有知識分子強烈的人道主義色彩與尋求救贖的實踐熱情，因而同情低下階層的農漁工窮苦的生活、挫敗的人生。王禎和＜小林來台北＞（一九七三）、黃春明＜我愛瑪莉＞（一九七七）對美日帝國主義進行經濟、文化侵略，予以強烈批判。黃之作品發表於政府與日本斷交（一九七二）之後，極有可能為民族情緒之宣洩，陳之作品，結局則強烈暗

示主角揚棄美帝淫威下的資本主義社會,而回歸純樸鄉土的理想。楊青矗在＜狗與人之間＞(一九七四)藉著一隻無法適應都市生活的土狗,透露出舊社會與新文化格格不入的現象。＜天國別館＞(一九七三)殯儀館兩個工人日日與賭博、性、死亡為伍,過著浪蕩和無聊的生活,寫出了城市邊緣人的遭遇。

　　在台灣當代小說史的定位上,鄉土小說已然有其文學成就,王禎和、黃春明、陳映真、楊青矗⋯⋯作品為國外所熟悉,這些作品在小說家懷舊情懷中一一完成,將都市社會的形成,人與人關係的疏離、異化,工業社會對農村所造成的影響,社會經濟結構的改變使得純樸的農民無法適應,生產與分配的不協調,農民被被商人剝削,及都市人情之淡薄、女性勞工、臨時工之被剝削、漠視⋯⋯在在凸顯了台灣社會轉型及資本主義加諸的苦痛。

　　七〇年代也是七等生顛峰時期(八〇年代初暫停小說寫作,將文字創作的想像,落實到日常生活上,他拿起相機,捕捉生活土地上的人事),雖然六〇年代末期他已出版《僵局》,並被視為晦澀奇特的作家,現代派超現實主義者,但他的超現實又頗有透過象徵、寓言方式指控現實世界之意味,鄉土派論者對他並不排擠。他的小說內容、技巧風貌,張恒豪曾說:「他不像李喬透過歷史的凝視,以佛教的悲憫去觀照台灣苦難的大地和生靈;也不像陳映真懷具著強烈的民族意識,批判二次戰後死灰復燃的跨國經濟體制,對於開發中國家固有文化的侵蝕,以及對於人性尊嚴的壓迫;也不像白先勇關心的是山河變色退居台灣沒落腐化的上流社會,他們迷戀過往,像是風華爭豔,實則靈氣殆盡;也不像黃春明、王禎和同情的是由農業社會轉型到工商社會的低下階層,他們無法抗拒資本經濟的龐大壓力,不得不屈辱地苟延殘喘,這些同儕都具有鮮明的形式和清晰的主題,予人較為明確的印象。而七等生是個自我型的藝術家。」(註廿三)筆者不憚其煩徵引此段文字,實則在比較之中,

我們可以看到鄉土文學時期，各家之特色、寫作的內容取向，無獨有偶，楊照則將李喬與同輩作家相比：「他沒有像七等生那樣徹底私人化的語言，沒有王禎和那種笑謔的本能，也沒有陳映真一廂情願的溫情浪漫。」（註廿四）可說都適切言中其特點。鄭清文、李喬向來紮根於本土社會現實，對土地有所執著，對小說也是有所執著，三十年如一日，未嘗中斷。

　　七〇年代前中期湧現的鄉土文學風潮，經歷一九七七至一九七八年間論戰，非但沒有出現退潮的跡象，反而在一九七七至一九七九年間達到高潮。首先張良澤編輯了《吳濁流作品集》六卷《王詩琅全集》十一卷，分別在一九七七年九月、十一月出版。李南衡主編《日據下台灣新文學》五卷，張恒豪、林梵、羊子喬編輯《光復前台灣文學全集》小說八卷，亦在一九七七年出版，使台灣文學之精神重新被挖掘、繼承。一九七七年《聯合報》第二屆小說獎，得獎者如吳念真＜看戲去囉＞、洪醒夫＜黑面慶仔＞都是鄉土小說之傑作，到了一九七八年，鄉土小說更在兩大報文學獎中大獲全勝，洪醒夫以＜散戲＞、＜吾土＞分別榮獲《聯合報》小說獎二獎以及第一屆時報文學獎優等獎。此外，宋澤萊的＜打牛湳村＞也在這年獲時報的小說推薦獎。其次，就鄉土小說發表園地來看，鍾肇政接辦《台灣文藝》，一九七七年三月推出革新第一號，頁數增加一倍以上，十月又由季刊改為雙月刊，頁數又再增加，他同時也主編高雄《民眾日報》副刊，在他有心推動之下，的確培養了不少鄉土文學新進作家，也將鄉土文學精神發揚到極點，李喬《寒夜三部曲》（第一部）自一九七八年一月起開始在《台灣文藝》連載，陳映真＜夜行貨車＞也在一九七八年三月刊登《台灣文藝》。

　　論戰的結果也確立了鄉土文學寫實主義傳統的精神：「文學必須根於台灣的現實，並且也非關乎台灣的現實不可。」也拓展了文學藝術和政治議題互動的接觸面。

　　從＜打牛湳村＞開始，宋澤萊在七○年代後期發表的作品，時以農村為背景而帶有強烈的社會批判意識，與挖掘、批判社會黑暗，不公一面的楊青矗、王拓風格頗近似，構成一組農、工、漁民小說；相對之下，洪醒夫的小說則較為溫和、內斂，不似前三人作品有明顯的意識型態。

　　七○年代末在聯合、中時兩大報斬獲文學獎的作家，如張大春、小野、吳念眞、廖蕾夫、黃凡等正以昂然之姿邁向八○代的文壇。隨著黃凡＜賴索＞（一九七九年十月）獲時報小說首獎，台灣小說隨即進入八○年代，似乎不能不特別留意新世代小說家銳不可擋的氣勢。

六、八十年代迄今的小說

　　進入八十年代以後，隨著美麗島事件、鄉土文學論爭的塵埃落定，「鄉土」概念衍化為「本土」，台灣文學邁進一個新的階段。如王拓所言：「它不是只以鄉村為背景為描寫鄉村人物的鄉村文學，它也是以都市為背景來描寫都市人的都市文學」，「所指的應該就是台灣這個廣大的社會環境和這個環境下的人的生活現實」，傳統意義的鄉土文學，轉化為涵括歷史與現實，都市與鄉村的「本土文學」。

　　雖然有論者謂鄉土文學進入八○年代已面臨內部分化，人才出走與消費文學發達等威脅下，不可避免走向落潮的命運（註廿五），但發諸其時台灣盤根錯雜的文學課題：政治、女權、生態保育、人權、原住民等弱勢族群、母語文學等多元化之題材，對政治現實的關心，對生存環境的注意，對弱小族群的關懷（後來有原住民小說、詩之出現），事實上結合了對人民與土地之關懷及參與，是落實台灣社會全貌的文學格局，可謂有效開發了「本土」之空間。鄉

土文學之概念衍進爲關懷本土的現實主義文學之後,使一向忌諱的
政治小說成爲這一時期文學題材的熱門話題之一。當然八十年代也
是台灣政治結構劇烈轉變的關鍵年代,一九八〇年代中期,台灣的
政經情勢面臨開放的挑戰,因著數十年來的禁錮,使得解嚴後釋放
的力量格外地猛烈。社會秩序亦趨於解構後的混亂,兩岸關係,統
獨意識,省籍情結使得紛亂綿延不已,迄今仍波瀾壯闊地進行中,
過去存在於台灣社會政治的題材被挖掘,對恐怖政治,侵害人權的
描述也搬上文壇,或許可說從從黃凡在一九七九年(將進入八十年
代)以<賴索>獲得時報文學小說獎首獎,即象徵式敲開了台灣八
十年代政治小說的大門,此後如陳映眞<山路>、<鈴鐺花>、平
路<玉米手之死>、宋澤萊<抗暴的打貓市>、《廢墟台灣》、施
明正<渴死者>、<喝尿者>、李喬<告密者>、林雙不<黃素小
編年>……等等,經過三、四十年「政治掛帥」逐漸失去威權,政
治需鬆動已是遲早的事。

　　無論是出於一種對長期以來政治、文化體制之反動,或是意圖
尋求某一族群的認同意識,「台灣」都已不再僅是一個地理名詞,
而是一個有歷史意義之社會活力的存在體。台灣成爲台灣人複雜的
思考客體,此一新觀點、新批判,也使八十年代的台灣文學出現了
嶄新的多元面貌。在有關台灣的各種描述中,歷史小說在八十年代
儼然成爲台灣主體論述的重要媒介。

　　楊照的<黯魂>(一九八七人),處理顏家三代的政治遭遇小
說,從一九三四年日據時代一直寫到顏日興預見自己的死亡,其間
牽引出許多具有歷史意義之事件,然則第二代顏金樹晚年嗜讀歷史
,「他知道有多少歷史記載在說謊。」第三代的顏日興乾脆歷史也
不看,專看武俠小說消遣。因爲官方歷史不完全、不可信,楊照也
和張大春<將軍碑>一樣透過異能看歷史。解嚴之後,因人人雀躍
欲試,想疏通台灣歷史的失憶症,但文獻史料出現斷層,官方亦不

願公佈,這使得八十年代歷史小說有平民化傾向,藍博洲《幌馬車之歌》透過三個人的日記,描寫趙浩東與其妻蔣碧玉投身革命,以及趙浩東五〇年代死於白色恐怖之過程。陳映真《趙南棟》亦陳述了五〇年代的政治迫害。透過個人的努力,欲重新俯拾歷史,這在在說明了歷史小說在八〇年代有其嚴肅的一面,而作家「言外之意」的部分尤足令讀者重視。

　　與七十年代鄉土小說創作質量來說,八〇年代事實上是面臨一些困境,因為社會變遷更大,不能再純以農民、工人與貧家生活搏鬥為滿足,而這樣的生活情境事實上也在改變消逝當中,而八十年代可說是新世代小說家大放異彩的年代,他們所受的教育,人生經驗不同於擁有大陸經驗的作家,也別於受日式教育的前行代台灣作家他們對所生存的鄉土—都市,較有興趣,而不汲汲於七〇年代的題材為滿足。這促使八十年代台灣本土作家,對當時普遍興起的中產階級投注以較多的關懷,迴異於過去鄉土文學—以悲憫同情筆觸寫「卑微的小人物」的創作態度及社會批評。其悲憫情懷不變,寫實手法亦不改,但不再直接或過度的控訴,因此藝術性反而提高了,這也是台灣八十年代新鄉土小說共同的特質。

　　王禎和八〇年代的作品如《美人圖》(一九八一年)、《玫瑰玫瑰我愛你》(一九八四年),與六、七〇年代作品稍異,這階段的小說多屬長篇,對迎合社會的中產階級加以諷刺。〈老鼠捧茶請人客〉(一九八三年)以鬼魂為敘述觀點,融合了現代主義的意識流和南美魔幻寫實小說的技巧,可說都是八〇年代台灣鄉土小說。在鄉土文學逐漸失勢的主客觀環境下,幾位風格特殊的本土作家(如許振江、汪笨湖、曾寬、陳燁)也開始有力地呈現八〇年代台灣社會的新風貌或過去台灣歷史的悲情(註廿六)。其時仍有鄉土小說作家默默在創作。在眾人以為鄉土小說已逼近死亡時,蔡素芬〈鹽田兒女〉,流動著南台灣七股海邊鹽田風貌,傳承了鄉土寫實精

神，並得到聯合報長篇小說獎。

如將鄉土之意義擴大爲前述之本土現實，則八十年代提倡的都市文學，本質上亦是台灣本土文學之代表。而這些作品大多完成於八十年代跨進文壇的新世代小說家，他們的生活環境大都在都市裡，因此關注的目光也都投注在「都市叢林」裡，他們以各種前衛的技巧，表現人類在新的都市結構和資訊網路控制下的生活情態，折射出複雜多元的行爲模式或思考方式，都市文學的興起，使八〇年代的小說具有新穎、深刻的意義。

不過，新世代作家之作大抵並不崇奉寫實主義獨家手法，他們或認爲以傳統敘事模式處理文學已經式微，對於歷史寫實與載道寫實安頗感失望與不足，遂開始追求不同的創作形式。尤其身爲都市文學提倡者，都市是需透過感覺去描寫的，新都市空間的風俗變換，晚近緣於都市文明衍生的人生問題之矛盾、複雜，心靈之糾葛夾纏，寫實主義已無能爲力。楊照即認爲：

> 近幾年來，一方面緣於都市混亂、複雜的生命經驗愈來愈不容易以寫實、強調故事性的手法加以貼切表現；另一方面或多或少受到國際文壇發展趨向（尤其是拉丁美洲文學的興起）的影響，寫實主義技法方面臨眞正的挑戰，一群年輕的文學工作者，或經由作品的實驗（如黃凡、張大春），或經由理論的闡釋、鼓吹（如蔡源煌），致力於在寫實主義的龐大陰影下樹立一些新的典範。他們冀望能打破寫實主義框架來開發人類經驗，探尋文學新的可能性。他們試圖改變小說與情節統一的傳統結構。小說的意義應不再僅止於寫好一個故事，而是要在小說的故事內、故事外作種種的反省，來深化小說的知性內涵。（註廿七）

當然，寫實主義在八〇年代實際也面臨了不得不變的情境。以寫實

爲主流的小說，在寫景的描繪、人物的呈現上，再怎麼刻畫，也比不上電影、聲光媒體的逼真鮮活，在高度商業消費氣氛下，超越寫實、反抗寫實或揉合其他的技巧，創造其他類類型的小說，成爲八、九十年代不得不然的趨勢。推擁寫實主義大抵以地域感情較強烈的中南部作家爲主，在北部向來以外來流動人口爲主，有不少作家多留居台北，在多元陳雜的區域內，寫實欲獨樹一幟，眾星拱月，事實上有所不能，而只能是其中的一支。他們所書寫的都市世界，充滿商業社會的用語，更利用拚貼、詭奇等效果，突出由這種文字構成的荒謬的世界、都市。然而令人擔憂的是文學做爲一種以語言文字爲媒介的藝術表現形式，在當代其他敘事媒體（電視、影帶等）各種聲光影像的強勢競爭之下，某些作家歧出轉向於憑恃文字，營造瞬間感官刺激，煽情誇異，造成文壇一片混亂，與聲光媒體之競爭，將永遠是一場難以致勝的戰爭。葉石濤曾對此類作品提出諍言。

> 現時的台灣文學所描寫的對象只是大都市一部分的消費階級，他們的虛無掙扎、外遇、齷齪的羅曼史、虛假的人生關懷、似是而非的社會批判、毫不根據良善人性的假人道主義，以及渾水摸魚的文學主張，台灣文學的物化、疏離，都中了美、日新帝國主義的毒，摒棄了世界及台灣廣大的民族傳統生活的根。

此種困境到了後期尤爲明顯，文學遭到非文學的衝擊，而本土文學又首當其衝。一九八八年元旦報禁開放，許多報紙轉型，各種知識性、生活性、娛樂性等非文學的小品，半學術的通俗評論，西洋新潮作品、軟性消費文學大量增加，逐漸取代過去副刊文學的地位，台灣文學發展空間並未加大，以本地社會生活爲題材的小說作品，受青睞刊登者日減，久之反而漸失去讀者與市場。

　　從一九五〇年文獎會創立，頒發獎金鼓勵文學創作以來，台灣
作家莫不以參加各種文學獎，做爲進軍文壇的踏腳石。尤其到了八
〇年代中期，媒體挾著天羅地網的強勢宣傳，以及獎金額度大幅提
高，（當然有些抱著切磋觀摩，獲得自我，社會的肯定）更使得台
灣作家的寫作背景，有一相同點：文學角逐，戰果輝煌。一旦桂冠
加身，錦簇繁花的勝景就近在眼前。袁瓊瓊、廖輝英、蘇偉貞、朱
天心、朱天文、蕭颯、平路、李昂、張大春、林燿德、劉克襄、黃
凡……等皆曾席捲不少獎項。文學獎成爲台灣文壇特有的現象。透
過特定評審結構的文學獎甄選可觀知對創作潮流的影響，觀察文學
創作在形式、技巧的變遷。今日在文壇有舉足輕重的，掌握詮釋權
已不專在學院論評者，而是這些恣肆揮灑、百無禁忌，又力求全方
位的年輕世代作家，如張大春、楊照、林燿德、張啓疆、平路……
等人，他們不僅寫小說，也寫文學（文化）評論，甚或有各文類都
讀及的。對小說的創作、開發屢爲更年輕一輩效尤。被視爲當代文
壇重量的張大春即以《大說謊家》自創「新聞小說」，遊走於小說
與現實之間。近年來台灣文學新思潮迭起，新世代作家普遍質疑傳
統文學功能論，揚棄寫實主義，崇尙西方流行多年的魔幻寫實、後
設小說，後現代主義嘗試實驗之作陸續登場，一時文壇炫亮惹眼。
　　八〇年代末期台灣作家有不少人嘗試後現代小說之創作，質疑
小說反映眞實的問題，因此他們也大都是文本主義者，認爲小說不
僅是過去所謂的反映現實，事實上是作作者參與、架構了現實，他
們也對歷史、政治作大膽的質疑和嘲謔。後設小說之崛起，可說是
後現代主義之促發。它不斷顯示小說自身之爲虛構，以及追尋小說
是什麼，同時意欲增加閱讀小說之趣味，或對世界、現實重新評估
、批判。這使得模擬現實的寫實主義遭到空前的挑戰，幾面臨潰不
成軍的命運。這類作品如黃凡＜如何測量水溝的寬度＞、林燿德＜
迷路呂柔＞、葉姿麟＜有一天，我掉過臉去＞、張大春＜走路人＞

、<寫作百無聊賴的方法> 等等。平路個人尤喜以後設小說的技
巧反思檢視女性情境，短篇小說<五印封緘>和<紅塵五注>皆是
此中佳作。

　　受馬奎茲（Garcia Marquez）魔幻寫實小說的影響，台灣作家
有不少作品迅即反映了這方面的創作，如張大春<將軍碑>、林耀
德《一九四七‧高砂百合》（一九〇九年十二月出版），魔幻寫實
尤其常用來處理少民族群的問題，《高》作中，小說即採用魔幻手
法以泰雅族部落最後一位祭司即將昇天時與豬牙山的對話，回顧部
落輝煌文明衰落史，並透過他一家四代人的不同命運和生活形態的
對比，反映了台灣社會半個世紀以來動盪不安、變遷轉型的歷史與
社會。小說後半部企圖介入解釋二二八事件，而以「後設」及拚貼
（Collage） 之手法，質疑探討該事件的真相，這些手法在他的詩
作<二二八>可以看到，歷史如一幅錯置的拚圖，只說出一部分真
實，從該書寫作之策略，大致呈現台灣新世代作家對小說家對小說
結構之翻新，試圖打破常規的企圖。八十年代末聲光媒體取代文學
，商品消費型態主導一切的時代，文學成為消費品，他們在此情境
下極力探討文學之本質，他們本身語言文字的駕馭也相當成熟。

　　此時期台灣小說產生了不少長篇，大異於過往以短篇為主的情
形（註廿八），這除了自立晚報百萬小說獎舞固有關係，而弔詭的
是此百萬小說獎遲遲未能發出去，因此未得獎之作家為此拚個幾年
，著力寫長篇小說，而留下來的作品竟然不少，王幼華的《廣澤地
》、《土地與靈魂》、東年的《失蹤的太平洋三號》、《模範市民
》及黃凡、呂則之、王世勛……大抵皆如是。此處並無嘲諷作家之
意，一些有抱負、使命的作家，原希望獲得獎助，可使自己專心寫
作一、二年，不必為生活奔波。這些長篇小說雖未獲獎，但都得到
文壇相當程度的肯定。王幼華《土地與靈魂》大抵亦呈現了省外作
家之焦慮感，藉著歷史小說詮釋誰才是台灣這一塊土地的主人？大

抵而言，省外第二代作家普遍有焦慮感，這也促使小說體質產生變化，當他們涉及政治性題材時，已不再是過去肅穆、不苟言笑的寫法，張大春之熱諷、文字遊戲，朱天心之冷嘲筆法，及其寫作轉向（揮別早期擊壤歌，方舟上的日子，不斷自我顛覆，背後與此強烈的焦慮或不無關係）。八十年代後期以降，小說的文類框限和刻板印象，有了改變，所有不同的文類處於相互激盪，彼此影響的情境，朱天心《想我眷村的兄弟》小說即擺脫舊形式的身姿，打破散文、小說的固有界域，而使此部小說極類散文，文類滲透書寫迄今在徵獎作品仍不時出現。

同性戀的「異」題，自進入八○年代小說後也得到較多的描述、關懷，白先勇《孽子》是台灣文學中第一部以同性戀為主題的小，作者不用曲筆、隱喻，不帶偏見、歧視，嚴肅而認真地把同性戀者的世界呈現出來，書前寫著：「寫給那一群，在最深最深的黑夜裡，獨自徬徨街頭，無所依歸的孩子們。」真摯關懷之情可見，但心情卻是沈痛的。同性戀是古今中外皆存在的現象，近代的醫學和心理學對此一現象無不做過精細深入的研究，惜迄今對其成因並無確定合理的解釋女作家朱天心＜春風蝴蝶之事＞、袁瓊瓊＜爆炸＞一篇皆是探討同類問題，袁作把同性戀此一邊緣人之無依、矛盾、悲憤、沮喪等種種可悲現象，提出尖銳的質疑，溫厚的情懷具有悲天憫人的感人力量。結尾是個無可奈何的問號，事實上也是悲憤的宣告─弟弟也將重蹈哥哥覆轍，非得以強大爆炸力毀滅自己，是無法宣洩其巨大壓力的。朱天文《荒人手記》（一九九五），以音樂律動文字，詩畫意象的突出，巧妙透過男同性戀為敘述者，透過手記的自由隨想夾敘夾議探討台灣當前國族、世代、性別與情慾問題，其細膩、深刻的描繪、揭示，讓人驚奇小說處理敏感議題的能耐，也為台灣同性戀寫作開啟嘗試的可能性。值得留意的是大部分作品，都暗示了男同性戀者戀情注定挫敗，甚或滅亡。遠離罪愆、自

責而改以自省、反思或可使同性戀的書寫空間更為開闊。

八〇年代之後，女性小說得到空前的發展。閨秀文學、女強人文學、現代女性文學、小說族文學、紅唇族文學，紛紛出現在報章雜誌，躍登暢銷書排行榜前茅，風起雲湧，蔚為大觀，似有由末流成為主流之勢。廖輝英、三毛、蕭颯、許台英、蘇偉貞、李昂、袁瓊瓊、朱天心、蔣曉雲、鄭寶娟、張曼娟、吳淡如、黃秋芳、棘茉、彭樹君、楊明等人，她們的讀者以女性為主，而且人數相當可觀，她們的作品或通俗之作為多，但憑恃著「經濟決定論」執女性小說之牛耳，大部分閱讀小說者品味格調都唯她們馬首是瞻，隱然主導當時台灣小說之發展趨勢。

八十年代的女性小說創作，大致上可分為屬於大眾（通俗）文學領域的「閨秀小說」和屬於純文學範疇的「新女性主義小說」兩大潮流。閨秀小說到八十年代中後期，已有演成「紅唇族小說」的趨勢，其流變對台灣轉型期的女性讀者之誤導是非常嚴重的。八十年代的台灣社會處於傳統農業社會的道德規範和兩性行為模式已解體而新的尚未完全形成的脫序階段中，秉持傳統，循規蹈矩的年輕女性，深感茫然不知所措，閨秀小說適時提供逃避困擾的〝鴉片〞，表面看來，這些作品一時解脫了她們心靈的困惑，但深入一層看，這些作品或完全不提實際問題，或把問題輕輕滑過，而代之以溫馨美妙的文字幻境，使年輕的女性讀者對社會的真實茫然不知。

相對於流行的閨秀小說，受當代世界女權運動的影響，女性主義文學在台灣文壇異軍突起，這些作品不斷變換、深化的主題，觀照女性在社會轉型中的種種權利和心理機制的變化，所表現出來的新女性主義的傾向相當強烈，她們對於父權宰制下的女性處境備加留意，並以此為出發，舖陳傳統架構下女性的困境，並進行探尋拋棄傳統包袱的可能性，點出女性擁有自我與自立之必要性。袁瓊瓊＜自己的天空＞、蕭颯＜走過從前＞、朱秀娟＜女強人＞、廖輝英

《單身薏惠》大抵如是。袁瓊瓊的＜燒＞中佔有慾極強的桃安，雖然外表正常，卻因沒有自我而在婚姻的磨難中一步步走上不歸路；朱天心的＜袋鼠族物語＞藉由袋鼠意象呈現女子在傳統婚姻角色扮演下喪失自我的辛酸與無奈，＜新黨十九日＞、＜鶴妻＞大抵觸及女性主義重要議題。朱天文的＜最想念的季節＞中以廖香妹這一自立自強的都會女子，為了腹中的胎兒尋求一暫時的丈夫以賦予孩子姓氏的情節，則對於傳統婚姻與性別角色扮演充滿了嘲諷。呂秀蓮《貞節牌坊》小說中女主角藍玉青拒絕金錢富貴的誘惑而忠於自己選擇的愛情，昭示著：貞操應該從禮教的桎梏提升為人性的修煉，從女性片面的倫理擴充為兩性的道德戒律。《這三個女人》更反映出新女性在重重的困擾下對社會的思考和人生價值的追求，從而確立自我存在的可能性。在諸多女性作家作品中，尤赤裸表現在傳統架構下男性權力的猙獰面貌，呈現女性被物化的悲慘景況的是李昂的《殺夫》。小說最後以悲劇收場，林市將陳江水斬成一塊塊，在象徵意義上，可說代表了對於遭受物化的女性一種反抗與控訴的舉動。然而當現代女性在極力擺脫傳統包袱的同時，卻往往仍在傳統與現代角力賽的泥沼中，作無盡的掙扎，李昂＜迷園＞中女主角朱影紅尋找自我及女性意識的痛苦過程即是一例，雖然《迷園》有不少迷陣使讀者身陷其中，但李昂勇於開拓女性視野，將女性主義與政治層面相結合的氣魄，仍令人喝采。

　　顛覆是八十年代台灣女性小說試圖邁向覺醒歷程的一個策略，她們在鋪敘婚姻與自我的衝突時，大都採取顛覆傳統的手法，直指傳統婚姻的弊病，揭示新舊婚姻觀的衝突，從而點出擁有自我與自立之必要性。根本排斥婚姻的單身女郎，以及獨立撫養幼兒的不婚媽媽，於台灣社會、小說中歷歷可見，可謂徹底顛覆了傳統父權對於女性的定位（註廿九）。朱天文一九八六年的作品＜炎夏之都＞‧男主角於喪禮之後，在回台北的返家途中和情婦會面。小說中婚

外情的處理方式，作者有意淡化處理，妻子的反應更是具有反高潮的效果，顛覆了傳統女性面臨丈夫外遇時的反應：哭哭啼啼、自憐自艾、絕望悲痛。從此她不必再履行她本身毫無興趣的性伴侶義務。

八十年代雖可謂女作家的年代，不過到了九〇年代已呈退降趨勢，過去有關李昂對「性」之赤裸描述的爭議，到了九〇年代似乎已見怪不怪，更爲細膩大膽的性愛場面一波一波迎面而來。難怪連李昂都要說：

> 奇情的、帶暴力的色彩的性，開始出現在小說中，像「狼變人仍擁有狼巨大生殖器刺穿女體」的這類寫法，像日本漫畫誇張的性與奇情，開始出現在我們的文學作品中。而且，這個階段的性描寫顯得十分不安，性變成這個階段台灣混亂的表達方式之一。暴亂、無政府心態，爲性而性、性無所謂感傷浪漫，只是「Fuck」。再接下來，我預計帶暴力色彩的性，會大舉出現文壇，成爲性描寫的主流。
>
> 比較讓我耽心的，性在文學中，只成爲視覺的強烈刺激，少有深刻的意義在裡面。我擔心的是，會不會有一天，性成爲出賣文學的主題，而不是必要的描寫？（一九九〇年四月十五日《中時晚報》）

九〇年代的台灣社會進入豐足富裕的階段，內在緊張感亦隨解嚴逐漸消失，繁榮的成果爲一般市民享受的目標，追求歡樂、獵取新感覺，刺激、神祕、魅惑。內在的精神苦悶發洩於舞榭歌台中，頹廢成爲現在那的解放；內在的欲求也隨繁華的鬆解下蠢欲動，終成反抗秩序的力量。進入九〇年代台灣小說可以世紀末風格，（Style of Fin de Siecle）來形容，是頹廢與再生、夢幻與現實、獨立與融合等等因素混合雜陳，沒有一定秩序的混沌時期。

　　八〇年代後期以降的小說，普遍缺乏七〇年代作家的淑世情懷，主題缺乏嚴肅性，而積極表達叛逆的訊息。這樣的轉折變化如檢視九〇年代小說作者的年齡層、創作技巧，可知大異其趣，說明了不同世代作者對不同文學形式的開發，對生命經驗裡著重選擇的層次有不同的看法、新新人類已不認為文學須有嚴肅的使命，新生代生存的環境是電子資訊（MTV、CD、LD、電腦、光碟、任天堂、KTV……）的時代，在語言及形式的創作上，顯然不同於上一代，作家所寫的愛情故事也不再是過去俊男美女式的愛情幻想，大膽的性愛語言，你可以很輕易在小說裡找到做愛、亂講、精液、自瀆、手淫……等語彙，完全不像上一代那種含蓄、間接的表現手法，許多作品赤裸放恣，充斥感官刺激的情色。最近如曾陽晴《裸體上班族》、紀大偉《感官世界》、洪凌《異端吸血鬼列傳》、陳雪《惡女書》（一九九五）等情慾書寫作品，力寫無數奇異詭譎的情節，頹靡情色的溺想，電玩、漫畫、電腦網路，神遊變形其間，文字成為炫人耳目的遊戲，文學成為遊戲世界的一部分。陳裕盛、羅位育都有血腥囈語式的呈現。生活、生活經驗的迴異，目前新一代作者在創作內容與表現方式，明顯與過去有不同的面貌，如題材之選擇、實驗性的書寫形式與對都市次文化的借用等方面。

　　在這同時，台灣先行代作家仍堅守寫實本位，流露一貫的本土關懷，葉石濤在八〇年代末期所寫（九〇年代出版）《西拉雅族的末裔》、〈異族的婚禮〉，是台灣文學史上第二次以平埔族人的事蹟為素材的小說（第一次為王幼華《土地與靈魂》一作）。對台灣社會議題提出嚴肅箴言；鍾肇政繼六〇年代《濁流三部曲》、七〇年代《台灣人三部曲》，到八〇年代的《高山組曲》、九〇年代的《怒濤》（一九九三年），呈現了台灣人在各個不同階段的歷史經驗，生活現實，戰後第一代作家李喬也自七〇年代的《寒夜三部曲》，九〇年代推出《埋冤、一九四七、埋冤》以小說處理戰後台灣

史，與東方白《浪淘沙》、鍾氏《怒濤》皆觸及二二八事件，九〇
年代的大河小說基本上已脫離過去因政治的忌諱，而將小說重心放
在抗日經驗上，(抗日經驗是國民政府所允許的)二二八事件，五〇
年代色的恐怖經驗——浮現，作家以小說詮釋歷史的企圖心也明顯
可見。

　　此外，平路的《行道天涯》、林佩芬的《天問》、羊怒的《台
灣民主國》、《寒江戰錄》似有歷史小說創作風氣又復甦情況，平
路將她對於女性主義和後現代文本旳思維，放到孫中山與宋慶齡女
士的婚戀生活中，意圖從宛若迷宮的歷史暗巷裡，抽絲剝繭一段愛
情革命婚姻，破除過去兩岸人民對政治偶像的迷思，尤令文壇耳目
一新。朱天文、朱天心、蘇偉貞（《沈默之島》、《夢遊書》）可
說是九〇年代特別的女作家，創作之轉型成熟，或對省籍、眷村、
族群文化或情慾世界之間的問題尤多所著重。

　　九〇年代也是傳記類書大盛的時代，尤其省市長大選的推波助
瀾，政治人物各種「前傳」「續傳」「評傳」「外傳」如雨後春筍，
大量湧現。有趣的是作家透過傳記文學傳達政治訊息，如李昂的《
施明德前傳》、彭瑞金的《余登發外傳》等。當然，政治人物現身
說法的口述自傳或新聞傳記寫作等非小說的作品，其驚爆的內容、
詭奇的事件、內幕的揭露，刺激性遠遠超過政治小說，使得八〇年
代花團錦簇的政治小說招架不住，潰散於無形。似乎到了九〇年代
，很多小說沒落了，文學出版社也相繼倒閉了不少，但仍有不少作
家堅持文學本位，可說進入「世紀末」，卻也蘊含豐富的可能性，
它以昂然之姿向傳統寫實、現代主義小說訣別，打破種種舊的窠臼
，呈現出多彩的「世紀末華麗」，期待、耽憂不免兼之，但不妨拭
目以待。

結論

　　五十年來台灣小說的多變風貌，是台灣社會變遷、政治轉型的重要見證。不同的時空背景，作家們的世界觀、價值觀各有差異，因此不同世代的作家對不同形式的實驗、開發各有所偏。在小說階段性發展中，也可以看到老中青三代不同的風格特質，前行代作的風格大部分自然、樸實、偏好寫實主義，新生代偏好超越寫實，營造詭異，脫俗的情境。

　　雖然台灣文學發展的進程與西方不同（現實主義→現代主義→後現代主義），當西方從現實主義走出來，進入現代主義之後，台灣卻從現代主義又返回現實主義的路子，但這樣的發展其實呼應著台灣在社會、政治和經濟方面不同階段的生態環境，台灣文學的出現即是就此意識型態、國家機器而呼應呈現。如從宏觀的角度視之，台灣作家其實頗富革新求變、多元實驗的精神，他（她）們不憚其煩地做各種實驗性創作，如從文學思潮的遞嬗─反共戰鬥文學、現主義文學、鄉土寫實文學，後現代思潮文學等。每隔數年即躍上文壇，作家積極介入的現象觀之，他們不斷翻新花樣，各領風騷的多變局面之精神，事實上是值得肯定的。

　　但同時令人憂心的是近來國際間興起某種主義、潮流或運動，往往在很短時間內就給台灣文壇帶來衝擊，從而使台灣創作界呈現一片仿效之風。就台灣五十年來小說來看，衝擊最大的是後現代主義，它使台灣小說界從八〇年代末期至目前九〇年代中，呈現一重要的現象是急切創新，對傳統敘事觀點的游離、跳躍、質疑、解構，而展現了破碎、多元，乃至矛盾的敘述模式。因此許多新的寫作手法，如拼貼（collage）之應用，一切奇情（fantasy）、怪誕（gothic）、夢魘……都可用藝術上的拼貼手法寫成小說作品，此一創作手法為數不少，他們聲言要打破陳規，向傳統敘事模式挑戰。

　　但此一技巧，固有其負面，許多讀者失去閱讀的趣味、耐心。因顛覆、質疑得太厲害，讀者愈讀愈如一團謎，囚困迷宮，等待救援，一般讀者誰會主動青睞此類作品？非小說（nonfiction）攻城掠地文壇的情況愈來愈普遍、愈嚴重也就不足爲奇了。

　　更令人擔憂的是台灣小說家創作時期及質量普遍都太短暫（較諸國外傑出作家動輒四、五十年創作時間，實嫌不足），有時創作質量反較前期雙向衰退。七等生、黃凡、陳映眞、黃春明……幾乎消沈於九〇年代文壇，遑論其他作家？

　　我們極力期待台灣作家不斷創作不輟，年輕一代作家在挖掘題材，又善於煽情誇異之餘，就問題本身做一哲學、文化、心理等多向度的知性思考，深入工業文化環境下對人性本質的探尋。

註釋

註 一　見＜飛揚的年代—五十年代文學座談會＞，《聯合報》，一九八〇年五月五日第八版。

註 二　如彭瑞金、林燿德、龔鵬程、張大春……等人。另見龔鵬程，＜四十年來台灣文學之回顧＞一文，《國家科學委員會研究彙刊：人文及社會科學》四卷三期，一九九四年七月。

註 三　吳濁流，《亞細亞的孤兒》，遠行出版社，一九八六年，頁一八一。

註 四　台灣新生報＜橋＞副刊第一六八期，一九四八年九月廿八日。

註 五　游喚＜政治小說策略及其解讀—有關台灣主體之論＞，《台灣的社會與文學》，龔鵬程編，東大出版，一九九五年十一月，頁九九。

註 六　林曙光，〈楊逵與高雄〉，《文學界》十四期，一九八五
　　　　年五月，引文自該文談到楊逵與「橋」之淵源時，史習校
　　　　所述。

註 七　參葉石濤〈接續祖國臍帶之後—從四〇年代台灣文學來看
　　　　「中國意識」和「台灣意識」的消長〉，《走向台灣文學
　　　　》，自立晚報社文出版部，一九九〇年三月，頁一～四三
　　　　。

註 八　彭瑞編，《台灣作家全集：吳濁流集》，前衛出版社，
　　　　一九九一年二月，頁二六八。

註 九　同前註。

註 十　陳顯庭，〈我對葉石濤小說的印象〉，《新生報》「橋」
　　　　副刊，一九四八年七月三十日。

註十一　何欣，〈三十年來台灣的小說〉，《中國現代小說的主潮
　　　　》，台北，遠景，一九七九年三月，頁四五。

註十二　鍾鐵民，〈鍾理和文學中所展現的人性尊嚴〉（鍾理和文
　　　　學生命的探索之五，《民眾日報》一九九一年元月十一日
　　　　。同時又見於《台灣文藝》第一二八期，一九九一年十二
　　　　月十五曰。

註十三　尉天驄，〈三十年來台灣社會的轉變與文學的發展〉，《
　　　　台灣地區社會變遷與文化發展》，中國論壇編輯委員會主
　　　　編，一九八五年十月初版，頁四五〇。

註十四　鄭明娳，〈當代台灣文藝政策的發展，影響與檢討〉，《
　　　　當代台灣政治文學論》，時報文化出版，一九九四年，頁
　　　　五〇。

註十五　余光中，《中國現代文學大系，總序》，巨人出版社，一
　　　　九七二年。

註十六　杜南發，〈葉維廉答客問：關於現代主義〉，《中外文學

　　　　　》第一卷第十二期，一九八二年五月。

註十七　同前註。

註十八　楊照，＜末世情緒下的多重時間─再論五〇、六年代的文
　　　　學＞，原刊《聯合文學》十卷八期，一九九四年六月，復
　　　　收入：《文學、社會與歷史想像─戰後文學史散論》，聯
　　　　合文學出版社，一九九五年十月，頁一二六。

註十九　施淑，＜現代的鄉土─六、七〇年代台灣文學＞，《從四
　　　　〇年代到九〇年代─兩岸三邊華文小說研討會論文集》，
　　　　時報，一九九四年十一月，頁二五五～二五六。楊照在＜
　　　　新人類的感官世界─評邱妙津的《鬼的狂歡》＞也是如此
　　　　定位。原文說：「因此我們回顧六〇年代的青年文化，看
　　　　到的是一部部、一篇篇、一首首的文學作品，競相發洩著
　　　　悲觀、無聊乃至腐敗的氣息，在這種「存在實驗」裡，同
　　　　時給中國文字帶來一個重要的革命，逼迫這套古老文字作
　　　　各種變形、納各種異質的東西、傳達各種誇張的情緒。從
　　　　文學中的角度來看，這番文字、文學意念上的革命，可能
　　　　是六〇年代「存在主義文學」乃至廣義說「現代主義文學
　　　　」重要的成就、貢獻之一。不論我們今天抱持怎樣的立場
　　　　來評價「橫的移植」、「脫離社會脈絡」等質素，不可否
　　　　認的是這些文學作品開拓的文字承載功能，給了後來不管
　　　　想要寫作何種題材的作家很大的方便。」見《文學的原像
　　　　》，聯合文學，一九九四年。

註　廿　夏祖麗，《握筆的人》，台北純文學出版社，一九七七年
　　　　，頁二八。

註廿一　周伯乃，《現代小說論》，三民書局，一九七四年五月。

註廿二　白先勇語，轉引自單德興＜論影響研究的一些作法及困難
　　　　─以台灣近三十年來的小說為例＞，《小說批評》，鄭明

嫻主編，正中書局，一九九三年六月，頁九六。

註廿三 張恒豪，＜削瘦的靈魂—七等生集＞，《台灣作家全集：七等生集》，前衛出版社，一九九三年。

註廿四 楊照，＜一顆拒絕衰老的心—評李喬的《慈悲劍》，《文學的原像》，聯合文學，一九九四年，頁四八。

註廿五 如陳映眞，＜新的閱讀和論述之必要，《中國時報》「回顧鄉土文學論戰」專輯，一九九一年元月六日。

註廿六 解嚴以後，各種社會運動風起雲湧，一些抗爭性强的作家乾脆走出書房，不再以筆代言，直接投身到各種運動中，體現自己的政治理念。王拓、楊青矗、姚嘉文在美麗島事件後，在獄中分別完成了《牛肚港》、《台北、台北》，《連雲夢》、《台灣七色記》，但出獄後，一度停筆，投身公職競選，林雙不忙著舉辦全省巡迴演講，靠文學改革社會的迷思被戳破，面對政治干預文學，他們由文學無力救贖的改由政治手段來實現，而以行動直接抗爭。

註廿七 同註廿四，頁一七九。

註廿八 楊照，＜歷史大河中的悲情—論台灣的「大河小說」）提到：「長篇小說一直都不能算是創作的重心所在。從六十年代開始，一波波重要的文學概念推陳出新、美學評價翻攪革命，幾乎都是由短篇小說創作打先鋒，而且最爲膾炙人口的重要作品也是以短篇居多。七十年代中後期，兩大報先後創設小說獎、文學獎，更加强了這種趨勢，雖然獎項中也斷斷續續列入中、長篇項目，然而不可否認地，短篇始終是核心主角。一經文學獎提點便躍居文壇的戲劇性效果，也是在短篇部門最見顯著。」收入　弦等編《四十年來中國文學》，聯經出版，一九九五年六月，頁一七七。

註廿九　「世紀末」一詞，源出法文的 Fin de siec'cle　類似英
　　　　文的 Nineties（九〇年代）。一九六二年版的《拉胡斯
　　　　大辭典》定義爲：「十九世紀末所創名詞，意指精緻的頹
　　　　廢（de'cadence raffine'e）。」此字眼並不曾被用來代
　　　　表編年或斷代的概念，而是代表一個風格概念。

參考書目

尹雪曼、司馬中原等，＜在飛揚的年代—五〇年代文學座談會＞，
　　　　《聯合報》副刊，一九八〇年五月四～八日。
王德威，＜從老舍到王禎和—現代中國小說的笑謔傾向＞，收入氏
　　　　著：《從劉鶚到王禎和—中國現代寫實小說散論》，時報
　　　　文化出版，一九八六年六月三十日。
王德威，＜「世紀末」的先鋒：朱天文和蘇童＞，《今天》總第十
　　　　三期，一九九一年。
余光中，＜中國現代文學大系，總序＞，《中國現代文學大系》，
　　　　巨人出版社，一九七二年。
呂正惠，＜七、八十年代台灣現實主義文學的道路＞，《新地文學
　　　　》第二期。
杜南發，＜葉維廉答客問：關於現代主義＞，《中外文學》十卷十
　　　　二期，一九八二年五月。
李　喬，＜寬廣的語言大道・對台灣語文的思考＞，《台灣文摘》
　　　　革新一號，一九九二年一月。
杭　之，＜八〇年代台灣的思想／文化發展＞，《邁向後美麗島的
　　　　民間社會》，台北唐山出版社，一九九〇年四月。

邱貴芬，<「發現台灣」：建構台灣後殖民論述>，《中外文學》
　　廿一卷二期，一九九二年七月。

林燿德，<環繞現代台灣詩史的若干意見>，《台灣詩學季刊》第
　　三期，一九九三年九月。

林鐘雄，《台灣經濟發展四十年》，自立晚報台灣經驗四十年叢書
　　，一九八七年初版。

徐秋玲、林振春，<台灣地區文化工業的檢證—以文學部門爲主分
　　析與解讀>，《思與言》卅一卷一期，一九九三年一月。

尉天驄，<三十年來台灣社會的轉變與文學的發展>，《台灣地區
　　社會變遷與文化發展》，一九八五年十月。

尉天驄，<由飄泊到尋根—工業文明下的台灣新文學>，《中國論
　　壇》第二四一期，一九八五年十月十日。

陳思和，<但開風氣不爲師—論台灣新世代小說在文學史上的意義
　　>，《世紀末偏航—八〇年代台灣文學論》，台北：時報
　　出版公司，一九九〇年。

陳芳明，<百年來的台灣文學與台灣風格—台灣新文學運動史導論
　　>，《中外文學》廿三卷九期，一九九五年二月。

張素貞，<五十年代小說管窺>，《文訊》第九期，一九八四年。

黃錦樹，<被都市化遺棄的眷村：台灣—從朱天心新作「想我眷村
　　的兄弟們」談起>，《海峽評論》十八期，一九九二年六
　　月。

游　喚，<八〇年代台灣文學論述之變質>，《台灣文學觀察雜誌
　　》第五期，一九九二年二月。

游勝冠，<戰後第一場台灣文學論戰>，《台灣史田野研究通訊》
　　第廿七期，一九九三年六月。

傅怡禎，《五〇年代台灣小說中的懷鄉意識》，中國文化大學中研
　　所八十一學年度碩士論文。

彭瑞金，＜請勿點燃語言的炸彈＞，《台灣文摘》革新一號，一九
　　九二年一月。

郭　楓，＜四十年來台灣文學的環境與生態＞，《新地文學》第二
　　期，頁九。

詹愷苓，＜浪漫滅絕的轉折—評朱天心小說集《我記得……》＞，
　　《自立晚報》副刊，一九九一年一月六、七日，第　版。

楊　照，＜末世情緒下的多重時間—論五、六〇年代的台灣文學＞
　　，《聯合文學》十卷七期，一九九四年。

楊　照，＜末世情緒下的多重時間—再論五、六〇年代的台灣文學
　　＞，《聯合文學》十卷八期，一九九四年六月。

葉芸芸，＜試論戰後初期的台灣智識份子及其文學活動＜一九四五
　　年——九四九年）＞，《先人之血‧土地之花》，前衛出
　　版社，一九八九年八月廿日。

葉石濤，＜接續祖國臍帶之後—從四〇年代台灣文學來看「中國意
　　識」和「台灣意識」的消長＞，《走向台灣文學》，自立
　　晚報社文化出版部，一九九〇年三月。

廖炳惠，＜近五十年來的台灣小說＞，《聯合文學》十一卷十二期
　　，一九九五年十月。

蔡英俊，＜試論王文興小說中的挫敗主題＞，《文星》復刊四號，
　　台北：文星雜誌社。

蔡源煌，＜台灣四十年來的文學與意識形態＞，《中國論壇》第三
　　一九期，一九八九年元月十日。

蔡源煌、張大春，＜八〇年代台灣小說的發展＞，《國文天地》四
　　卷五期，一九八八年十月。

蔡詩萍，＜一個反支配論述的形成＞，林燿德、孟樊編《世紀末偏
　　航—八〇年台灣文學論》，台北，時報文化出版公司，一
　　九九〇年十二月。

齊邦媛，＜江流匯集成海的六〇年代小說，《文訊》十三期，一九
　　　　八四年十月。

齊邦媛，＜眷村文學：鄉愁的繼承與實際＞，台北：《聯合報》一
　　　　九九一年十月廿五、廿六日，第廿五版。

鄭麗玲，＜橋與壁—戰後台灣小說的兩個面相（一九四五～一九五
　　　　〇）＞，《鍾理和逝世卅二週年紀念暨台灣文學學術研討
　　　　會》，高雄縣政府出版，一九九二年十一月廿五日。

鍾　雷，公孫嬿、張秀亞、司馬中原、朱西甯、楚卿，＜五〇年代
　　　　文學專輯＞，《文學思潮》第七期，一九八〇年七月。

鍾肇政，＜艱困孤寂的足跡—簡述四十年代本省鄉土文學＞，《文
　　　　訊》第九期，一九八四年三月。

龔鵬程，＜商戰歷史演義的社會思想史解析＞，《第二屆台灣經驗
　　　　研討會論文》，一九九三年十月。

龔鵬程，＜四十年來台灣文學之回顧＞，《國家科學委員會研究彙
　　　　刊：人文及社會科學》四卷二期，一九九四年七月。（文
　　　　集繁多，不一一列出）。

＜春光關不住＞的啟示

⊙張恆豪

一

　　日據時代承載台灣人歷史記憶而曾擁有榮耀的臺灣新文學傳統，在終戰以後，歷經統治政權的轉移，二二八的武力鎮壓，語言政策的壓制，文化生態的改變，曾被棄置於黯淡的歷史廢墟。一九四九年及白色恐怖之後，在國家機器及官方文化霸權的操控下，劫後餘生的文學人靈，除了個個噤若寒蟬，更被排擠在邊陲的角落無聲無息。這些正值旺盛創作年華的文學人物，韜光隱忍，經歷五〇年代的沈潛無聲？ 六〇年代有如無花果在偏遠的角落默默開花，七〇年代在國際局勢逆轉，台灣處於外交挫敗，民族主義及本土意識正逐漸昂揚，在鄉土文學論戰的衝激之下又重返舞臺，重新拾回歷史的發言權。

　　自此以後，民間被禁抑的社會力逐漸被釋放出來，臺灣過去的邊疆的定位也逐漸往中心在游移，受到政治全面箝制的歷史失憶症也逐漸復活了起來，臺灣的政治，經濟是如此，臺灣的歷史、文學也是如此。在文學上，談及戰前的人物又重新回到歷史舞臺，最為活躍的莫過於楊逵，而做為一位小說家的戰後作品，最富有光環的，自然非＜春光關不住＞莫屬。因為此作曾在一九七七年被選入國中國文教材，＜春光關不住＞雖寫於一九五七年，但這是日據時期先行代的文學精英首度進入戰後官方所編定的教科書，正因此，乃較為當今卅五歲以下台灣年輕一代所熟知，在台灣文學發展及台灣文學教育史上，這正是象徵著舊的傳統與新的世代在對話，一場臺

灣人精神發展史的傳承和辯證。

文學批判人生，也爲歷史見證。文學的創作，雖是個人隱秘的心靈活動，而文學的發表及討論，則是一種社會活動，一種文化現象。站在終戰後五十週年的當口，回顧半世紀以來歷史顚仆的縮影，本文擬以＜春光關不住＞一作的現象—它的寫作、發表、選編、討論、進入教材的過程，以小喻大，挖掘其中可能有的歷史意義，並由微視到宏觀，窺測戰前新文學傳統在戰後是如何被國家權力所斬斷？而在政治外交的逆流，文化思潮的沖激之下，歷史的記憶又是如何被復甦起來，銜接了戰前與戰後的文學斷層？而在文學史裡主流屢被易位、屢被重估的整編中，新舊文學思潮互動之下所支持的經典作品，又是如何被人提起、如何被人揚棄？而在這起起落落之間，什麼是較爲永恆不變的文學準則？

本文試圖以＜春光關不住＞爲例子，希望通過此一問題意識的探索，能釐清一些迷霧，進一步窺透台灣文學未來發展的路向。

二

楊逵的＜春光關不住＞，以日據末期爲背景，內容係描寫台灣人遠赴大陸，到南洋參戰，去做「東亞共榮的皇民戰士」，當整個島上籠罩在盟軍飛機的轟炸時，日本當局於是強征「學徒兵」，全力投入基地的擴建工事。小說中敘事者的「我」，則是一個數學教員，奉派帶領學生去修築工事。一天，他的學生林建文，在勞動中發現了一株被水泥塊壓在底下的玫瑰花，於是「我」深覺高興，它給「我」一個「春光關不住」的聯想。「在很重的水泥塊底下，它竟能找出這麼一條小小的縫，抽出枝條來，還長著這麼一個大花苞，象徵著在日本軍閥鐵蹄下的台灣人民的心。」

爾後，「我」受到林建文請托，特地去看他的姊姊，並將這株

玫瑰花送給她。八月十五日，當日本天皇宣佈無條件投降的前幾天，林建文收到他姊姊的一封信：

> 「你寄來的那枝玫瑰花，種在黃花缸上，長得很茂盛。枝頭長出了許多花苞，開滿著血紅的花。我再也不寂寞了。我正在想著，過年除夕的團圓飯，該比往年加上幾樣菜哩！」

林建文的姊姊，乃將這株象徵「台灣人的心」的玫瑰，種植在黃花缸（暗喻「黃花岡」）上，而開出具有「革命」象徵的血紅的花。二次大戰結束以後，由於「我」的證婚，這位女士便與一位遠赴大陸從事對日抗戰的青年結為連理。結尾處。作者特別跳出來現身說法：

> 人生固然有許多艱難困若，特別在異族侵佔之下，但我總覺得，只要不慌不忙，經常保持鎮靜，就是被關在黑壓壓的深坑裡，時間也會幫助我們解決問題的。這一棵重重地被壓在水泥塊底下的玫瑰花的故事，不是蠻有意思嗎？

無疑的，這是一篇理念先行的小說，主題掛帥，意旨鮮明，楊逵在強調中日決戰下的台灣人心是向著祖國的，而當女主角意志消沈之際，乃是受到遠赴大陸從事抗戰的愛人同志所激勵，才有奮發有為的勇氣。楊逵似在突顯此一主題：臺灣之抗日，頗受大陸抗戰的鼓舞。

〈春光關不住〉此作，一九五七年六月發表於《新生月刊》，這是份綠島新生訓導營的定期營內刊物。五○年代，二次大戰剛結束不久，國際上處於冷戰對峙的局面，復加上大陸變色，國民黨撤退來臺，由於特殊的時代背景，正是反共文學及懷鄉文學思潮，由上而下主宰整個文壇的寫作風尚，在此一階段，根據黃惠禎的研究指出，被禁錮於綠島中的楊逵，尚有以下一些劇作：「〈赤崁拓荒

〉是以電影劇本的方式，表現台灣先民們反抗荷蘭人的歷史；〈勝利進行曲〉敘述國軍英勇抗日的故事；兼及台灣青年被日本人強徵為軍伕，在祖國作戰，面對同胞時矛盾的心情。由其處處照顧同胞的行為中，體現台灣人民對於祖國的孺慕之情；〈光復進行由〉則是以鄭成功驅逐荷蘭人的過往，影射台灣從日本的桎梏中解放的史實。相對於當時流行的反共抗俄劇，楊逵的劇作也不能免俗地，在最後來個大轉折，安排「惡人伏誅，好人得勝」的結局，引來「八股」之譏。但是深入考察之後，可以發現楊逵在劇情背後隱藏的言外之意。」（註一）

其他尚有〈牛犁分家〉、〈豬八戒做和尚〉。總之，表面上，這些作品都無法擺脫反共文學當道，愛國主義盛行的強大浪潮，但骨子裡仍是「陽奉陰回」（註二）、都返回到楊逵自己內心世界的社會思想及政治主張，楊逵旨在透露台灣之抗日，深受大陸抗戰的激勵，臺灣和大陸在隔絕五十年之後，雖不免有彼此間誤會與猜忌，但今後應摒棄狹隘的地域主義，誠心誠意地攜手合作。此一政治理念，基本上與「和平宣言」所揭示主張的是相當一致。

楊逵豈不是正意謂著：國民黨政府因「和平宣言」的政治主張而判我入獄，而我則堅持理念，仍不屈服，在作品中仍隱藏著此一思想，以示無聲的反抗。這是由日據時代到戒嚴年代，在言論自由仍受到箝制，特立獨行的楊逵，不得不採取「陽奉陰回」策略的另一例證。

然而，就文學的藝術性而言，比起楊逵戰前的名作〈送報伕〉來，寫實手法的豐饒性及細緻性，形式與主題精確地融合，洵可謂名副其實；而〈春光關不住〉則甚為粗糙，堪稱名過其實，無論就表現技巧、細節描繪或象徵手法，皆存有嚴重缺陷，楊逵構思了一簡陋的故事骨架，加上鬆散而牽強的情節，缺乏細緻有機性的經營，實不足以承載此一強大的主題。此外，「我」是個扁平人物，首

尾末見任何心理轉折，「玫瑰」的意象經營得不夠充分，而有些譬喻太過淺白，最後的結尾，又落入言詮，真可謂意境盡失。顏元叔便指出此作「處理上還是要忠於文學原則，否則便容易流為宣傳」。

以楊逵創作〈送報伕〉的功力與經歷，對於以上這些缺憾應都是自覺的，他會不會考慮到綠島獄中的受刑人，能更為無「隔」的閱讀，而不惜將小說表現得更淺白更露骨？

三

終戰以後，從二二八事變到白色恐怖的夢魘，日據時代作家，不是因政治死難（如朱點人、呂赫若）、便是遭到整肅入獄（如吳新榮、黃昆彬、葉石濤），或者被迫失聲（如張文環、龍瑛宗、王昶雄）、淪為邊緣的泡沫。處身於五〇年代的文藝環境，在「戰鬥文藝」、「反共抗俄文學」的一元化文學政策之下，中國以及臺灣的三〇年代的文學傳統，被強硬的切斷，不少經典作品都在查禁之列。

葉石濤就如此批評：

> 五〇年代的文學，幾乎由大陸來台的第一代作家所把持，所以整個五〇年代文學就反映出他們的心態。他們在大陸幾乎都屬統治階級，依附政府權力機構而生存，所以大多數擁護中國傳統的孔孟思想，且有根深柢固的法統觀念，缺乏民主、科學的修養。（註三）

〈春光關不住〉的主題因符合當時愛國主義、民族情操的大浪潮，故得以安全過關的發表（比較起來，鍾理和的書簡中，便針對當時文壇所要求或所流行的愛國主義有所批評），但也因為整個日

據時代的文學傳統受到禁錮，臺灣作家似乎都背負著皇民遺毒的「原罪」，以致楊逵雖在綠島獄中又第二度重新出發，但顯然沒有受到太大的注意。

時序進入五〇年代後期，以至六〇年代，現代主義的思潮由支流逐漸蔚爲主流，因新文學傳統的臍帶被切斷，在受到美國外來強勢文化的影響下，不免望風披靡，經由西化而走上現代主義的道路。六〇年代中葉，正是現代文學思潮獨領風騷的年代，現代文學思潮可以說是對於正逐漸流爲教條八股的反共文學的另一種反動，對於官方的一元式文化政策的另一種反叛。《現代文學》雜誌的掌舵者白先勇便這般自剖：

> 遷台的第一代作者內心充滿思鄉情懷，爲回憶所束縛而無法行動起來，只好生活在自我瞞騙中，而新一代的作者卻勇往直前，毫無畏忌地試圖正面探索歷史事實的眞況，他們拒絕承受上一代喪失家園的罪疚感，亦不慚愧地揭露台灣生活黑暗的一面。這自然不是容易事。國內雖然很少干涉這些新進作家，出版檢查的陰影卻常常存在。
> 這些作家爲了避過政府的檢查，處處避免正面評議當前社會政治的問題，轉向個人內心的探索⋯⋯。（註四）

此一情況下，帶有現實主義的批判色彩的《文學季刊》是另一堅實特異的存在；而帶有鄉土意識及本土風格的《臺灣文藝》、《笠》以及鍾肇政所編《本省籍作家作品集》，祗能算是一種無花果式，在邊陲地帶默默開花結果，它一方面象徵了日據時代的文學傳統，已從過去的伏流，逐漸浮出水面，但在歷史條件的侷限下，仍只是微波細流罷了，然而，也爲下一個年代文學論戰和文學抗爭埋下了歷史的引爆線。

《本省籍作家作品選集》（十冊，由臺北文壇社出版），其中

便蒐有楊逵的＜春光關不住＞、〈園丁日記〉，可視爲戰前作家重新出發及戰後第一代本土作家創作之成果，這對當時文學主流僅是一種微弱細音的頡抗，如今透過歷史性的回顧，它香火承傳的意義是絕不可磨滅的。

四

進入七〇年代前後，因爲臺灣經濟成長所帶來的激變，中產階級和西化派知識份子大量興起，他們潛在崇洋媚外的心態，以及國際潮流中釣魚臺事件，退出聯合國，中日斷交，國際石油危機，對台灣本土政經的激盪，使得一些作家不能不對經由西化而產生的現代主義做深切的省思。在文學上，歷經關傑明指責現代詩的虛無性和荒謬性，以及唐文標連續對現代文學提出強烈批判後，一股回歸鄉土，關懷現實的寫實主義的潮流便隱然在萌動。

此一現象，誠如彭瑞金所說：隨著時代的變遷，引發台灣社會內部結構性的變化，也刺激了社會意識的覺醒。知識份子擁抱人民，參與社會，造成一股回歸現實，回歸土地的熱流，觸動了寫實主義文學的復甦。此一延續著新文學運動崛起以來，重視社會寫實，反映苦難人民生活爲使命的文學傳統精神，也隨著七〇年代的時代腳步甦醒了。接受寫實主義徵召的七〇年代文學，強調了文學參與的態度，提出文學反社會，反映現實。反映人生的主張，並建立以人道主義爲基礎的反省文學。（註五）

這一參與性、批判性的現實主義潮流，儼然具有民族色彩及本土意識，它一方面向五〇年代以來官方的文化霸權及意識形態提出批判，同時也對六〇年代以來學院裡現代主義的主流系統展開攻評

，於是一場勢不可遏的鄉土文學論戰便於一九七七年間爆發。但由於政治的戒嚴狀態，統獨爭辯的客觀環境尚未成熟，在論戰中鄉土文學陣營裡民族主義派（傾向統一）及本土意識派（傾向獨立）的潛在矛盾，乃又在八〇年代前後浮上檯面，自行又宣告分裂，此即論者所言的「南北分派」。

有關鄉土文學論戰的研究論文，國內外已有專門論述出版（註六），此非本文重點，於此便不再贅述。以下所要進一步解析，則是有關＜春光關不住＞在七〇年代及八〇年代的處境和評價。

一九七二年，＜春光關不住＞被選入巨人出版社的《中國現代文學大系》，這代表戰後二十年本地作家與大陸作家文學成果的總驗收，由於日據時代的台灣文學傳統，遭到官方文化霸權的斬斷，因此，從六〇年代現代派文評大師余光中的總序所言「半個世紀的日據，使得本省同胞和國語完全隔離，和祖國的新文學也脫了節，所以一時無由參加中國文學在臺灣的開拓工作」（註七），他顯然的並不知道日據時代臺灣曾有新文學運動及新文學作品。

隔年（七三年），另一位提倡新批評，民族文學及社會寫實主義的文評大師顏元叔，在《中外文學》談〈台灣小說裡的日本經驗〉（註八），他引用七篇戰後小說為例分析台灣的殖民地經驗，很顯然的，他不知道日據時代臺灣曾有新文學運動及新文學作品（後來，他接受《中外文學》讀者胡嶽投書的意見，選當時剛出土的〈送報伕〉等為例子，重新改寫他的論文）。（註九）

此為時代的侷限，無關兩位大師的學養，但由於余、顏的身份背景和文學立論，終使得官方文化霸權對日據時代台灣文學傳統的禁制逐漸鬆綁，張良澤便順勢談論起日據末期流亡中國大陸的鍾理和，林載爵更一腳撞開禁門，將楊逵正式提出來與鍾理和比較，此即〈臺灣文學的兩種精神－楊逵與鍾理和之比較〉一文（註十），時序已是一九七三年十二月，自此，日據時代新文學傳統的解凍及

．

復甦已可預言，而楊逵又回到失落的土地，屬於楊逵時代的重新來臨亦可斷言。

七五年，張良澤冒著被查禁，被約談的安危，首先編出楊逵一九五〇年以來的第一部中文小說集《鵝媽媽出嫁》，裡面便收有〈春光關不住〉，自此，楊逵的評價便逐漸攀升，引起廣泛評論。七八年，林梵（林瑞明）更為楊逵造像，捕捉到他永不屈服的眼神和稜角，撰寫出第一本傳記〈楊逵畫像〉，自此楊逵的人間像又復活於台灣大地，也又逐漸回到他主流位置。

其間，張良澤在〈不屈的文學魂〉（註十一）一文，即如此指出〈春光關不住〉的內容與主題：

> 本篇以水泥塊底下一株被壓得扁扁的玫瑰花，象徵頑強的生命力，也「象徵著在日本軍閥鐵蹄下的台灣人民的心」。女主角林姑娘就像這株帶刺而頑強的玫瑰花，她大膽地寫信給當「學徒兵」的弟弟道：

> 以「黃花缸」暗喻「黃花岡」，以「血紅的花」暗喻她與廣東的一位青年成為革命同志，將從事轟轟烈烈的革命工作。
> 作者讚美如許頑強的叛逆，所以安排了林姑娘與廣東青年於光復後終成眷屬。

> 你寄來的那隻玫瑰花，種在黃花缸上，長得很茂盛。枝頭長出了許多花苞，開滿著血紅的花。……

張良澤的觀點是正面的（若在九〇年代，出現的觀點恐怕就是批判的），此一「響應祖國抗戰論」的基調，與其時台灣文化界所瀰漫的民族主義思潮頗有相應之妙，並且，台灣本土意識正逐漸復甦，執政當局的本土化政策又勢在必行，官方的霸權文化意識深知

往後台灣歷史的尋根溯源，已是不可壓抑的趨勢，然又期望能將此潮流引導至台灣與中國具有不可分割的血緣論的思考模式，於是，〈春光關不住〉會受到有心人士的矚目和重視，改題爲〈壓不扁的玫瑰花〉，在一九七六年入選官方編定的國中國文課本第六冊，在這樣的時代背景下是極可理解的，這毋寧是歷史發展中的一種必然。

　　其時在國立編譯館任職的教科書編委之一──寒爵，在給楊逵的信裡，便提到：

　　楊先生：

　　謝謝您惠贈大著，在五月間我正忙於國文教科書的修訂工作，所以沒有即時寫信致謝，請原諒。大作情文並茂，更富民族意識實在值得敬佩。現在想把「春光關不住」一篇選入國民中學國文第六冊，作爲教材，唯經編審會研究，認爲這樣的題目，恐怕被學生們做其他的聯想，所以想請您另改一個題目，其中文字可能小有變動，也請您事先諒解。

　　祝　　筆健！

　　　　　　　　　寒爵敬上　　　八、廿八（註十二）

　　可見「更富民族意識」，是入選國中課本的理由，這自然是七〇年代中期的政治因素和文化氣候所促成的，應也是那一階段鄉土文學中的經典。

　　然而，弔詭的是，隨著美麗島事件的沖激，台灣本土的反對勢力一時雲湧，黨外雜誌雖屢被禁卻前仆後繼，也逐漸打破諸多神話及禁忌，由於政治環境的急驟變化，連如此點綴式的選文，只因作者是台灣作家的身份，便遭到保守人士的質難而被剔除，春光終竟是曇花一現。

　　爾後進入八〇年代，尤其是楊逵謝世之後，此篇楊逵戰後最富

盛名的小說，便鮮少有人談論。九〇年代後，專以〈論楊逵的小說藝術〉（註十三）的呂正惠，雖認定〈送報伕〉，〈頑童伐鬼記〉、〈鵝媽媽出嫁〉、〈泥娃娃〉是成功之作，〈模範村〉是失敗的，就是沒有提及〈春光關不住〉，此與〈送報伕〉、〈鵝媽媽出嫁〉從日據時代跨越到戰後初期，以至七〇年代、八〇年代的「經典」性評價，真是不可相提並論。

五

以上觀察，於是便自然引出以下一個問題來，一個時代，有一個時代的文學，不同的文學思潮，各有不同的代表性的經典，經典是如何被高高提起，又是如何靜靜消失的呢？

蔡詩萍就提出如此疑問：

何以每段時間內曾經被視為當然的，支配文學創作與詮釋體系的「典範」（paradigm），到了另一階段會如敝屣般被賤棄？而舊典範所支持的創作則日益顯得枯萎、貧乏？新典範支撐的作品則無論是否創新都可獲得起碼的肯定？（註十四）

誠然，若是經典的認可，是基於文化霸權，是由於政治風潮，則當外緣的政治因素改變了、消失了，則支持經典尚能成為一篇文學作品的內在美學條件，便顯得薄弱不堪了，自然，隨著無情的歲月，又將淪落為黯淡無光的歷史廢墟。

文學應無新與舊，只有好與壞之分，能禁得起時間巨人的過濾篩選，能進入現代人思想意識的文學，自然都是當代文學，能帶給現代人啟蒙、儆醒，引起現代人焦慮、反思的作品，我以為這就是所謂文學的經典或典範，它全然不受文學思潮及文學流派的影響。它只有文學性及思想性的考慮，顯然超越一時一地的霸權意識和政

治利害，例如杜甫的〈兵車行〉、白居易的〈長恨歌〉、杜斯妥也夫斯基的〈卡拉馬助夫的兄弟們〉、卡夫卡的〈蛻變〉、馬奎斯的〈百年孤寂〉，乃至魯迅的〈在酒樓上〉、呂赫若的〈牛車〉、張文環的〈夜猿〉、白先勇的〈台北人〉、陳映真的〈夜行貨車〉、李喬的〈寒夜三部曲〉……，都同樣潛存於我們現代人的意識裡，打破時間空間的侷限，不斷地進行對話與辯證，這應就是文學的經典、文學史的典範。

我以爲，所謂經典，起碼應有下列其中之一的要素：

在思想上，具有進步的思想，能指引出歷史的進路。

在胸懷上，燭照複雜曲折的人性，並具有悲憫的情操。

在風格上，具有原創性、特異性。

在技巧上，具有細緻性、圓熟性。

或許，一代有一代的經典，正如同每一階段，有每一階段的文學史，歷史會不斷被改寫、被重組，經典會不斷被推翻、被重估，沒有永恆不變的經典，自然也沒有垂諸久遠，定於一尊的文學史。

一九九五　紀念楊逵逝世十周年

註釋：

註 一　黃惠禎，《楊逵及其作品研究》（台北：麥田出版社，一九九四），頁一七二。

註 二　此為我個人自鑄的詞語，參閱——
張恆豪，〈比較楊逵、呂赫若的「決戰小說」——〈增產之背後〉與〈風頭水尾〉〉（淡水工商《台灣文學研討會論文，一九九五）。

註 三　葉石濤，《台灣文學史鋼》（高雄：文學界雜誌社，一九八七），頁八八。

註 四　白先勇之語，轉引自——
蔡詩萍，《騷動島嶼的論述反抗》（台北：聯合文學社，一九九五），頁一三〇。

註 五　彭瑞金，《台灣新文學運動四十年》（台北：自立晚報社，一九九一），頁一五三。

註 六　例如陳正醍，《台灣における鄉土文學論戰》（一九七七～一九七八）（日本：台灣近現代史研究（三），一九八一）；李祖琛，《七〇年代台灣鄉土文學運動析論》（台灣：政大新聞所碩士論文，一九八六）。

註 七　余光中，總序，《中國現代文學大系》（小說，第一輯）（台北：巨人出版社，一九七二）。

註 八　顏元叔，〈台灣小說裡的日本經驗〉（台灣：《中外文學》第二卷第二期，一九七三），頁一〇六，討論的七篇小說，依序為吳濁流〈陳大人〉，楊逵〈春光關不住〉、李喬〈桃花眼〉、鍾肇政〈中元的構圖〉、黃娟〈啞婚〉、葉石濤〈獄中記〉、林衡道〈姊妹會〉。

註 九　胡嶽，〈一點淺見〉（台灣：《中外文學》第二卷第五期

，一九七三），頁一八七。

註 十　　林載爵，〈台灣文學的兩種精神——楊逵與鍾理和之比較
　　　　　〉（台灣：《中外文學》第二卷第七期，一九七三），頁
　　　　　四。

註十一　　張良澤，〈不屈的文學魂〉（台灣：《中央日報》，一九
　　　　　七五年，十、廿二～廿五）。

註十二　　寒爵的信，可參閱
　　　　　林梵，《楊逵畫像》（台北：筆架山出版社，一九七八）
　　　　　，頁四〇。

註十三　　呂正惠，〈論楊逵的小說藝術〉（台灣：《新地》第三期
　　　　　，一九九〇），頁十七。

註十四　　蔡詩萍，《騷動島嶼的論述反抗》（台北：聯合文學社，
　　　　　一九九五），頁一二三。

從「鄉土寫實」到「超越寫實」
——八〇年代的台灣小說

⊙楊　照

一

在一片蕭殺氣氛中，台灣走完了激情的七〇年代，進入八〇年代。斷開這兩個年代的分水嶺是——一九七九年年底發生在高雄的「美麗島事件」。

一九八〇年的「軍法大審」中，被告名單中赫然有兩位重量級的小說家在列，一位是專寫「工人小說」的楊青矗，另外一位則是「鄉土文學論戰」中，「鄉土派」先鋒要角王拓。

楊青矗、王拓被捕、判刑，不是單純個人行為之個案，而是凸顯了七〇年代末期文學與政治、社會改革運動的緊密關連，而八〇年代文學史上發生的第一個重大變化，就是這條社會與文學在行動意義的連結，被硬生切斷。

七〇年代後關傑明、唐文標發難的「現代詩論戰」，到引起整個社會騷動的「鄉土文學論戰」，一脈相承的發展方向是文學的意義不斷被擴大解釋，也一再被附加愈來愈多的行動性格，可以稱之為「文學行動主義」的逐步形成。

「文學行動主義」的重要背景，當然是威權結構裡對言論的箝制，正面討論政治經濟，檢討社會病癥的文章，無法在公共論壇上取得安全發表的管道，於是改革改造的鬱積熱情，只能想辦法以不同的面貌「化裝出場」。

　　相應地，七〇年代報業結構裡出現了「強勢副刊」，隨而副刊上的文學也就成了文化領域中能見度最高、最搶手的類別。兩項條件湊泊下，七〇年代末期，「鄉土文學論戰」就成了一場以文學為名，以政治經濟立場分判為實的衝突。

　　在這種情形下，文學和政治經濟的新糾結當然非常之深。「鄉土文學論戰」中不論正反方，其實有著共同的對文學性質之理解，他們之中沒有任何人覺得文學「沒啥小路用」；他們心中沒有任何人主張文學只是政治經濟的附庸；他們之中沒有人反對文學對社會具有主動介入與引導的能力。他們的爭議是在於：一、文學所要介入引導的這個社會到底是個什麼樣的社會？「鄉土派」認為這是一個被帝國主義變相侵略，被錯誤政策犧牲，以致於許多人在底層流離受苦的社會，所以文學應該去描寫這些人，替他們發言控訴。「反鄉土派」則堅持台灣是個進步方向正確的社會，從傳統走到現代，難免有些後遺症，這些「少數黑暗面專例」不應該被誇大，文學要協助國家民族巨大，而不是分化其力量。二、文學要把國家社會帶到什麼地步去？「鄉土派」要的是一個政治經濟上擺脫依賴，內部力求分配公平的社會；「反鄉土派」則強調文化上的民族主義，以意識上之「團結」為首要目的。

　　「鄉土派」發展成帶左翼色彩之文學行動主義，他們的理念在小說上表達得最清楚。小說寫作的大原則是「鄉土寫實」，為什麼是「鄉土」？一方面因為「鄉土」保存了未受西方現代發展「污染」的素樸傳統，可以對治六〇年代「現代小說」移植自西方的「虛矯」情結；另一方面因為「鄉土」正是戰後政經發展中落後者、被犧牲者與被剝削者，在農、漁、工等下層作業環境所構成的「鄉土」裡，有著被官方意識宣傳所刻意抹殺、忽略的血淚悲哀。

　　我們不能忽略，和「鄉土派」針鋒相對地，另外興起了一股右翼的文學行動主義熱潮，右翼文學行動主義的代表性團體是「三三

集刊」與「神州詩社」，他們的集團特牲是非常年輕，他們的集團理念是「以文學救國」，在行動上，他們熱情地串連各地大學，堅決反對「鄉土派」，高舉文化民族主義的大旗，在文學，尤其是小説的創作上，他們特別強調回歸到愛情上來化解抽象概念上對之所產生的齟齬衝突。

美麗島事件爆發的前夕，在小説界可以清楚看見，左翼文學行動主義雖然經官方宣傳系統打壓，卻逐漸取得美學上的合法性；同時，右翼文學行動主義與官方保持若即若離的關係，也獲得了校園青年群的熱烈支持，方興未艾。

如果用當年最受矚目的兩大報文學獎作「主流」指標的話，我們可以找到不少甚具「行動主義」意義的作品在七八、七九年間紛紛得獎，最凸出的如黃凡的＜賴索＞首開小説刺探上政治曖昧地位的先例，追訴了海外臺獨運動及其幻滅；又如宋澤萊的＜打牛湳村＞直指農村產銷結構上的重大弊病，洪醒夫的＜吾土＞刻劃農村困窮的悲情、＜散戲＞同情消逝中的歌仔戲班。這些作品都是「寫實」的，而且都是寫社會病態，不愉快之實，對既有體制秩序表達了濃厚的不滿的遺憾情緒。

二

美麗島事件引起政治氣氛丕變，在文學與政治緊密相繫的特殊背景下，政治上自由度的縮減，很快就感染到文學的創作與判斷標準上。八〇年代的前幾年，明顯出現的變化就是行動主義遭到打壓，鄉土、寫實等原本充滿改革味道的原則、概念則被馴化、收編。

八〇年年初「軍法大審」剛結束，如響斯應，同年的聯合報小説獎選了蕭麗紅的《千江有水千江月》頒給長篇小説獎，送出了兩大報文學獎的最高額獎金。

　　我們大概很難再在文學史裡找到像《千江有水千江月》這麼適合拿來作斷代指標的作品了。在《千》書得獎之前，聯合報小說獎徵選過一次長篇小說，獎額訂在三十萬元，不過卻是以「從缺」收場，所以《千》書是聯合報選出得獎的第一部長篇小說，受到注意的程度自不在話下，作為主流文學標準反映的代表地位，亦毋庸置疑。

　　《千江有水千江月》作者蕭麗紅前期作品《冷金箋》、《桂花巷》即以精確模寫台灣傳統家庭的人情事務，彰顯其特色，「本土性」與「鄉土性」甚濃。更值得注意的，是她和「三三」亦過從甚密，《千江有水千江月》的文字與《桂花巷》相比，除了更加大膽地直接套襲《紅樓夢》之外，還加上了許多胡蘭成式的感歎。在寫作《千》書的過程中，蕭麗紅多次與在日本的胡蘭成通信討論，胡蘭成過世前一天，還發了一封私函給蕭麗紅。

　　這樣的背景，使得蕭麗紅對七〇年代兩大流派的文學語彙都相當熟悉，而在《千江有水千江月》裡，將這兩種來源、用心都很不相同的風格作了一次總結合。

　　舉例來說，《千江有水千江月》書中有一段寫到大信到貞觀的故鄉鹿港過中元節，過程中蕭麗紅仔細地舖排了鹿港民俗的細節，對照大信所居的臺北的荒涼無聊，其主題主調和「鄉土派」若合符節。然後有了這麼一段：

> 一個小腳阿婆，正在門前燒紙錢，紙錢即將化過的一瞬間，伊手上拿起一小杯水酒，灑落冥紙焚化的金鼎外圍，圓圓灑下……
>
> 大信見伊嘴上唸唸有詞，便問：
>
> 「妳知道伊唸什麼？」
>
> 「怎麼不知道……」

貞觀眯眼笑道：「我母親和外婆，也是這樣唸的──沿得圓，才會大賺錢！」

大信讚歎道：

「做中國人，眞是興奮事！她原來連一個極小動作，都帶有這樣無盡意思；沿得圓，大賺錢──賺錢原本只是個平常不過的心願──」

「可是有她這一說，就被說活了！」

「甚至是──不能再好，她像是說說即過，卻又極認眞，普天之下，大概只有我們才能有這種恰到好處！」

燒冥紙，「沿得圓，大賺錢」，這是「鄉土寫實」，尤其阿婆唸的那句話，必須要用河洛話方言唸出才能押韻，這又和「鄉土小說」裡夾雜方言的寫法是一致的。可是繼而大信、貞觀一來一往的感歎評論，牽扯上中國人的美與「恰到好處」，卻十足是「三三」的餘緒。

左右兩翼文學行動主義裡的重要元素，我們都可以在《千江有水千江月》隨處俯拾，然而這部小說本身卻完全沒有任何一點點批判或改造的行動主義色彩在裡面。

在原本的行動主義理念裡，「鄉土」和「中國文化」都是用來對照現存既有主流秩序的。「鄉土」對照批判主流脫離現實，忽視公理正義；右翼的「中國文化論」也同樣對照凸顯了主流崇洋媚外，重西方輕中國的心理，這樣的批判理念在《千江有水千江月》裡都消失得無影無蹤。鄉土也好，中國文化也好，都只是烘托，成就大信和貞觀私人浪漫愛情故事的背景資料罷了！

《千江有水千江月》得獎，標示著對七○年代左右翼文學的收編。表面上看來「鄉土」還在，本質式的民族主義也還在，可是它們對現有威權的威脅卻完全被拔除了，成爲體制內安全的一環。

三、

　　另外一篇具代表性的小說是履彊的＜楊桃樹＞。＜楊桃樹＞比《千江有水千江月》晚一年獲得聯合報小說獎，發表之後，陸續被各種選集、報刊、雜誌選載達十一次之多，一九九一年更被選入國中課本第六冊。從這個成績來看，說＜楊桃樹＞被視為是「鄉土小說」最重要的代表，應不為過。

　　＜楊桃樹＞寫的是一個到城市裡討賺的中年人，放假時回返鄉下，同時回返童年記憶的小故事，小說中特別著墨的是都市裡的俗鄙與農村裡保留下來的純樸人情味，構成強烈對比。如果把＜楊桃樹＞拿來和七〇年代末期的「鄉土名作」，如洪醒夫的＜吾土＞，還是更早王禎和的「鄉土經典」＜嫁粧一牛車＞相比較的話，我們可以清楚地察覺「農村」的意義，在小說裡有了一百八十度大轉變。

　　七〇年代小說裡的農村，是殘破的，是污穢的，是因貧窮而不斷扭曲人性，製造悲劇的。＜嫁粧一牛車＞裡貧窮逼得人必須去嫁掉自己的老婆，＜吾土＞裡兒子必須賣地來維持重病雙親的生命，然而兩老知道土地喪失，卻寧可選擇自殺。更不要說宋澤萊的《蓬萊誌異》裡，所「誌」的「異」，正就是農村、小鎮各種荒謬、可笑的「現狀」。

　　農村到了＜楊桃樹＞，則變成了文明的避風港，變成是都市人尋求休憩與救贖的地方了。重點不再是應該如何解救農村、同情在農村裡飽受剝削的人，而成了是要教都市人學習、瞭解農村舊事舊俗、舊情舊義可貴。

　　「鄉土」的概念，到這個地步就完全被收編了。八〇年代前期，兩大報文學獎繼續選出以農村為背景，對話中「幹你娘」等方言

粗口不時冒現的作品，乍看之下，似乎和七〇年代末期標榜的「鄉土寫實」，前後相銜，沒有斷裂，然而細繹其內容則南轅北轍，七〇年代的「鄉土」是以農村爲據點，抨擊都市，所以義憤填膺，八〇年代的「鄉土主流」變成是以都市爲中央視角，反過來向農村求取精神充電的資源。

八〇年代前期「鄉土主流」的作品甚多，然而眞正值得傳流的相對則甚少，大致以古蒙仁、廖蕾夫等人較具代表性。

四

一九八一年，右翼的文學行動主義也遭到了嚴重打擊，警總突然之間宣佈「神州詩社」涉嫌「爲匪宣傳」，「神州」的主要負責人溫瑞安、方娥眞被捕下獄，社內許多大馬留華僑生受到波及，退學的退學，遣送出境的遣送出境，「神州」自然是解散消失了。

「神州案」發生之後沒多久，「三三集刊」也在出完二十六輯之後悄悄地停止運作了。

右翼文學行動主義，標榜愛國、發揚民族文化，看起來似乎不像「鄉土派」那樣直接與官方對立，甚至在許多場合，「三三」、「神州」的人還會在最前線與「鄉土派」對峙，爲官方辯護，然而由「神州案」的內容我們可以看出來，民族主義作爲一種口號式的意識型態標籤，是官方所要的，但是眞正激情、帶實踐意義的民族主義，還是會擾亂現實的既成秩序。

這裡的關鍵就在於：如何在民族主義的大帽子底下，安排中共、中國大陸，溫瑞安、方娥眞被控的證據，就是他們「聽匪歌」、「唱匪歌」、「私帶匪製幻燈片」，愛中國，愛中國文化，很難不帶上認同對岸的情緒反應，而偏偏對岸的一切，在台灣的官方價值裡，都應該視爲是敵人、異物。

所以要用文學來宣揚民族主義，讓民族主義介入改造社會，這也不是官方所願意樂見的，美麗島事件未發生前，右翼文學還有平衡、抵抗鄉土派的價值，到了八○年代政治空氣肅殺，鄉土派已無真正的「作亂」空間，這個時候最安全的作法，當然是一併把右翼文學行動主義打壓下去。

五

八○年代前期，台灣小說的主流是經過收編、改造，拔去爪牙的「鄉土寫實」，而透過「鄉土寫實」所要傳達的主流美學哲學價值則是所謂的「人生文學」。

「人生文學」的口號是「文學反映人生」，其背後有非常強大的「普遍性」（universalistic）傾向。「人生文學」將寫實降爲工具，寫實的目的是要反映人生的普遍價值，尤其是人生的光明美好一面的力量。小說寫實中一定有特殊的角色、場景、劇情演變，然而「人生文學」認爲這些特殊的東西只是手段，本身並不具備有完足自主性。讀者閱讀寫實小說，重點不是要記得小說裡的哪個人物哪件事，而是要「讀穿」（read through）文字，領略到超越性的人生意義。

如果說人生意義，人生教訓才是最重要的，那爲什麼還得辛辛苦苦營造角色、場景、劇情？「人生文學」的回答是，只有真實、寫實的細節營造，才能應對人生意義的多彩多姿，這是小說所能提供，勝於抽象說理的重要部份。

「人生文學」的理論標竿，非夏志清先生莫屬，不過抱持著相同想法的「文壇大老」，當然不只他一個人。我們可以翻開這幾年內兩大報文學獎小說類的評審紀錄，在每一場評審會議的開端，都「照例」會要求決審委員表白一下「文學理念」、「評審標準」，

「人生文學」式的想法顯然是絕大多數評審所共同尊重、遵從的，包括齊邦媛、劉紹銘、司馬中原、朱西寧、尼洛、彭歌等海內外決審常客，到本土性甚為強烈的葉石濤、鄭清文，在這個時期都發表過「人生文學」式的宣告。

「人生文學」理念盛行，事實上是否定了七〇年代「鄉土寫實」的用心用意。七〇年代的「鄉土寫實」正是希望建立台灣鄉土作為文學關懷對象的優先地位。「鄉土派」對「現代派」發出的批評中，最嚴厲的就是現代派搞不清楚「什麼時代什麼地方什麼人」（唐文標語），也就是現代派的文學作品裡，只是普遍的現代情境、個人情思，而沒有當下現實的台灣。「鄉土派」要肯定當下現實台灣先行重要性，這是之所以標榜「寫實」的一大重點。在「鄉土派」的價值裡，寫實才能寫出台灣現實的獨特性，獨特性必須取代「虛矯」、「捏造」的普遍現代性。

「人生文學」製造的另一個問題是：寫實在這個架構裡，並沒有必然性。既然文學主要目的在塑建人生教訓，那麼只要能夠達成彰揚人生意義的文學手法，都應該被一視同仁，予以肯定，寫實沒有必然性，鄉土更沒有什麼思想上的特殊位置，「鄉土寫實」作品雖然大行其道，可是其選材與手法變成是上一個時代的殘餘，而無法積累，更不能形成傳統，注定在幾年之內就迅速地被淘汰遺忘。

現在我們提起「鄉土文學」，談起「寫實小說」，最可能會提及的的代表作，幾乎都是七〇年代的作品，生產最多「鄉土寫實」作品的八〇年代前期，反而徹底被忽略了，就是這個道理。

六

八〇年代前期小說的弔詭在，「鄉土寫實」作為主流，然而主流裡卻找不到真正的創作活力，被收編後的「鄉土寫實」小說，其

「文類惰性」(Generic inertia) 愈來愈明顯，許多大量生產出來的作品只是套襲同樣的模式，以金水、阿土、阿英等「鄉土人物」為主角，講兩句「那會阿呢？」式的閩南語，再對比營造鄉下人進城或城裡人返鄉的情境喜劇或悲劇，便完成了一篇篇的小說。

所以我們只能在主流之外尋訪小說創作的特殊成績，一些繼承「寫實」形式，而在內容上更能貼合「寫實主義」凸顯本土獨特性的精神，因此開展出小說新視野的作品。

第一類作品，是清楚地要以「寫實」來傳達強烈的批判意念，在改革社會的意圖上繼續上追七〇年代「鄉土文學」的作品。這類作品從「人生文學」的評判標準上看，是「技術犯規」的，因為他們不是把人生意義、教訓藏在小說敘述裡，相反地，它們「意念先行」，先決定了「意念」，才去挖掘、拼湊小說裡需要的內容。

這類作品最有名的當然是陳映真的《華盛頓大樓》系列，這系列最後，也是最長的兩篇〈雲〉和〈萬商帝君〉就是在八〇年代完成的。一九八〇年發表的〈雲〉，出現了台灣小說史中獨一無二的罷工抗爭集體場面。一九八一年〈萬商帝君〉則深入刻劃了跨國商業系統對人性的扭曲力量。

這兩篇小說在敘事上中規中矩地「寫實」，然而〈雲〉裡最後一幕黃顏色罷工場面，刻意營造了一種浪漫夢幻般的氣氛；〈萬商帝君〉則是拉進了狂人與狂語的顛顛倒倒，將最為理性的現代辦公室與最混亂的民俗儀式夾雜交錯，頗有一種時空跳躍的魔幻之感。

另一位重要的小說作者是林雙不，林雙不本名黃燕德，原本以碧竹的筆名寫作，三十歲那年改筆名為林雙不，並且一改風格，專寫農村與教育的黑暗面。他在八〇年代的代表作有一系列短小說《筍農林金樹》，短篇小說集《大學女生莊南安》，以及長篇小說《決戰星期五》。

林雙不的「寫實」比七〇年代「鄉土派」作品更直接、更素樸

，也表現出更大的不耐煩。他的「意念先行」很多時候是靠放棄文學性，不去經營角色、情節，直接讓道理躍上紙面來達成的，例如「控訴不義是人類的天職」就是他小說裡主角直接「握拳吶喊」出的名言。林雙不以及宋澤萊部份作品標示的是：在「鄉土」被體制收編之後，繼續抱持鄉土改革信念的人，對於「文學」作爲一種行動力量的預期幻滅，於是憤而走出文學，想要以更直接的表白、宣告來刺激社會。

七

第二類值得特加注意的作品，是以「寫實」原則探向過去，試圖重構歷史的小說，這類小說是從另外一個方向受到「鄉土文學」的啓發與影響。那就是「鄉土文學論戰」中對台灣發展的討論眾說紛紜，而「本土」被凸顯之後，大家才赫然發現，我們對「本土」來龍去脈的瞭解如此貧乏。

八○年代早期出現了最重要的台灣歷史小說──李喬的《寒夜三部曲》，《寒夜三部曲》的形式與內容都不算創新，與鍾肇政的《台灣人三部曲》有許多雷同之處，不過在情緒上，李喬在「鄉土文學論戰」前後動筆撰寫的《寒夜三部曲》，自然要比鍾肇政在七○年代早期寫的《台灣人三部曲》要來得激動，而且使命感更加強烈。

《台灣人三部曲》寫陸家的興衰，故事主線是以陸家兄弟爲核心，時代背景爲輔助，所以其歷史敘述並不完整，呈現斷斷續續的現象，例如戰爭時期，小說故事轉到陸志驤躲藏的山區，結果是完全忽略了這一時期台灣史的重大事件。

相形之下，《寒夜三部曲》就更明白地不只要寫一部小說，而且還要讓這部小說成爲在台灣史最貧弱白空的時代，大眾可以輕易

閱讀的日據史課本。在這種用心下,小說不只要講主軸的情節故事
,還得概括介紹當時民情細節,更需解釋社會上大事的來龍去脈。
尤其是把大事硬擠在小說裡,常常把小說的敘述語氣切割得支離破
碎,甚而小說角色變成爲了引出大事而設計的工具,完全從美學觀
點來衡量,這樣的寫法充滿了缺陷,然而也正因爲如此不統一,不
完美,《寒夜三部曲》才能在戒嚴時代對抗主流,教育了一整代新
醒覺的本土主義者。

　　以「寫實」溯史,不能不提陳映眞的<山路>、<鈴鐺花>,
這兩篇描寫五〇年代的白色恐怖的小說分別發表於一九八二、八三
年。<山路>的故事原型脫胎於黑澤明的電影《無悔的青春》,然
而這並無傷於小說中成功營造出的左派高貴情操,無論是<山路>
或<鈴鐺花>其實並沒有交待任何實際的歷史事件,它們的成就毋
寧是在以歷史的架構引介了一種台灣社會甚爲陌生的政治情操以及
爲理想而犧牲者非但不是罪人,反而具有高貴道德位階的信念,逆
轉了官方主流的歷史是非善惡評定。

八

　　第三類「非主流」寫實小說,是由一群新崛起的女性作家寫出
的。這些八〇年代嶄露頭角的女作家包括蕭颯、袁瓊瓊、蘇偉貞及
廖輝英等人。她們最大的特色是拿日益成熟的寫實技法去刻繪女性
獨特的身世遭遇與愛情曲折歷程。蕭颯的<我兒漢生>、<死了一
位國中女生之後>、袁瓊瓊的<自己的天空>、廖輝英的<油蔴菜
籽>、《不歸路》等小說,在八〇年代前期先後獲得了兩大報文學
獎,一時之間頗爲引人側目。

　　這些女性小說,在形貌上符合寫實標準,也講出了社會裡的人
生意涵,所以可以一舉打進「主流」文學圈裡,不過她們透過小說

所傳播的「人生意義」，其實是非常不同於「鄉土寫實」的，如果一定要給她們的風格訂一個名稱的話，也許可以考慮稱其為「細節寫實」（realism of details）。

女作家小說的興起，曾被主流批評者譏為「閨秀文學」，主要就是因為她們所堆砌處理的繁複家戶內、兩性情感細節，讓這些男人覺得婆婆媽媽。「細節寫實」挑戰原有的寫實主義敘事單位，把本來寫實裡一筆交待過的小事件拿來解剖、顯微觀察，這樣看出來的人生道理很多時候錯亂了一般眾人以為是天經地義的兩性權力分配。

所以她們雖然被文學獎接受為「主流」的一部份，然而這些作品實際的效果卻是在挑戰「主流」寫實小說賴以建構的固定人生想像。

最後可以稍加討論的特殊寫實作品，是黃凡、東年暗藏嘻笑怒罵與嘲諷意味的小說。黃凡的＜反對者＞、＜傷心城＞，東年的＜超級國民＞，看似「寫實」，然而在寫實中夾著一份呼之欲出的「作者聲音」。「作者聲音」一邊說著小說裡的故事，一邊卻又不斷流露出不信任故事，譏諷小說角色的態度，結果是使得寫實的效果大打折扣，建構寫實的同時已經在質疑寫實。

九

黃凡既是八〇年代前期的寫實大將，同時卻又是八〇年代中期以降，質疑寫實，顛覆寫實，進而想要超越寫實的先鋒。

由於寫實在「人生文學」的典範裡地位不穩，八〇年代中期起，陸續發生的幾項衝擊，很快地衝得「寫實」搖搖欲墜了。

第一個衝擊力量來自於「後設」、「後現代」概念的引進，蔡源煌扮演了理論導師的角色，黃凡則是帶頭實踐的作者，而《如何

測量水溝的寬度》這本小說集則是最具代表性的里程碑。

第二個衝擊力量則是大陸文學的引進，大陸當代文學中，固然有像阿城那樣回歸淺白語文的傳奇性故事，也更有韓少功、莫言一類天馬行空的想像力特技表演。這對讀慣了中規中矩寫實作品的台灣讀者及作者，產生了極大的陌生震撼和高度的競爭壓力。

除了大陸作家之外，賈西亞‧馬奎斯榮獲諾貝爾文學獎，《百年孤寂》譯本問世，也帶來了另一股風潮。大家開始認識到「魔幻寫實」的魅力，進而悟及「寫實」其實是個人造的框架，離開「寫實」寫小說，非但不是不可能，甚至還提供了更多作者可以發揮自我個性的廣闊空間。

當然，最具關鍵性的衝擊，還是政治大環境的解嚴，威權受到空前未有的嚴重質疑，所有過去立下的「陳規」，在解嚴的氣候中，都成了被檢討、被打倒的對象，誰也沒有權力再教誰小說一定要怎樣寫。更重要的是，在小說範圍裡進行打倒權威的工作，打到最後，發現作者假裝是「客觀」、「寫實」的真理位置，是最大最壞的權威。要如何打倒這個權威，惟有「超越寫實」、「超越客觀」、「超越人生文學」了！

這波發展中，最具代表性的人物，當然是張大春，我們如果一定要替八○年代找一個斷代的終點，我想一九八九年年底，張大春的《大說謊家》堂皇出版，應該是個可以考慮的選擇。《大說謊家》同時終結了「寫實」以及「人生文學」這兩個主宰八○年代小說寫作的大典範。自《大說謊家》起，台灣小說正式進入了一邊逐步沒落，一邊卻更形混亂多元的九○年代。

台灣現代派女性
小說的創作特色

◎江寶釵

前言

　　本文的命題由三個成素構成，現代派，女性，小說，而以現代派作爲統攝概念。因此，本文關注的重點也就是現代派女性小說，這些小說所呈現的創作特色。

　　現代派究竟是一怎樣的流派？它源始於西方，在西方發展，是西方當代社會思想、倫理、經濟、政治型態與傳統衝盪下的產物，充滿西方文化的色彩。由於現代派所關涉的問題多而且雜，本文僅提挈幾個大項，群我關係、主體心理、時間意識、表現技巧等等作爲考察台灣現代派女性小說的平準。就群我關係言，現代派凸顯的是疏離感與漂泊感，一切群體道德倫理的蕩然，這一點深受尼采啓發，而與存在主義同意，其結果是個性的突出與存在命題的抽象化；現代派發現自我，重新界定自我，肯認主體性的分裂，欲望的壓抑與放縱等等，往往可以印証弗洛伊德心理分析學說；就時間意識言，現代派全繫以感受，解構客觀的機械的時間感，往往帶神秘色彩，頗受柏格森的影響；就表現技巧言，現代派一方面重視人物心理分析，運用意識流，一方面重視敘述觀點，推尋事物的多面眞實，往往出以象徵，在現實的表層隱現歷史、神話的深層意識，人物、事件往往抽象化，逼近普遍性（Astradur Eysteinsson，頁50～103）。就主題言，現代派時涉潛意識、性愛與死亡。由於台灣－中國在五〇年代以後的特殊處境，台灣現代派小說家特別凸顯國家、

文化等認同的主題。

　　以上述的幾個創作特色決定小說家、小說之是否劃入現代派，那麼聶華苓、於梨華、歐陽子、叢甦全部著作，以及部分陳若曦、施叔青、李昂的早期作品，都是現代派的女性小說。聶華苓於梨華的開始創作小說，早於現代派小說的風潮之前，她們的創作與她們的閱讀有關，並未受現代文學啓發；歐陽氏、叢氏與現代文學淵源最直接也最深刻；自文本的考察，這四位小說家不約而同在作品主題、內容、技巧上終始都不脫現代派之藩籬，而施叔青、李昂則敬陪風潮之末，隨即轉型。這些女性小說作者都出身學院，與外文系多少有些關係，於梨華出身台大歷史系，轉外文系不成，畢業後赴美讀新聞系，李昂就讀哲學系，自承曾經大量吸收存在主義小說。

　　準是以觀，本文將進行討論的台灣現代派女性小說，包括聶華苓、於梨華、歐陽子、叢甦、陳若曦的全部小說，施叔青、李昂的部份小說，以漂泊意識與潛意識統攝小說主題，分流浪者的道路、潛意識的壓抑與彈現兩節進行論述。

第一節　流浪者的道路

聶華苓

　　聶華苓著有《葛藤》（1953）、《翡翠貓》（1959）、《失去的金鈴子》（1960）、《一朵小白花》（1963）、《台灣軼事》（1980）、《王大年的幾件喜事》（1980）、《千山外，水長》（1984）、《桑青與桃紅》（1988）。除了《失去的金鈴子》寫抗日戰爭時三斗坪鎮三星寨的封建禮教如何造成一齣愛情悲劇，以及如＜爺爺的寶貝＞等少數小說，聶華苓「幾乎每篇都在寫人與人（與社會）之間無法真正接近調和的一種充滿哀怨的孤獨」（徐訏，1963

，頁10），不妨稱之為人際關係的流亡感。這種流亡感不同的西方存在主義學者那種「本體」的流亡，而是中國傳統那種無法在人際關係中尋找一適當位置的寂寞。〈月光·枯井·三腳貓〉是枯井的愛慾永遠無法滿足的孤獨，而三腳貓正是殘缺人生的象徵；〈繡花拖鞋〉的女主角是一個無法肯定愛情的永恆性而要保住「離婚肯定愛情的永恆性而要保住「離婚」的妻子；〈君子好逑〉無法挽回已失的情人，而〈蜜月〉也無法使男女身心融合；時間改變了親密的情人（珊珊，你在哪兒？〉，身份、環境間隔了朋友的舊誼〈一朵小白花〉；〈李環的皮包〉尤具探討的價值，李環在身份證上填具了比實際老大的年齡，這個年齡最後成為她無可否認的年齡，存在與時間原存在著某種虛擬性。

人與人之間不能溝通的疏隔感之外，流亡是聶華苓的另一個主題，她的主人翁都一個大陸舊社會的背景記憶，在台灣這個新社會中漂泊、徬徨。流亡感在《桑青與桃紅》達到最高點。這本書的書名是一個女人自我分裂後取的兩個名字，藉著她的遭遇聶華苓通篇描寫「流放的人、疏離的人」，主人翁在空間的橫切面上從大陸經台灣到美國，在時間的縱切面上從抗日、國共內戰到國民政府遷台、移民美國，最後造成人格分裂與病態的性放縱，萬變不離其宗，聶華苓的關切面始終是一個認同的問題，人與自我與社會、人與國家與文化的認同問題，這也是很典型的六〇年代課題的延續。

《桑青與桃紅》運用女主角的日記進行敘述，意識流蜿蜒曲折中充滿象徵，全身癱瘓的沈老太太在彌留之際不斷叼唸：「九龍壁倒了」，正是國共政權交替的象徵。金鈴子的呼聲與苓子啓悟成長的過程相終始，那是年輕的理想在現實世界外化受挫後終必失去的寫照，聶華苓又擅長細節的經營，桑青與桃紅的分裂映發主人翁的起居室壁上混亂的書寫，某種程度上影射了近代中國因意識型態形成分裂統治的歷史命運。

於梨華

　　於梨華寫作廿五年，累積了兩三百萬字，証諸她個人的自述，再仔細披讀她的文章，題材不外乎留學生異國所面臨的巨大壓力，去國懷鄉，婚姻不諧，歲月蹉跎的失落；漂泊異鄉，寄人籬下的失落；女子婚後縛身子女、丈夫身畔，出入廚房、臥室之間，以家庭爲全部世界而最終不可避免地造成自我的失落感，形成所謂的「主婦病」；在海外的中國人，兼有適應的困頓，謀生的艱辛，愛情婚姻倫理觀念的衝突，社群與文化認同的顚躓，新生代與中國文化日益疏離等等問題。總的來看，於梨華是一個善於體念失落感的小說家，因爲不同際遇激生的失落感，伴隨失落感而來的是中國式的寂寞，與聶華苓的主題接近。白先勇在〈流浪的中國人——台灣小說的放逐主題〉中，曾以「沒有根的一代」一詞探討台灣現代小說中的放逐問題，並以於梨華《又見棕櫚，又見棕櫚》(1967)一書，討論旅美知識份子與傳統文化隔絕的問題，認爲於梨華是這群「沒有根的一代」的代言人(1988,頁61～62)，「無根的」之外，論者每加上「失落的」加以形容。開始寫作於五〇年代，寫作方式寫實成份居多，進入六〇年代，於梨華作爲留學生的代言人似乎已成了新文學史的定論（黃重添、莊明萱、闕豐齡著，1991，頁130～135）。

　　於梨華對小說熱切的直觀、剖析人性的執著以及明快的筆觸，使得她的作品充份的表現出她所挖掘到的、現實生活中實在而不免冷酷、苦樂而不免無奈的一面。這些特質使得於梨華不同於一般言情小說家，有她比較實際而眞誠的一面。但細讀她的小說，在流亡這個主題上顯得缺乏時間的長度，沒有聶華苓或白先勇承擔民族歷史命運的耐人體味；在情慾這個主題上，又缺乏心理的深度，警語固然精采，卻不能作深層的描繪，甚至有說教的危機。她的流亡意識在大陸開放後完完全全找到了歸宿。留學生的題材造就了於梨華

，同樣地也限制了於梨華，我們尚未看到她更廣闊的開拓。在女性
形象的塑造上，於梨華受限於個人的聞見經驗，她從聞見、接觸的經
驗開始處理留學生文學的題材，也止於經驗的，雖然是許多人共有的
經驗。她喜歡處理人與人的關係，而且多半停留在人與人的關係之
上。她對人情世事的觀察敏銳而洞達，只留在各別相的階層上，對人
生通性無有影射，因此，顏元叔稱之為社會風情小說家（ novel of
manners）（1969.7，頁145～146。）。於梨華未能觸及生命較深層的
通性課題，例如宗教、生命存在的形式的反思等等，因此她的小說，
每每止於浮面，再加上她安排情節有一貫通俗的戲劇性，這種種使
得於梨華作為一個小說家的地位蹎躓、搖擺於通俗與嚴肅之間。

　　就文字言，於梨華頻頻運用上海話，創造的意象俯拾皆是，這
些自然意象經過人工經營，往往充滿意在言外的警醒，然而這也是
於梨華矛盾之處。當文字意象負載了過多的意義就侵佔了情節活動
的空間，或者說情節就失去自然成長的空間，因此，於梨華的文字
雖然也隱喻多義，卻是指涉明確，簡單上口，這又是通俗小說的另
一個特色（註一）。我們舉幾個例子加以說明。《尋》裡的老板娘
形容她平淡乏味的婚姻狀態說：兩個人站在吊橋上，吊橋乃是兩個
兒子，有朝一日兒子長大，遠走高飛，橋沒了，我們掉落在河中，
各游各的，找自己的岸。（1990.5，頁186）

　　於梨華的才華在製造譬喻中顯得特別豐富，這種語言的意象性
，筆者認為也是女性書寫的特色之一，因為如同男性長於抽象邏輯
，女性長於語言形象，於梨華的作品就體現這個特色。

叢甦

　　叢甦的作品《白色的網》（1969）與《秋霧》（1972）其實是
同一本的小說，所收篇目僅在次序上不相同，叢甦的另外三本小說
集是《中國人》（1978）、《想飛》（1977）、《獸與魔》（1986

）。她的小說深受存在主義、現代主義、精神分析的影響。表現在主題上，她喜愛探索人類內心宇宙，隨處可見哲理的思考，她也關心留學生的處境，意識型態先行，前者以〈盲獵〉爲代表，後者以（中國人）系列爲代表；在技巧上她經常使用意識流，有效地控制小說細節，並妥善安排情節，創造巧妙的意象、象徵與譬喻，即便傳達哲理化概念也不直接加以宣說。叢甦的〈癲婦日記〉不僅具有上述寫作特色，更呈現幾項特色：小說以第一人稱的日記形式進行，敘述主體是女性，主題是人格分裂，形成敘述我與眞實我對立並陳的有趣現象；再加上標點的省略、短語重複的節奏與韻律，幾乎是形成西蘇所謂的流水式韻律。

當我走時不要爲我哭泣我將化爲塵粒飄在海上飄在浪裡飄在晚霞的彩虹裡飄在早春的第一顆晨露裡不要爲我哭泣飄在十月裡大捲的秋雲裡不要爲我哭泣（1977，頁82）這一段書寫可以說是叢甦長於內心描寫的極致表現。事實上，叢甦的作品多數是存在與家國的關懷，字行裡有虎虎的男子氣，再加上山東方言的運用，山東方言原就是一比較剛性的北地語言。例如，在〈辛老太太的「解放」〉裡，老杜數落辛明沒有看緊女友讓她與別人婚嫁時說：「活該！你小子做事就是這麼半死不活，陰陽怪氣地！誰要你拖著來？沒聽說『打鐵趁熱』嘛！你小子卻像老娘娘刺繡一樣！邊穿針邊囉嗦！一輩子成不了事！」（1978，頁76）叢甦調用文字的才華在道地的方言俗諺中表露無遺。

陳若曦

陳若曦迄今一共出版五本短篇小說集和五本長篇小說。根據葉石濤的說法，依其主題類別約略分成三個時期：《陳若曦自選集》（1976b）（＜大青魚＞一篇除外）是陳若曦的「少作」，寫於留美之前，發表於《文學雜誌》、或發表於《現代文學》。陳若曦早期也

關注人類的存在情境的小說家，她的巴里的旅程〉(1976b) 多少能
說明這個情境。巴里在他自己的旅程裡意識流不穩定地流動，零碎
紊亂的異象與現實穿插，但他的言論呆板、僵滯，既未表現出任何
先知的姿態，也未表現荒謬英雄的擔當。荒謬的存在對陳若曦而言，
純粹只是一個概念，不曾成爲積極的因素。一九七四年，陳若曦在香
港《明報月刊》發表〈尹縣長〉(1976a)，論者視爲大陸「傷痕文學」
的濫觴，她的小說創作也從此邁入另一個個階段。此後四年間，她
陸續以文革經驗爲背景發表小說，截至目前，計有十四個短篇（《尹
縣長》六篇、《老人》(1978)七篇、另加《自選集》(1976b) 裡的
「大青魚」)和一個長篇（《歸》(1978))，是「回歸」而目睹文革
經驗的小說；七九年以後，陳若曦關懷的焦點轉移到美國，寫作對象
是美國形形色色的華人命運，作品有《城裡城外》(短篇)(1981)、
《突圍》(1983)、《遠見》(1984)、《二胡》(1985)、《紙婚》(
1986) 和《走出細雨濛濛》(1993)(1984.6.11,第十版)。這三個寫
作階段鍛接成陳若曦的旅程。很明顯的，她的大部分作品皆以理想
家園的追尋爲主題。莫爾(Sir Thomas More,1478～1535)以「烏托
邦」(Utopia，1516)爲書名指稱一個不爲人知的理想世界(1973,頁
461)，陳若曦的「烏托邦」是在世的，這個在世的烏托邦，一方面是
文化血緣所繫的原鄉，一方面是一個可以實現理想制度的社會。陳
若曦回歸大陸，確實是懷抱著對社會主義建設下的烏托邦的幻想回
去的，假如她追求一套嶄新的政治制度取代她所不滿的資本制度以
達到人類與社會共臻完美的目的，卻以失望終結。烏托邦代表一個
生活的美好觀念，那麼描寫這個烏托邦的幻滅就呈現出反烏托邦的
結構，值得注意的是,陳若曦的作品不在否定理想世界存在的可能，
僅指出它的不完善。爲了指出它的不完善，陳若曦常將故事的情節
圍繞著一個中心人物發展，這人物的生命,最後終會經過一種歷經變
遷的經驗(Mark Elvin，6.9)。這種變遷經驗，就是一個歷程（

journey）的象徵，而且通常是一個由希望到恐懼的歷程（Frances Bartkowski，1991，頁9），對這個人和促成他變遷的社會形成一種不言而喻的評價。這個創作策略也正是烏托邦作家常用的策略。利用這個策略陳若曦寫出了政治主宰人民生活的「國家」（黃驤輯譯，1978.9），以及極權主義的社會如何壓抑進而宰制人性的欲望，消滅創造性的想像力、存在的尊嚴與價值。對她來說，她參與社會革命運動以建設烏托邦所秉持的信念終歸於幻滅，而這個幻滅用邏各斯中心話語說就是形式與內容的斷裂。

陳若曦回歸期的小說出現的時空背景大抵近似，以文化大革命爲起點，林彪逃亡墜機後的「批林」「批孔」爲終點，中間穿插紅衛兵、「五一六」的批鬥，前後大約綿歷七年。除去前兩年在北平，陳若曦長居南京的清涼山下，小說敘述涵蓋的想像空間包括南京、蘇北農場、北京、陝南。這些小說故事內容非常接近陳若曦的眞實生活，〈任秀蘭〉（1976a）一篇完全是眞名實姓，陳若曦的生圈裡接連發生各種事件，她的身影時隱時現，牽引出環繞在她周圍不同的人物，農民、工人、囚犯、褓姆、碼頭工人，以及學生、教師、科學家等知識分子，構成了陳若曦此一階段作品的情節線的核心。

尹飛龍是當年向共黨「起義投誠」的青年軍官，受到盲目混亂的公審，代表一批老幹部的悲哀，大批鬥的形勢形成時，他們到處搭不上線，又想不通事情的脈絡癥結，最後在高喊毛主席萬歲下被處死。耿爾學成回國，滿懷理想，幾年下來事業無成，成家無望，他的第一個戀人小晴，是工人階級，高攀不上，因而告吹。第二個小金出生地主家庭，成分太壞，「黨」不批准。於是高不成低不就，一路蹉跎下來。共產社會裡抽象的階級符號決定了個人的命運。於是曾經滄海的耿爾，一有機會便與朋友「對酒當歌，人生幾何。」他的願望是：「有的，你們常常回來觀光，我好跟你們走走高級館子，這對我是莫大的享受了」（頁120）。

　　七三年離開大陸的陳若曦開始她在域外的創作生涯，然而真正著墨域外華人的生活與命運，卻是在七九年以後，《歸》以及收在《貴州女人》中的〈路口〉是文革經驗走向域外經驗的迴折點，也是兩個階段創作之間的過渡點。

　　（路口）的主角文秀與原是台獨狂熱分子而後變成唯利是圖的前夫離婚，帶著洋化的女兒想回台灣，又想跟熱戀中的馬利蘭大學教授去北京貢獻。《城裡城外》（1981）的六篇小說內容涵蓋了中國大陸、臺灣及海外學人最多的美國，時間上大約是七十年代末期。大陸要實施四個現代化，卻壓制民主牆，審判魏京生、傅月華；臺灣發生了美麗島政治事件。小說背景設定在美國華人知識分子生活圈，運用交叉結構涵蓋了台灣高雄事件、林家祖孫案和大陸對外開放政策的推行等等兩岸的重大政治事件。在這樣艱難、尷尬的時代，陳若曦一方面繼續批評某些所謂海外學者為個人名利，持兩套不同標準的人權，完全喪失了做為一個知識分子的道德勇氣，一方面仍將她的終極關心落實於理想家園的追尋。不確定自己的歸屬的中國人或者追逐〈綠卡〉，或者在「中國熱」的潮流下精神上認同祖國，趨炎附勢（〈城裡城外〉），或者真正「回歸」祖國（〈客自故鄉來〉）。這種歸屬的追求，在《遠見》（1984）裡進一步紛歧，人人離鄉背景追求美國夢。表面上，《遠見》的吳道遠為女兒吳雙的升學問題，說動阿貞帶著女兒到美國求學。暗地裡，這個送妻女出國之計，在解決一家綠卡大計、還有他個人的外遇問題。廖淑貞在婚姻危機之後，選擇返回美國。路曉雲為長期居留美國而急切的尋找丈夫，訪問教授應見湘則堅持回大陸貢獻。李大偉是來自新加坡華裔，李太太儲安妮則來自香港——英國管轄下，洋化已深，他們肩上的文化包袱較輕，在美國過著比較愜意的生活。

　　描寫這個政治三角關係的方法，呂正惠指出是有一個基本模式的，那就是，透過男、女關係來加以表現（呂正惠，1988，頁116）

。譬如，《遠見》的女主角本省籍的廖淑貞，嫁的是外省籍的丈夫吳道遠，但在美國求取綠卡的過程中，卻與大陸學人應見湘互相傾慕，並爲華裔美人李大偉所追求；《二胡》裡的胡景漢，面對大陸的太太柯綺華和臺灣的情人楊力行時，有一種難以抉擇的痛苦。

然後我們看到陳若曦透過她的人物說，身在美國的人就應該關心美國社會。《歸》極力求融入中國大陸的社會建制，〈路口〉裡，文秀還顛沛於文化認同，思索台灣人多重的文化背景：日本、中國，最後仍試圖保持傳統的生活價值觀，她要將女兒教養得更像一個中國人。《遠見》已把美國視爲海外的「鄉土」，長期居留美國、安家落戶、建立政權，不可避免成爲海外新生代中國人理想的道路。烏托邦由於是無何有之方（nowhere），也就可以是任何地方（anywhere）（Frances Bartkowski，1991，頁6）；陳若曦的從台灣、大陸到美國，有跡可循。

陳若曦有著以服務社會的赤忱擁抱小說藝術，以小說藝術推展個人社會服務的創作理念；雖然深受現代派洗禮，陳若曦根本上卻是一個寫實主義者，政治社會的關懷遠逾其他。陳若曦的小說，無論長篇或短篇，無論是文革經驗或後文革經驗，都有一個明確的主題，故事自傳性濃厚，經常以第一稱的女性敘述爲主題。

陳若曦的作品特色，約略可以從幾個角度談：其一是氣氛的醞釀，場景的精確掌握；其一是心理的描寫，語言的流暢。陳若曦開始嘗試創作時，一度心儀神秘而寫實的莫泊桑風格，〈欽之舅舅〉和〈灰眼黑貓〉都是在模仿下的產物。文姐墮崖後，一群人大寒夜裡去尋她的屍體，沿途經常是女性象徵的月亮被遮蔽了，鬼影幢幢，彷彿一段走向地獄的路，與文姐的悲慘遭遇、最後的橫死互相指涉，構成耐人尋味的象徵。這份描寫異象的筆力鍛練無疑是早期陳若曦作品中動人的成素之一，在後來的作品續有發展。〈尹縣長〉裡，初到黃土高原的「我」領受了狂風沙殺氣騰騰的滋味，伏筆寫出文革鬥爭的肅殺：

一陣風刮來，泥沙紙屑都捲起，在空中翻騰，太陽早不知被
驅趕到何方去了，滿天昏昏慘慘，一片黃濛濛。我眯緊眼，
頭順著風勢躲，臉皮被風沙刷得麻癢癢的。(1993，頁179)

除了在氣氛的蘊釀上見長，陳若曦的心理描寫在她個人的創作
意念不太強勢的時候，也經常出現可喜的場面。辛莊長年為了長期
生活勞頓、陰陽顛倒（好個陰陽顛倒！）而臥病，在他獲知妻子有
外遇而又莫可奈何時，他只能眼睜睜看著她整粧赴約。就在整粧的
過程中，她將少婦那種顧盼自憐，心有所繫，正要瞞著丈夫外出偷
情，又是大膽又是害怕的心情流露無遺。而只有懷著「意鈌」情結
的丈夫能有這麼仔細的觀察力；他的徬徨、掙扎也就在對妻子體貼
入微的觀察中展現無遺：

她細心地敷粉，頭俯向鏡前，臉上帶著似是而非的淺笑，口
紅已經快用殘了，她把管子旋到最後，用小指頭伸進去，挖
了一點出來，小心地抹在唇上。抹勻後，她對著鏡子端詳。
好久，她出神地瞧著鏡裡的臉，動也不動地。然後，他看見
她左邊的唇角微微翹起，兩片唇逐漸展成弧形。似乎突然回
憶起什麼，她忍不住笑出來，低低的，挑逗的一聲笑，眉毛
跟著揚起。這笑聲使他眯著的眼睛闔起來，連她自己似乎也
吃了一驚。她略帶慌張地回頭掃一眼，臉上飛上紅暈，抓起
木梳，她狠力梳起頭髮。(1991，頁97)

第二節　潛意識的壓抑與彈現

施叔青

施叔青來自鹿港，一個極具傳統文化、民間藝術背景的台灣鄉

城，當她進入台北那樣的大城，進入一個較為複雜的小社會——文
化圈，她的背景卻使她較一般人、普通的作家，更能清楚了解周圍
的環境和事件。她是以敏銳的感受、知性寫下「迥異流俗」的小說
。鄉城保守因襲的觀念，不曾困圍施叔青，反而成為她創作的源泉
，使她在兩種文化的衝撞中蓄積創作力。施叔青後來嫁予外國夫婿
，客居一個規模比台北龐大的城市紐約，七〇年代並卜居一個繁華
更盛於台北的香港，她個人經驗了不同的文化衝擊（主要是、更深
層探索文化問題之種種的動力。施叔青早期作品中的女性壓抑就是
透過鄉城的背景來製造強化的效果。省察施叔青的作品，隨著她的
流寓台灣、美國、香港，可以劃為三個階段。六〇年代中期，台灣
的首善之地台北都城裡，文化藝術工作者穿梭於前衛畫廊、荒謬劇
場與現代詩朗誦會之間，施叔青寫下＜約伯的末裔＞（1969）、《
那些不毛的日子》（1988a）（原志文出版《拾掇那些日子》(1988
）），借重的是鄉土題材。七〇年代是社會關懷的年代，一面是婦
女運動的興起，一面是鄉土意識的翻醒，一面是她在波士頓、康橋
觀看荒謬劇，在異國文化裡體會人的孤意識的翻醒。施叔青從女性
經驗與視野出發，審視愛情故事與婚姻制度，出版＜常滿姨的一日
＞（1971a），而《完美的丈夫》（1985）堪稱代表；（1985）堪
稱代表；《琉璃瓦》（1967）探討鄉土與現代文明的衝突；《牛鈴
聲響》（1975）則是女性角色、鄉土情緒、文化認同的綜合，關注
的是在「擺盪的人」，意識型態顯豁，多數是不成功的作品。一九
七七年始，施叔青旅居香港，浸潤於香港的文化，十里洋場，日夜
笙歌，她以〈愫細怨〉展開一系列的香港故事，同質的作品結集為
《愫細怨》（1984）、《情探》（1986b）。進入九〇年代，在客居
香港十餘年之後，施叔青旁觀六四天安門事件，坦克巨輪碾壓自由
的呼求，重新反省自己中國人的身份，確認自我認同香港，同時發
現香港歷史，展開香港殖民歷史的重構，進入後殖民理論（post-

colonialism) 的架構。因此，討論施叔青的作品，方便的做法是以時間分，現代主義時期的六〇年代爲第一階段，依序爲社會關懷的七〇年代，香港時期的八〇年代代與九〇年代。然而從主題意識分，從六〇年代到八〇年代的作品正好有兩大關懷，其一是性壓抑及其不滿，其一是家國的關懷與文化的認同；九〇年代的作品，進入了後殖民理論的建構。因此本文擬將施叔青八〇年代香港早期的作品視爲七〇年代女性立場作品的延伸，正好有了一綿貫的銲接點。

假如我們奇異於傳統古老的鄉城傳說，何以能與現代主義巧妙地結合——不僅在表達技巧上，也在題材內容上——而進一步尋求了解時，就必須借助心理分析的筏槳，作爲過渡。我們不妨從弗洛伊德的看法開始：

> 抵抗、壓抑、潛意識、性生活的病理學意識及幼兒期經驗的
> 重要性等理論，構成了精神分析理論結構的主要組成部份。
> (1992 ，頁39)

由於鄉俗傳說在理論上原係接收民族的神話遺產而來，我們在現代主義文學、潛意識、鄉俗傳說中找到共同的本質和匯流的閘口，這也就是施叔青據以發揮自己的創作力活水源頭：現代主義融入鬼影幢幢的鄉俗野譚。現代主義是她在現代化都市與文化中習得的觀念世界，鄉俗野譚則來自她的成長環境鹿港。白先勇說鹿港是施叔青的「荒原」，並且說：「死亡、性和瘋癲是施叔青小說中循環不息的主題」，「其中的人物都是肉體上、心靈上、或精神上受過過斲傷的畸人」，「她所表現的世界就是這種夢魘似患了精神分製症的世界，像一些超現實的神祕主義。經常彌漫著一種卡夫卡式的夢魘氣氛。過分誇大與變形後，趨向怪異（grotesque）」（1973，頁1～2）。白先勇明確指出施叔青所受西方的影響，從此被廣泛引用。劉登翰則說施叔青所受西方影響的經驗本體，是一個鄉俗的社會

背景，正是她那篇以第一人稱敘述進行的半自傳性質的散文體小說〈那些不毛的日子所描繪的「宮口——小社會」：

> 這個格局獨特、古風久遠的「宮口——小社會」，實際上是「傳統的台灣」的一個縮影。（1988b，頁3）

　　環繞著這個幾乎不變的「小社會」走馬燈似地轉過十幾個栩栩如生的鄉土人物：從乩童的二伯父到篤信基督的江湖賣藝人，從家道中落的林水連到無聲無臭死去的源嫲，從鴇母罔治到買回來當小妾的歌女「猴珍」....，以及發生在他們身上交織著種種民情風俗的故事，構成了一個典型的鄉土的民俗世界，這些就是施叔青經驗世界的土壤，栽植她寫作的根。然而我們欺近看去，這個土壤之上滿佈著死亡、夢魘，鬼怪傳說以及畸零人。就事實意義來說，這是一個家族聚居的鄉俗世界；就其病態特癥而言，白先勇所說的「荒原」是再恰切不過的指稱詞，而這只是施叔青第一層次意義的荒原；第二層次如李子雲指出的，是六〇年代台灣社會的變化與動盪（1986b），這些病態是調適失敗的類型人物，，他們身心上的失調正是傳統在現代衝擊下被凌遲了、被萎縮了的形象，如油漆（倒放的天梯）的邊緣人。由於宗族係構成中國社會的基本單位，施叔青筆下的衰敗也便一貫地指向家族，如〈壁虎〉；第三層次，施叔青在理念上充滿死亡、性和瘋癲夢魘，版圖不再是鹿港，也不再是傳統的社會，而是普遍的人類命運。

　　性壓抑、死亡、瘋癲、家族、鄉俗、宿命形成連鎖，出現在施叔青十七歲的處女作〈壁虎〉（1988）裡，在〈瓷觀音〉、〈淩遲的抑束〉、〈約伯的末裔〉（1969）中持續發展。施叔青注視著人性的幽黯面，以獨特的內心獨白、豐富的感官印象展現她的觀察所得，鮮明具體而意義內隱的意象，暗示性的表達代替部份描述的手法，使她早期的小說較缺乏通俗作家緊湊的情節線，卻也不同於存

在主義敘述的寓言化，而是以象徵進行人物病態心理的分析。如同她重覆出現的童年夢魘：「我赤裸著上體，皮膚是銹色的。……我是背著自己的墓碑在荒山中找埋葬自己的地方……。」這些病態人物又以女性居多。

施叔青師承張愛玲，首先見於她以香港為小說人物的舞台，她對香港特殊人文景觀的感受與刻繪，而且成就斐然。其次，施叔青寫香港完全是一個外來者（outsider）的眼光，吻合她自己的身分，與張愛玲遙相呼應。再者，是氣氛的掌握，施叔青與張愛玲都在繁華的文明中看到了荒涼的野塚，洋溢著「良辰美景奈何天」感懷。明明是十里洋場的繽紛，寫到故事背景，她「早期小說中那種夢魘似的氣氛又隱然欲現」（白先勇<序>，1978，頁4）。骨董收藏家姚茫家像一座幽森的古墓(1984，頁148)(窯變)的方月，在納爾遜太太荒誕神話般的宴會中途，突然胃痛，一個人走到空蕩蕩的香港會所的大廳，在老式水晶燈的黯淡輝煌中，或者並不是真為憑弔那「象徵殖民地的階段、特權」的建築物，終於要被拆除的命運，然而那滿目瘡痍，瓦礫一片，「人世間的任何事，都會過去的吧！」這時悄無聲息，襲掩方月的是人世行旅（方月當時正隨著街上人潮，一邊走呀走呀，一邊回憶她與三個男人的交往）滄桑感(頁145～146)，就如同流蘇與范柳原在淺水灣飯店過去一截子路的那堵牆下談情，免不了在炮火中傾圮，成了斷壁殘垣；嫻細接納洪俊興也是在一個雷雨冰雹漫天的夜晚，抱著「劫後餘生」的心情；古董瓷器、字畫、盆栽、京戲、蘇州評彈都是舊文化產物，施叔青說她別有用心地融入小說，推動情節，造成有機的象徵。「之所以如此賣弄，是有感於文革後大陸作家遍所患的學養貧乏症。」(<序>)。施叔青套用張愛玲冷眼對世情的模式，系列的香港故事，<嫻細怨>、<窯變>、<情探>、<晚情>（1988b）等等，描摩無數流離失所的男女，在香港這個現代化工商大都會中某一特殊時空裡大集合。

自早期的創作開始，施叔青即透過象徵與心理描繪傳導、刻劃某些人類的共同處境；她勇於摸索、創新不同的敘事形式。她運用繁複的意象群和組構的象徵深化了她有的並不突出的創作意念，特別值得一提的是她所使用的語言，「年輕的叛逆加上鹿港詭異的氛圍，使我感到如非自創一種新的文體語言，白開水一樣的白話文是不足以貼切地形容我內裡的風情。」在文字上任意顛倒重組，自創新詞」（頁32）使她成就了一種艱澀拗口的語言。施叔青早期的女性書寫，與她的創作內容的一致，概以怪誕的方式迤邐。假如將寫作的題材與語言引喻為衣服與身體，那麼施叔青的六〇年代作品，可以說表裡一致地表現一個殘缺不整的荒原世界，象徵個人的病態、宗族倫理的沒落、人類存在的荒謬，這文中可見同時受到精神分析、存在主義、現代主義的影響，女性經驗卻是她的連貫軸。進入七〇年代，施叔青不斷嘗試進入常人的世界，一連串有關鄉土的如〈安崎坑〉，有關女性命運的如〈完美的丈夫〉。這些創作主題是施叔青進入常人世界的嘗試，在香港故事系列終於有了長足的發展，可那已是八〇年代了。

歐陽子

歐陽子的小說只有《秋葉》（1961）和《那長頭髮的女孩》（1976）這兩本，但她在國內卻引起重大的回響，其主要原因是：她的小說選擇的人物幾乎全是現代女子，與別人的關係多半是不正常的，甚至是不倫的。其次，她的題材皆以某一感情的心理困境為主，而這個心理困境又是人性黑暗的一面。她除了冷靜觀察、細膩描寫之外，對這個黑暗非但未加撻伐，而且幾乎是深表悲憫、同情。因此，她發表於六〇年代的那十多篇作品，不論成敗，使成為新文學史上重要的一頁，而為文學史家與文學批評家所必須討論的對象了。

我們不妨再次印証歐陽子的自我陳述，從而進一步了解，她的

小說題材，不只關涉小說人物感情生活的心理層面，尚且關涉他們自我覺悟的過程。她的人物是「想」出來的，然後圍繞著這一人物，構造情節故事。作為一個思想敏感、筆觸細膩的女性創作者，歐陽子說她的小說「總是首先想到一種處境，或困境，繼而推想，一個具有某種性格的人，在陷入這樣的困境時，會起怎樣的心理反應？會採怎樣的實際行動？而這個主角最後採取的某種行動，或顯露的某種表現，一定和他對該困境所起的心理反應，有直接而必然的關聯，而這道理常可從他的環境，他的過去，或他的天性中，追溯得出，分析得出」（1984，頁176）。歐陽子傾力所追蹤便是人物行動的過程和動機。

這些人物困境的開展，大都遵循著歐陽子自己服膺的創作律則。她認為一篇小說之為成功的藝術品，最重要的莫過於具有嚴謹的結構；也就是說，一篇小說的組構元素，即人物、情節、主題、語言、語調、氣氛、觀點等等，相互之間必須有十分密切的關聯。此外，短篇小說裡的「語氣代表作者對題材與主角的態度及看法。歐陽子認為她自己的大部份作品，「語氣」是平平的，不懷偏見（在＜木美人＞(1961)、＜貝太太的早晨＞和＜美蓉＞(1961)三篇小說裡，卻有或輕或重的譏諷語氣）。故事常運用全知限制觀點，避免涉入自小說人物跟讀者與小說人物之間，保持了適當的距離。

如同歐陽子所說，她所描寫的都是人物的內心生活，又由於內心生活不形於外的特質，歐陽子對外界景物的具體描寫，不多，於人物外貌的形容，也少，這兩種缺乏幾乎要使人疑惑她對人物與場景的掌握是否稱職。而她使用語言，力求簡捷，不是非說不可的話，儘量不說；與故事主題無切要關係的枝節，儘可能免去不寫，用最簡樸的白話，很少引用成語或典故，避免一切陳腔濫調。歐陽子確實做到白描，也止於白描，但她於語言的創造翻新卻是很少的，極度濃縮而不事變化的結果，是語言的經常重複。如〈魔女〉裡的

媽媽臉上總有「一種遙遠的，若有所思的，近乎憂傷的神色」（頁166）。爸爸死後，「那特有的遙遠而憂傷的表情，又爬到她臉上來」（頁167）。

歐陽子也不擅於經營口白。我們不妨聽聽〈浪子〉如何說話：「當時光飛逝，一年復一年，有一天我們睡醒，竟發現頭上已長出白髮。於是我們悵然得知自己已不再年輕。」「於是我們感受一陣寂寞，一陣緊迫得無法獨自承擔的寂寞。我們渴盼依靠，渴盼慰藉，渴望一個瞭解我們的同伴，一同分擔歲月無情的壓迫」(1984,頁119)。

人物形象塑造的簡略，真實感不夠，場景氣氛的疏薄，感染力有限，語言意象的雷同出現，都使得歐陽子的小說欠缺血肉的支撐，僅剩概念化（請注意，並不是類型化）的心理動作。這些點，猥聚形成了歐陽子小說的不足，也形成她小說的特色。白先勇為《秋葉》作序時說：

> 她小說的背景是建築在她小說人物的心理平面（psychic plain）上，（白先勇，1991，頁3）

歐陽子的人物的心理動作習以一種客觀寫實的姿態出現，與現實生活並不直接相關，寫的泰半是情節簡單的愛情故事，著力於女性豐富、複雜、微妙甚至變態的內心世界，從而剖析人類受壓抑的心理狀態。語言、象徵與意象十分有限，剖析人物的感情心理時，語調和態度近於冷酷。她這份客觀和理性，據說是對早年的唯情主義與感性文字一種反動及扯離（歐陽子，1984，頁170）。

歐陽子的小說裡，以女性自我的發現與失去為主題，而這個主題幾乎都透過一個三角關係來進行。〈花瓶〉（1961）裡的戀物癖丈夫的忍耐限度是被妻子的表哥提昇到頂點而爆破的，而一直把自我附屬於素珍表姐長大的「我」，喪失了自我，為了證明自我，出

現了一種報復心理，設計去搶表姐的戀愛對象，誰知素珍表姐根本不喜歡他，另有屬意的人。〈網〉一向心甘情願讓丈夫做她的主人，有一刻她想違抗丈夫的權威，做真正的自己，一個獨立的自己：「試試看假如沒有你，我能不能過活。我不能」（頁51）她已失去做自己的能力。〈魔女〉裡女兒因為同學的介入母親與繼父之間的感情，發現母親的真實形象是一個著愛情魔法、完全不能自主的女人。〈秋葉〉裡繼母、父親（雖然未在小說中出現，卻是無所不在介入的影子）與兒子；〈近黃昏時〉的三角關係更是繁複，女主角麗芬與兩個兒子形成一個三角關係，麗芬與大兒子吉威，以及吉威的同學余彬關係又形成另一個三角關係。<秋葉>與<近黃昏時>是兩篇歐陽子匠心經營的作品。

〈近黃昏時〉也是一篇現代主義技巧濃厚的心理小說，除了意識流的運用，更以敘事觀點的分裂組合，來呈現撲朔迷離的事實真相。王媽這個角色尤其具有填補交代故事情節空檔的功能，透過王媽的眼睛，讀者理解了吉威殺傷余彬的本末，麗芬喜歡和年輕小伙厮混的根由。當王媽一再強調吉威「雕刻他那些沒頭沒手又像男人又像女人的身體。」吉威余彬「天天磨在一起，關在房裡，鎖著房門。」也就間接暗示吉威和余彬潛存著對異性無能的恐懼、兩人的同性戀，讀者由此組構了全部的事實真相（註二）。

〈秋葉〉（1961）是另一篇充滿戀母情結的作品。一個自幼缺乏母親撫愛的混血兒與繼母相愛。一向不著意於場景細描的歐陽子這一次卻創造了許多動人的場景，一場又一場如繪畫著色地漸染漸深，點染出倫常之愛形成的經過，而以主要意象秋葉環環相扣。

歐陽子對黑暗之心的探索與追尋並未完全停止於黑暗，收場總是一個自我的覺知出現。儘管她的作品不多，題材不寬闊，語言、情境的塑造都有不足之處，但她以女性主體敘述，以同情的態度，反諷的技巧，寫作小說探索人類潛意識面，仍有一定的貢獻。

李昂

李昂在六〇年代末期開始寫小說，那時她只有十七歲，她的處女作《混聲合唱》（1975）探討的主題不外是自我與外界的衝突、懷疑、焦灼、恐懼、被支配，性已是其中的主要情節結構之一。她所有的「小說的中心意念都是指向一個曖昧的，然而與主角切身的處境，這個處境的發生並非他們所能預料，它的消失也不由他們的意志來決定。李昂對這個意念的執著——也即是她的小說人物一再宣稱的「命定的必須」——可以看出這是她在聯考支配下的心理的反映」（施淑，1988，頁6、15）。

施淑的意見提供了我們思考李昂小說的重要指標，並可以進一步開拓不同的閱讀視角。不管是事實和想像的界限依稀可辨的〈花季〉、〈婚禮〉（1985b），或者是完全由幻覺和視象（vision）組構的〈有曲線的娃娃〉和〈海之旅〉，從焦慮的〈花季〉到「受蠱」的〈海之旅〉，都由一個途程(journey)帶動小說的發展，然而相對於傳奇中的途程係呈直線時間開展，李昂的途程呈迷宮（laberinth） 似的結構，時間和方向感的喪失以及情境的重複和變化，這都使得她的小說情節經常是處在一個封鎖的狀況下循環地進行；相對於傳奇中冒險犯難、披荊棘的大有爲的英雄造象，她的小說的中心意念都指涉人對自身處境的無能爲力，是「命定之必須」，在這種角度底下，她的主角大都是「反英雄」（anti-hero），亦即是存在主義荒謬英雄的那種英雄。李昂這一組以逃學始（＜花季＞），以狂奔於人類道德的叢林的流亡歷程，只得以倒斃於紅外光的槍下做爲結束（＜長跑者＞）。這個長跑者的流亡，也就可以從李昂個人面臨聯考壓力的特殊情境，昇進到人類隨時可能遭遇的普遍情境，另有其深長的意義，人類面對命運不是悲劇的承擔，就只有死亡一條路。在《混聲合唱》（1975）系列，小說的主角的形

象是次要的，我們看不到任何完整的素描，而是凹凸鏡裡扭曲變形的映象；重要的是人物劈面而來，無可閃躲，必得遭遇的處境，這些高度符號性的人物，為年輕的李昂留下未來無數的可能性。

結論

　　儘管體性人各不同，儘管現代派小說是以個人化為特色，台灣現代派女性小說所關切的主題卻在時代社會的格局裡營造了一些共通性，她們的創作技巧也在某一層面出現若干相似點，在這些共通與相似之處各顯其特殊性，不管我們的反對與贊同，不管我們如何爭議台灣文學是什麼，不管我們採用什麼意識型態來看文學史，這些文學的既存文本將永遠成為討論的對象。

附註

(註一) 我們姑且借用湯普金（Jane Tompkins）的用語稱之為「濫情的力量」（sentimental power），這是通俗小說常見的特色（1993，頁23）。

(註二) 這個事實的真相或者如下：

　　1.麗芬背夫結識余彬，對老大不小的孩子吉威不免有所顧慮，進而作不正確的研判，以為他阻止余彬來訪，而說他不是自己的兒子。後來他傷了余彬，更使她的研判強化。

　　2.王媽認為吉威殺余彬乃替父親報仇雪恨，這是她心目中解決人間不平事的方法。

　　3.實際吉威將乃母作戀愛對象，以余彬作為滿足他亂倫衝動的替身，他挽留余彬未果方才拔刀相向。

徵引書目

Eysteinsson, Astradur.　The Concept of Modernism. Ithaca and London: Cornell U.P.,1992.

呂正惠，《小說與社會》，聯經出版社，1988

黃重添、莊明萱、闕豐齡著，《台灣新文學概觀》，福建：鷺江出版社，1991

叢甦，《想飛》，台北：聯經出版社，1977

　　　《中國人》，台北：時報出版社，1978

於梨華，《歸》，台北：皇冠出版社，1990

陳若曦，《尹縣長》，台北：遠景，1976a

　　　《陳若曦自選集》，台北：聯經，1976b

歐陽子，《移植的櫻花－－歐陽子散文集》，台北：爾雅出版社，1978

黃驤譯，〈評陳若曦尹縣長及其他〉，台北：聯合報，1978.7.1.

Wekeman.Frederic著，朱成譯，英譯《尹縣長》書評，《海外學人》，73期， 1978.8

白先勇，〈序〉，《約伯的末裔》，台北：仙人掌出版社，1969

白先勇，〈序〉，《秋葉》，台北：晨鐘出版社，1971

施淑，〈鹽屋代序〉，《花季》，台北：洪範書店，1985b

劉登翰，〈在兩種文化的衝撞之中－－論施叔青早期的小說〉，《那些不毛的日子》，台北：洪範書店，1988a

徐訏，〈序〉，《一朵小白花》，水牛出版社，1992

文學奇蹟

——《現代文學》的歷史意義

⊙林明德

一、前言

　　從台灣文學發展過程來考察，《現代文學》的誕生與實際表現，可謂「文學奇蹟」。

　　六〇年代，由於台灣政治氣候與意識型態，直接影響文學環境。當時固然不乏文學雜誌，但是，走嚴肅文學路線倡導實驗創新的，並不多見。《現代文學》適時提供多元、開放的空間，或翻譯或創作或理論或古典文學研究，讓國內外許多有才華有抱負的學者作家發表，歌聲喧嘩，成果斐然，共同締造了台灣文學的新學觀。至於其影響之廣之深之遠，儼然是台灣文學的珍貴積　。

　　一九九一年，《現代文學》一～五十一期重刊，同時出版了《現文因緣》一書，包括三十五人四十篇回顧的文章，反映了雜誌的種種印象與肯定。

　　本文擬從另一角度探索《現代文學》的歷史意義，用以證明文學社團與台灣文學的關係。

二、《現代文學》的外緣

　　作為文學集團的同仁刊物，顯然的，《現代文學》是相當曲折的，它的刊行大概可以分為兩個階段，即：(一)一九六〇～一九七

三，共五十一期；(二)一九七七～一九八四，共二十二期。前階段
爲同仁雜誌，由白先勇背後支持，較具歷史價值，後階級由遠學出
版社經營。本文討論的範疇將以前階段爲主。

(一)時代

一九六〇年三月，《現代文學》創刊，在台灣的文學運動，並
非一個孤立、偶發的現象，而是一種文學趨勢。五〇年代後期，台
灣文壇萌生一股生機，《現代詩》、《文學雜誌》、《藍星》、《
創世紀》、《筆匯》相繼發刊，這對戰後成長的一代，特別是受到
各種社會與文化激盪的學院青年，有相當大的鼓勵，台大外文系開
風氣之先，在白先勇的登高一呼，雜誌終於應運而生。誠如白氏所
說的：

> 《現代文學》創刊以及六〇年代現代主義在台灣文藝思潮中
> 崛起，並非一個偶然現象，亦非一時標新立異的風尚，而是當
> 時台灣歷史客觀發展以及一群在成長中的青年作家主觀反應相
> 結合的必然結果。（註一）

(二)成員

《現代文學》的成員多元，他們或寫詩，或作影評，或繪現代
畫，或譜樂曲，奏樂器，卻有三點共識：1.不滿目下藝術界的衰萎
，2.盡力接受歐美的現代主義，同時重新估量中國的古代藝術，3.
年齡都在廿到卅之間。（註二）

創刊的成員背景也頗爲複雜，有的是隨政府遷台後成長的外省
子弟，如白先勇、王文興、季歐梵；有的是戰後的本省子弟如歐陽
子、陳若曦、林耀福；有的是海外來台求學的僑生，如戴天、葉維
廉、劉紹銘。這正好說明了雜誌創刊的動機與風格於一斑。

不過，成員風雲際會，中間增加了台大中文系與一些「外人」
，如姚一葦、何欣與余光中等。

成員的多元，塑造了雜誌的開放性格，也展現了盎然的生命力。

(三)動機

《現代文學》創刊的動機有二，即：一是對中國文學前途的關心；二是在這幾年來一直受著對文學熱愛的煎磨和驅使。（註三）於是，成員就從浪漫的起點出發，推崇人的本質與尊嚴，創辦了《現代文學》。（註四）

為了落實上述理想，於是特別標示：一、本雜誌為發掘新作家而創辦，歡迎有志寫作者共同耕耘；2.本雜誌以研究並提倡最新文學寫作技巧為宗旨，歡迎有創造性的新詩和小說作品；3.本雜誌標榜現代思想，謝絕老套和八股，歡迎有份量的創作。（註五）

成員有感於舊有的藝術形式和風格不足以表現現代人的藝術情感，所以決定試驗，摸索和創造新的藝術形式和風格，因此，提出「現代主義」，甚至大量接觸西方現代主義的作品。

基本上，現代主義是對西方十九世紀的工業文明以及興起的中產階級庸俗價值觀的反動，因此，其叛逆性相當強烈，加以經遇兩次大戰，瓦解了西方社會的傳統價值，動搖了西方人對人類、人生的信仰與信心，因此，西方現代主義的作品中對人類文明抱持悲觀與懷疑的態度。顯然，現代主義是西方文化危機的產物，近似「亂世之音」。

二十世紀的中國人，歷經戰爭與革命的破壞，傳統社會與價值觀念也波及，馴至毀滅，因此，對西方的文化危機，感同身受；面對西方現代主義作品裡的叛逆聲音、哀傷情調，更是同情共感，尤其是那群「成長於戰後而正在求新望變徬徨摸索」的成員──大三青年。

這點不僅成為《現代文學》的內涵，也是彰顯《現代文學》歷史意義的憑藉。

三、《現代文學》的內在

　　一九五六年九月二十日，夏濟安先生主編的《文學雜誌》創刊，希望「用文章來報國」、「繼承數千年來中國文學偉大的傳統，從而發揚光大之」；並且強調「不想逃避現實」、「不想提倡『爲藝術而藝術』」、「反對共產黨的煽動文學」、反對「舞文弄墨」「顛倒黑白」「指鹿爲馬」。其內容則包括各種體裁的文學創作與翻譯。（註六）

　　這可說是學院派向文壇的進軍，因此倍受注意。白先勇曾指出，夏濟安先生是位學養精深的導師，他主編的《文學雜誌》其實是《現代文學》的先驅。（註七）

　　四年之後《現代文學》發刊，旨趣多少受到《文學雜誌》的影響，不過，由於成員多元，內涵開張，頗有青出於藍的氣勢。

　　大致上說來，《現代文學》十三年五十一期，內在富麗，概括作品篇數一千多種，中文作者四百多人，被翻譯的作家涵蓋歐美日印一百二十多人。

　　這種記錄恐怕是空前的。

　　倘若將一千多篇作品加以歸納，可以分爲四類，即：

　　(一)翻譯二百三十三種，包括詩一百三十七首，小說八十二篇，戲劇十四種。

　　成員既來自台大外文系，所以譯介西方名家一直是雜誌的看家本領，例如：艾略特的《荒原》、葉慈詩選、黑爾克詩選、勞倫斯詩選，分別由杜國清、余光中、張健、陳次雲翻譯，兼顧信達雅，深受讀者的喜愛。

　　再如：卡夫卡《審判》、《蛻變》，喬埃思《都柏林人》，分別由陳竺筠、張慧鎮翻譯相當膾炙人口，其他，像湯馬斯曼、福克納等大文豪的譯作，也頗爲可觀。

　　至於張慧鎮譯的《等待果陀》荒謬劇，更讓台灣文壇大開眼界，神思存在主義的魅力。

　　這些譯作介紹，對當時的台灣文壇頗有啓發作用，甚且影響到現代。

　　(二)創作，大約有六百八十多篇，包括：詩三百九十一首，小說二百一十六篇，散文六十七篇，戲劇九種。茲分別說明於下：

　　1.現代詩，作品將近四百首，概括台灣老中青三代詩人，各大詩社的健將，以及後起之秀，都曾刊登過名作，例如：「藍星」的余光中、覃子豪、羅門、周夢蝶、蓉子、夏菁、敻虹、張健、葉珊、方華；「現代社詩」的鄭愁予、梅新；「創世紀」的洛夫、張默、商禽、葉維廉、管管；「笠」的桓夫、錦連、白萩、杜國清、非馬；「星座」的王潤華、翱翱。其他如：羅青、蘇紹連等。

　　可見《現代文學》是個切磋詩藝的園地。尤其值得注意的是，由葉珊主編的《現代詩回顧專號》（第四十六期），除了刊登名作之外，又邀請評論家顏元叔、洛夫、楊牧、張默，從若干角度，對台灣現代詩二十年進行回顧檢討，可見其用心之良苦。

　　2.小說創作共有二百一十六篇，作家七十人。大概在六〇年代崛起的台灣小說家，多少都會跟《現代文學》有微妙的關係。其中，成員如白先勇、王文興、陳若曦、歐陽子等人自不必說，像叢甦、王禎和、施叔青、陳映眞、七等生、水晶、於梨華、林懷民、黃春明、李昂、王拓、王敬羲、子于、李永平等，還有早已成名的軍中作家朱西寧、司馬中原、段彩華，或刊登佳作，得到啓迪，逐漸嶄露頭角，例如：王禎和＜鬼・北風・人＞、七等生＜讚賞＞、陳映眞＜將軍族＞、朱西寧＜鐵漿＞、白先勇《台北人》等。

　　一九七六年，歐陽子編《現代文學小說選集》，共收三十三人三十三篇，不僅例證了雜誌的魅力，也詮釋了主編的特識。

　　3.散文，共有六十七篇。當中不乏名作與後起之秀，例如：余

光中、聶華苓、張曉風、吳宏一、黑野、劉大任、沈臨彬、思果、
陳芳明、葉珊，他們在雜誌刊登的作品證明了日後的散文造詣。

4.戲劇，共九種，重要作家如姚一葦與施叔青。姚氏主編兼創
作，前後推出《一口箱子》、《來自鳳凰鎮的人》、《孫飛虎搶親
》三齣戲，爲《現代文學》增添不少的光彩。

(三)理論

夏濟安先生在《文學雜誌》創刊號曾說：「文學理論和有關中
西文學的論著，可以激發研究的興趣；它們本身雖不是文學創作，
但是可以誘導出更好的文學創作。」（註八）因此，特別歡迎這類
文章，這毋寧是學院派文學雜誌的特色了。

《現代文學》承繼此一理念，強調「文學批評對中國文學前途
的重要」，以及「新文學批評系統建立」的迫切，於是「分期有系
統地翻譯介紹西方近代藝術學派和潮流，批評和思想，並盡可能選
擇其代表作品。（註九）這之外，重視本土文學理論的建構。

散見各期雜誌，包括中、譯現代詩、現代小說、現代戲劇，與
文學理論，一八三篇的評論，就是最好的說明。例如，中、譯評論
現代詩，洛夫＜天狼星論＞、蘇其康＜評 弦的《深淵》＞、楊牧
＜關於紀弦的現代詩社和現代派＞、鄭臻譯＜從心理分析觀點論雪
萊的情詩＞、杜國清譯＜普魯佛洛克與其他的觀察＞、余光中譯＜
論葉慈＞，中、譯評論現代小說，高全之＜由幾個形構學觀點論歐
陽子＞、顏元叔＜白先勇的語言＞、葉維廉＜現代中國小說的結構
＞、葉珊＜探索王文興小說裡的悲劇情調＞、姚一葦＜論 春明的
＜兒子大玩偶＞＞、葉石濤＜論七等生的＜僵局＞＞，陸愛玲譯＜
卡夫卡論＞、葉頌壽譯＜《白鯨記》中的暗影＞、歐陽子譯＜亨利
‧魯姆斯的中短篇故事＞、朱立民譯＜佛克納和時間的境界＞、何
欣譯＜現代小說中的信仰之轉變＞、李歐譯＜論吳爾夫著作中的《
哈姆雷特》；中、譯現代戲劇評論，柯慶明＜《秋決》的主題與表

現＞、姚一葦＜戲場的失落＞，陳次雲譯＜尤金‧奧尼爾：一位大
戲劇家的道路＞、蔡進松譯＜貝克特的果陀和疏離的神話＞、葉須
姿譯＜論如何寫劇本──《馬克白》的心理分析＞。

這些論文，視野新穎、觀點獨特，不僅能啓發文學智慧，亦有
「他山之石，可以攻玉」之用意在。

然而，這方面的具體成就可能是杜國清與姚一葦兩人。

杜國清長期鑽研艾略特詩歌與理論，成果經常刊登《現代文學
》，一九六八年，他出版《艾略特文學評論選集》，可視爲翻譯艾
略特文學理論的輝煌成績單，內容包括：傳統論，詩和劇的原理論
、批評的機能論、作家論、文學的宗教性、艾略特的文學論，其觀
點與洞見力，在台灣現代文學史上一直有深遠的影響。

至於姚一葦，由於與何欣、余光中擔任《現代文學》顧問，並
且輪流主編，從十七期開始連載《藝術的奧祕》系列，並於一九六
八年結集成書。他從藝術的本位出發，以藝術作爲獨立的思考對象
，過程涉及各種知識與學問，企圖寓知識與學問於藝術的表現方法
與形式之中。然而，藝術所容含的技術性，錯綜複雜，因此，他透
過十二章：論鑑賞、論想像、論嚴肅、論意念、論模擬、論象徵、
論對比、論完整、論和諧、論風格、論境界、論批評、覓尋原則，
循序漸進，以揭開藝術的奧祕。

長久以來，姚氏著作在台灣的詩學與美學領域，一直有相當的
影響。

值得一視的是，一九七四年，歐陽子開始《台北人》的研析與
索隱，二年後，她出版了《王謝堂前的燕子》，對白先勇《台北人
》十四篇的主題、語言、意象、象徵、隱喻、反諷、對比、技巧，
作了美學上的思考，堪稱現代文學的批評典範。

身爲成員，她曾入乎其中，又出乎其外的表現了成熟的「洞見
力」，這是《現代文學》「場外的收穫」，應該可以成立。

(四)古典文學研究

《現代文學》＜發刊詞＞曾揭示，尊重傳統，但不必模倣傳統或激烈的廢除傳統。在進入台大中文系師生合作、參與的階段，採取了與傳統文學「對話」的方式，於是出現一般古典文學研究的「活力」；掀起古典詩歌、小說、戲劇的劃時代研究。

固然研究無法全盤進行，不過，重點的探索，多闢蹊徑，卻也獲得令人滿意的成績。特別是兩期「中國古典小說專號」（第四四、四五期），從先秦到明清，由點而線，對中國古典小說的進展，或微觀或宏觀，不僅首開風氣，而且擺脫歷史考證窠臼，開出就作品本身之批評的路向。

中國古典小說在台灣學界之所以受到重視，大概是雜誌兩期專號開的局面。

基本上，古典文學研究，以台大中文系師生為主，包括老中青三代，像臺靜農、鄭騫、許世瑛、馮承基、葉嘉瑩、葉慶炳、廖蔚卿、張亨、林文月、樂蘅軍、吳宏一、曾永義、方瑜、柯慶明、李元貞、張淑秀、吳連芸、汪其楣、陳萬益、呂興昌等，研究論文大概有七十六篇，成果斐然。

一九七九年，柯慶明與我主編《中國古典文學研究叢刊》，就是上述成果的再現。這套叢刊包括：一、詩歌之部二冊；二、小說之部三冊；三散文與論評之部一冊。

我們認為《現代文學》上的這些論文，一方面呈現著探索方式與內涵上的多樣性，一方面隱約流露著某種精神上的一致性，如此內聚成為探討古典文學的基本精神，樹立了研究的里程碑。

之外，夏志清教授英文原著《中國古典小說》，幾乎在《現代文學》譯完刊登，真是不可思議。該書在西方漢學界頗負盛譽，是西方人對中國古典小說的入門書。夏氏視野獨特，別出心裁，論述往往能新人耳目。

四、結論

　　從一九六〇～一九八四年，《現代文學》兩階段二十年，七十三期，充分發揮了Media 的魅力。

　　一九九一年，《現代文學》重刊第一階段五十一期，同時推出《現文因緣》、《現代文學資料彙編》兩種，再度呈現「回顧」的功能。一種雜誌持續並影響如此的時空，的確是異數。這樣的事實就是歷史意義的最佳詮釋。

　　針對第一階段五十期的探索，我們發現這是一本「新銳」的雜誌，成員從浪漫的起點出發，為追求人的本質與尊嚴，他們落實創辦了雜誌。

　　十三年五十一期，作家四百作品一千，這些數據說明了那個年代的浪漫與喧嘩。在這，我們願意歸納出《現代文學》的若干意義：

　　(一)開拓視野，增益洞見。

　　(二)理論回向於創作，相得益彰。

　　(三)副產品多樣，影響深遠。

　　(四)發揮媒體多元功能，為時代見證。

根據這些成就，我們認定《現代文學》是台灣文學史的「文學奇蹟」。

附註：

註一　見氏著＜《現代文學》創立的時代背景及其精神風貌＞。

註二　見《現代文學》第七期，＜現代文學一年＞。

註三　見《現代文學》第一期，＜發刊詞＞。

註四　同註二。

註五　見《現代文學》第一期，＜本社稿約＞。

註六　見《文學雜誌》：＜致讀者＞。

註七　同一。

註八　同六。

註九　同三。

從《台灣文藝》、《文學界》、《文學台灣》看戰後台灣文學理論的再建構

◉彭瑞金

一、前言

　　《台灣文藝》、《文學界》、《文學台灣》分別是一九六〇、八〇和九〇年代，由民間文藝界人士創辦的文學雜誌，相對於戰後台灣，特別是五〇年代開始，絕大多數的文藝刊物都是官辦、半官辦，或附翼於軍、教、公營事業機構的文化現象，這三種刊物的民間性和獨立性，也就是做為官控、官治文藝政策下的戰後台灣文藝環境裡，它們刻意扮演的「異議」文藝角色，是最優先值得注意的地方。

　　上述三種刊物，並不是同仁刊物，但由於都具備「異議文學」的角色，不論是參與或投稿這些刊物，都因為政治環境的特殊，被歸類為異議文學人士，而具有半同仁或類同仁刊物的特性。九〇年代以後，也有人（註一）正式著文描繪它們是一個「論述集團」。其實，這三種刊物的成員來去自如，出出入入並無任何限制，亦從未設立規章予以規範，成員雖有重疊，但是除了《文學界》與《文學台灣》有部分的承續關係之外，《台灣文藝》自發刊迄今超過三十年，並未中斷，與後兩者一直是平行的存在。

　　況且，三刊都不曾提出明確的「創刊宗旨」、「文學信條」或「理論基礎」之類的正式文學主張來，完全談不上「意識」或「思想」之連絡、辨證。如果要探求三刊共同的「理論」，自然沒有結論可言。三刊從事長期、累積長達四十二年的文藝活動裡，固然因不同的主編或負責人，有過「社論」、「卷頭論壇」或文學議題討論、專論、座談等文學意見或主張之表示，卻幾無例外，大都呈零散的表達方式，都只能代表個人意見，從未形成團體主張，更遑論「論述集團」了。或許這裡面曾經出現過「意見之連絡」，也不夠成為共同的文學主張。而且，形諸文字的文學爭議、辯論，對內批判的強度和密度都不亞於向外的文學論戰。

　　因此，要考察這三個刊物，做為戰後台灣文藝生態環境裡的特異或異議的存在，有三個因素必須加以考量：第一，應該從它的內部變化來看，不是絕對確定，卻相當固定而穩定的一群文學工作者，在集體推動一項文學運動，而且是一種不是十分確定的目標下，推著一種文學風向在轉動，有爭論也有辯駁，有對立、矛盾，也有相輔相成，它的「理論建構」，很可能只是指文學運動的軌轍而已。第二，應從這種文學運動的外在環境加以考察。戰後台灣的政治環境，有相當長期都對文藝工作採取緊抓不放的態度，文藝的資源和工作空間，也都在官方的壟斷和操控之下，做為不肯附驥政權的「異議」刊物，是在不自由、不完全的空間和空氣運動、發表，是在將它以一種文學理論在發展和討論時，必需加以考量的因素。第三，儘管《文學界》在八〇年代已停刊，《文學台灣》是另創的新刊，但基本上這三個刊物的文學理念的形成，可以說都是現在進行式。對於仍在發行，仍然在繼續向前運動的刊物或說透過運動還在建構中的「理論」，加以描述或評斷，其不確定性，是這種討論可能無法避免的盲點。

　　本文的命題當然還涉及，《台灣文藝》創刊之前的五〇、四〇

年代，或比這更早之前的日治時代，台灣文學是否已然建立了自己
的「理論」，或說，這之前的台灣文學理論是什麼？否則何來「再
建構」的說法？儘管許多文評家或文學史家，言之鑿鑿的稱說，台
灣新文學運動已然經歷了七十多年的發展歷史，或說日治時代即可
經過四分之一世紀的耕耘，可以舉出眾多擲地有聲，而且具有台灣
的自然和人文意義的作品，證明「台灣文學」的存在，但是否同時
證明了已有一套創作台灣文學的結實理論，一以貫之，貫串這長期
文學活動的創作理念，經得起反覆辨證、討論？答案則是未必然，
所以在這之前，所謂台灣文學的理論，充其量不過是台灣作家之間
，彼此對文學的共識而已。

　　因此，不論是從日治時代、抑或戰後，試圖從台灣的文學史裡
去考察台灣文學的思想，或試圖歸納出它的理論脈絡來，就不能忽
略了這七十多年來的台灣新文學史，基本上是一種不斷地透過運動
在建構中的、新的「文學」，把它稱作一個新的品種的文學，也沒
有什麼不可以。當然，另一項不可忽略的考察是，「台灣新文學」
非常近似植物的原生種，台灣的人文和自然環境是這個「新植物」
發生的母體，不僅是從供應它滋養的來源，也直接、間接，正面或
負面成為它成長的主要因素。易言之，台灣文學的「理論」，一旦
離開台灣的人民、土地、歷史、政治、經濟、文化來考察時，就可
能成為空乏、沒有意義，它可能經不起嚴格的、文學做為一種文學
藝術表現或文藝美學思想標準的檢驗。相形之下，台灣新文學的發
展，和在相對時段裡的台灣社會、政治變遷，有非常緊密的互動、
相連，這使台灣文學的理論很難視為「獨立」的文學活動來探討。

　　戰後的情形，一如日治時代的翻版，這使人可能懷疑台灣有可
以稱作純粹的文學活動。像《台灣文藝》的創刊，明白地表示是站
在官方主導文學發展、主控文學園地、資源的文藝環境的對立面出
發，雖然沒有「殖民的」與「反殖民的」、「本土」與「反本土」

形諸文字的尖銳對抗，但這之間的不可妥協，有如楚河漢界不得逾
越，也用不著言宣（註二）。《台灣文藝》創刊在「反共文藝」退
潮退燒之後，但政治上的白色恐怖環繞，強人政權的戒嚴軍事、專
制統治不曾稍解。《文學界》創刊在「鄉土文學論戰」煙消雲散之
後，但也是美麗島事件風暴過後不久，全台灣籠罩在詭異的政治氣
氛之際。而《文學台灣》則創刊在解嚴之後，但軍人當政，留著刑
法一〇〇條不廢。然而，《台灣文藝》同時也可以說是創刊在「西
化」主義甚囂塵上之際，而《文學界》創刊的時候，也正是「第三
世界文學」、「民族文學」蠢蠢欲動的同時，《文學台灣》則創刊
在台灣文學本土化論述建構的年代。從歷史看，這些刊物的創設時
機，都有其文學或社會背景的、不便明說的宣達意義。毫無疑問，
台灣文學運動建構的速率和頻率，都受到台灣社會變遷的速率和頻
率影響。台灣的文學與社會，可以視為具有連結互動關係，也可以
視為互為因果的關係。總之，社會現實的條件，是考察台灣文學運
動不可缺漏的條件。《台灣文藝》等三刊，雖然分別創刊在不同的
年代、不同的社會或文學背景，都有它與當代的社會和當代的文學
發出「對話」的意義，而這樣的方式下的鬆散「對話」，是否得以
被視為是一種文學主張或一種文學理論，當然不無爭論的空間。從
這樣的產生條件下，撿拾出來的「理論」，理論的嚴密性，也很難
通過嚴格的邏輯檢驗。所以，本文只是嘗試透過尋繹的方法，試圖
描述這三種刊物的內容裡，可能透露出來的建構草圖、理論模型，
勾勒出三刊在戰後台灣新文學運動的價值或意義。

二、三刊創辦經過及內容概述

1. 《台灣文藝》

　　《台灣文藝》創刊於一九六四年四月一日，由吳濁流獨立創辦

。創刊號除了「稿約」，並沒有「創刊宗旨」或社論，不過，吳氏有一篇短文——＜台灣文藝雜誌的產生＞（註三），交待自己創辦雜誌的動機，以及抒發自己的文藝觀。短文說，他已六十五歲，「前年患了一場大病，險將老命送掉」，病癒後，促使他決心創辦該誌，「提供青年作家耕耘的園地，以期在文化沙漠中培養新的幼苗，進而使其苗長、綠化。」文中他也感慨萬千地說，每年有一萬以上的大學畢業生，難道辦不成一份高尚的文藝雜誌，社會風氣，一年不如一年，兇殺、情殺、搶案、犯罪花樣特多，吸不到一滴文化的露水，不能不說是原因之一。在文化沙漠中，創造一塊文化綠洲，是文化人義不容辭的責任。

　　創刊之前，吳氏曾鄭重其事的、於二月二十二日，召開一次文藝座談會，出席的有吳三連、朱昭陽、朱盛淇、林衡道、徐榜興、徐慶鐘、陳逸松、辜甫、王詩琅等政、商、文化界人士十五人。林挺生、李君晰則是提出書面意見。記錄——＜閒談文藝＞刊於創刊號，召開這次座談會，有尋求經濟上、精神上奧援的目的。吳氏在會上說，他的女兒已出嫁，家庭了無牽掛，準備「犧牲」兩萬元辦四期，沒錢了才會求救，並表示不相信有那麼多肯花大錢上酒家、捐錢給寺廟的人，無人肯捐助文藝雜誌。並力邀徐榜興出任名譽社長，自任社長、編輯兼發行人。徐榜興只任四期，第六期起改請陳逢源擔任顧問，迄三卷十期止。

　　與會人士大都同意創誌的意義——「從歷史看，國家興亡與文藝是有很大的關係」（註四），但也有人認為，只辦三、五期沒有用，要給優厚稿費，還要發獎金，才能達到發掘、培養人才的目標。《台灣文藝》「稿約」聲明不給稿酬，只贈送當期刊物兩冊，內容大致上以小說、劇本、詩、雜文為主，但也設「漢詩壇」自外募稿。由初期的七十頁逐漸擴充到百頁左右密集式的編排，顯然想以最節約的篇幅，容納最大量的作品，視覺上的美感完全不被考慮。

以月刊方式，辦完四期，果然錢也花完了，卻未能如預期地將棒子交給年輕人，吳氏自己撐下來，自第五期開始改為季刊，一直辦了十三年，直到一九七六年十月七日去世時，手上的第五十三期已大致編峻，後來加上文友的悼念文章，延後出刊，也成了他的紀念專輯。

根據鍾肇政的回憶（註五），第五期以後的經費還是由吳氏總攬下來，以近似「沿門托缽」的方式，四出請朋友支援，編務方面，則分別由鍾肇政、趙天儀等人協助看小說、詩稿。即使在沒有獲得預期的迴響的情形下，吳氏「振興文藝」的壯志雄心並沒有退怯。第二期即刊出「台灣文藝懸獎募集小說啟事」，得獎作品頒贈給電器用品。漢詩募稿當選「詞宗」者亦有獎品。兩者都在一卷四期如期刊出得獎名單。不過，「小說募集」第二年起改設「台灣文學獎」，得獎者發給獎金，獎金仍由吳氏自己負責四出募集。頒發到第四屆之後，吳濁流進一步於一九六九年七月二十日宣佈成立「吳濁流文學獎基金會」，指出自己的退休金和歷年家用節餘十萬元為基金，以孳息頒獎，首開私人設文學獎之先河。第二屆吳濁流獎頒發後，他又再接再厲宣佈成立「吳濁流新詩獎」和「漢詩獎」，從一九七二年開始頒發漢詩獎，共發出三屆。新詩獎則自一九七三年開始。

吳濁流手上的《台灣文藝》，雖然貌不驚人，始終保持它最初的素樸特質，但從他堅苦卓絕的經理過程中，和他不畏艱苦也要設獎的固執中，他有被台灣現實社會激動的強烈使命感，在導引著他做這件事。他的目的意識雖然不可言宣，卻必然是具體而清晰的。

一九七七年三月，鍾肇政接下《台灣文藝》發行「革新號」的重擔，革新的意思是指在外型上稍加美編，篇幅增加到二百餘頁，內容方面，除了原有的小說、詩、論述、隨筆，特別開闢了作家研究專輯，專輯有專論、座談、印象記，或附有作者年譜、著作目錄

等，並發給象徵性的稿費。不過，這種情況只發行二期，第三期即因主持遠景出版社的沈登恩主動表示願意負擔發行、稿酬等費，不過編務仍由鍾肇政總負責，內容維持不變。每期作家專輯都選的是小說家，其後亦曾出現以「議題」為主的專輯。然而，幾乎清一色偏向小說的現象，刺激了後來《文學界》的編輯方向，有意矯正這種現象。遠景又再把篇幅擴張到二百八十頁，封面改成彩色，但也只維持了九期。遠景以難以起死回生，將「台文」還給鍾肇政。鍾肇政又嘗試過幾次絞盡腦汁的變法革新，總共出刊了二十六期（註六），仍然面臨停刊的困境，而由鍾永興出任社長接辦。

陳永興自八十期，一九八三年元月開始接辦，李喬出任主編，從八十期的目錄，明顯地看出一種從原有的純文學規模，拓展到台灣史、美術、民謠音樂、台灣話、民俗藝術、世界文壇瞭望等，廣義的「文藝」編輯企圖，除了特別提出來的口號——擁抱台灣的心靈，拓展文藝的血脈，一股強烈地打破沈悶、低迷的台灣文學困境的決心，爭取更多的讀者、喚醒更多的支持者，為台灣文學找條新出路，應是更重要的企圖。陳永興開頭便表明要用兩年的時間「奉獻服務」於《台灣文藝》，希望為它「奠下自立生存的根基」。陳永興主持「台文」將近四年間，迄一九八六年五月，一百期止，因改成雙月刊，一共出了廿一期。

一○一期至一○四期，由李敏勇出任社長，泛文藝或泛文化論的議題和內容，明顯減少，取而代之的是經過構思的文學議題。一○五期以後，因「台灣筆會」成立，成為筆會機關刊物，表面上沿襲了每期都有一個議題的作法，但因主事者更遞頻繁，隨著主事者的主觀意願，兒童文學、台語文學，乃至政治事件做主題，是繼「台文」（《台灣文藝》簡稱）泛文藝化之後，進一步的泛化，不過，中間曾出過一次反省現代詩的專輯，好像有意提醒別人，「台文」並未刻意排斥詩文學。

　　雖然林文欽自一一七期開始接任社長，但真正進入由「前衛出版社支持」的時期是一二一期，稱作「創新版」。前衛從一九九〇年九月迄一九九三年十二月，苦撐三年，一共出了二十期。前衛版「台文」除了開數改頭換面之外，內容則回到以作家為主題的舊風格上去，不過卻新增了「台語文學創作欄」。

　　第八任負責人是李喬，自一九九四年二月、一四一期起，承諾負責二年十二期，外貌改成一般雜誌的型態，稱作「新生版」。新生版「台文」第一期就強調了歷史、文化、環境、社會議題的比重超過文學，顯示主事的李喬優先解決文學發展外在環境障礙的主張。李喬已宣佈一五二期出版後交棒。

2.《文學界》

　　《文學界》創刊於一九八二年元月。促使《文學界》創刊的兩大因素是：在文學方面，《台灣文藝》一再傳出可能停辦的消息，卻始終並未定案，然而一旦成為事實，台灣將無一本代表「本土」的文學刊物。其次是政治、社會方面，美麗島事件對台灣社會的衝擊甚大，整個社會籠罩在極低的氣壓中，文學有責任在這個時候點燃一盞燈。「題材稍微敏感的作品，沒有地方可發表，…《文學界》接納了他們，成為台灣文學的避風港。」（註七）《文學界》以季刊方式，一共維持了七年，至一九八八年多季號為止，出版了廿八期。

　　在成員方面，雖以南部的作家為主，因有文學界另立南派、南北分裂、對抗的無稽傳言。社會行政方面由鄭炯明、曾貴海、陳坤崙三人總負責，編務、園地則分開，所以不是同仁刊物。《文學界》在命名期，固然有意避開敏感的政治氛圍，取了一個沒有特別意識標示的名字。不過，從第一集開始，即設有類似社論的短論，有意在那個特定的環境中做出文學主張的宣示，諸如「自主性」、「

本土化」，卻無意故步自封，開放各種不同背景的人發表文學主張。《文學界》也以作家論為重心，每期都有一作家討論專輯，為平衡鍾肇政「台文」獨重小說的現象，《文學界》特採詩人、小說家輪流上陣的方式，也曾想找出散文家輪替。

專輯的確有意帶動台灣文學研究的風氣，也有為作家尋找文學史定位的用意在裡面，逐漸形成以創作與研究並行並重的刊物風格。也因為著手推動台灣文學研究，而有史料蒐求、整理以及文學史撰寫的推展計劃。促成葉石濤的《台灣文學史綱》出版，象徵《文學界》為文學工作的一個句點。

一九八七年，官方宣佈即將解除長達四十年的軍事戒嚴統治後，對台灣社會是一大衝擊，在文學方面，報禁的開放，文學園地一下子膨漲數倍，《文學界》自然失去堅苦卓絕維繫下去的意義，因而有不久之後的休刊宣告。

3.《文學台灣》

《文學台灣》於一九九一年十二月正式創刊，創刊號分別由鄭炯明和陳芳明寫下「發刊詞」。鄭炯明以＜衣帶漸寬終不悔＞為題，表示在《文學界》宣佈休刊三年後，再創新刊，是因為對文學抱有宗教般的熱忱，對文學的追求是無止境、無條件的。但也鄭重說明，邇來，無論是國際局勢、國內政治、社會面臨的遞變，台灣已走在面臨重要抉擇的十字路口，一旦能與學界或更多相同理想的人相結合，可以做出對台灣前途有所貢獻的事時，自然是義不容辭再站出來的時候，創辦代表九〇年代台灣的文學雜誌的契機已經到來。

陳芳明的＜撐起九〇年代的旗幟＞，則認為《文學台灣》的誕生，是在台灣世紀末的開端。……台灣文學可能需要新的詮釋與新的定義。在新世紀到來之前台灣作家如何為自己定位，如何為文學

定位，如何爲台灣定位，這些都是重要的課題。」他又說：「以《
文學台灣》命名，是因爲我們把文學當做是動態的，我們希望以文
學的力量來推動台灣；也希望使整個台灣文學化。……我們不以靜
態自居，而是配合台灣社會的變動展開文學運動。」

　　相形之下，《文學台灣》的創刊是經過對整個社會、文學環境
凝視之後，做出的創刊決定，目的和立場都十分清楚，也因爲和學
界相結合，自然形成論述和創作等量並行的風格來，雖然沒有專論
或專輯，透過「論述」還是緊密地提出不少文學主張和文學發言，
發刊四年來，可說一本如初創立的宗旨，負起台灣文學守護的任務
。

　　迄一九九五年秋季號，已發刊十六期。

三、解析三刊的文學運動方向及其主張

(一)《台灣文藝》

　　從吳濁流到李喬，《台灣文藝》經歷過八任負責人，各任負責
人對文學或文藝定義的歧見不少，形成各個階段的風格差異，但卻
有以下四點是相同的：

1.豎立、傳承台灣文化、文學香火的使命感

　　歷任的「台文」負責人，無論是創辦人或接辦人，都異口同聲
地表示明知在台灣辦文藝性刊物的困難重重的事，自己卻義不容辭
地必須扛起這份責任。

　　吳濁流說：「濁流有感於社會之日趨現實，競尙科學技術方面
之發表，而忽略了文化事業對民族傳統精神之重要性。文藝一門，
雖然就像我們人身某種維他命，不吃不會死，吃了也不能馬上見其

效果。可是長期缺乏，若不加以補給，一定會影響其健康，不但影響其本人甚至可以影響到其子子孫孫。」（註八）

只從林鍾隆那裡聽到雜誌名字的何瑞雄在信上說：「……你所說的《台灣文藝》，我非常關心。既有熱心之士，標出這一個神聖的名號辦刊物，自然非辦好不可！我們應該把它當做我們的臉面，看成我們的生命啊！請你把已出刊的第一期寄來借我看看，……」、「……雖然一期只印一本也要使它放在世界上任何角落任何時代都慚色才行！……」（註九）十九年後，鍾肇政回憶「台文」種種時說，這段話曾帶給吳濁流極大的鼓舞作用。（註十）

從創刊時即參與的鍾肇政，在回憶交卸「台文」重擔時的內心感觸說：「老實說，以個人與《台灣文藝》的淵源，我是有充塞胸臆的依戀的。然而，《台灣文藝》絕非任何個人的刊物，而更重要的是她需要壯大，以負起時代的、歷史的使命。」（註十一）

陳永興接下「台文」時說：「辦《台灣文藝》……絕對是吃力不討好的。然而我為什麼不忍心其停刊呢？第一、我對《台灣文藝》的名稱覺得親切、熟悉，它像是長年生活在一起的同胞好友。第三、我對《台灣文藝》的生存覺得讚嘆、難得，它在長年困苦的奮鬥中活了下來。第三、我對《台灣文藝》的命運覺得坎坷、敬佩，它代代相傳不得伸展其志卻也不放棄其心願。」（註十二）

李敏勇在接辦時，期許「台文」邁出第二個一百期是以＜新世紀的開拓＞：「回顧台灣文藝創刊迄今二十二年的歷程。無數文學藝術工作者在這片文學藝術領土辛勤墾拓、流汗流血的軌跡，已經形成了明晰的精神傳統：那就是台灣立場、世界視野，經由文學藝術與社會重建的信念和實踐。」（註十三）

楊青矗以筆會會長不得不接辦時，雖也感受到辦「台文」是「負起台灣文學、文化的歷史責任」，卻認為「台文」是個隨時都可能死掉的「負有歷史使命的病人」、「接辦的人相當辛苦，完全是

為她做苦工。」（註十四）

一九八九年五月，陳千武接任會長後，一一七期的《台灣文藝》未署名的＜編輯室手記＞寫道：「《台灣文藝》誕生於動盪、險惡的時代，一直都是在困厄的環境中生存。歷來的參與者，莫不秉持著革除島嶼宿命的信念，為維護這個美麗島獨特的文化而奮鬥不懈。並且深信，島嶼的再生，端賴文化的重整，《台灣文藝》便是一股清流。」

第七任接辦的林文欽，雖然在接辦三年後，發表了＜台灣文藝三年感言＞（註十五）憤憤地說道：「現在台灣人個人權利意識抬頭了，台灣人是有錢了，台灣的民主進步了，但台灣文化仍然被台灣人自己當做垃圾，台灣土地也一再被台灣人自己無情的踐踏……憨台灣人只有一途：死好！」對照他當初接辦時的豪情——「甘願做牛免驚無牛可拖，我們的行動準則就是：幹！做下去！盡力做下去！」認為台灣要想成為第一流文化國家，一定要更多人回來拓墾文藝的園地；雖有極大的差別，但期待與失望之間，都對「台文」的存續梗梗於心。

「台文」邁入第卅年時接辦的李喬，更激動地號召作家詩人起義的起義、歸隊的歸隊，承傳香火，聲言「今後當延續這個傳統，以『尊重土地與人民』、『創造台灣主體性文學、文化』為己任。」（註十六）

長達三十多年的發行過程中，近十位不同的負責人，都共同體認到「台文」的存在和延續，事關台灣文學、文化香火的傳承，都感受到那是做為台灣人的責任，是台灣社會共同的使命。吳濁流表達創辦初衷時，念茲在茲的是出自對民族文化荒蕪的憂慮，著眼於社會文化的責任，與二〇年代東京「新民會」、「議會設置運動」、台灣「文化協會」之創設宗旨若合符節，直追日治時代、台灣社會運動之抱負。等到李喬接辦時，他更明白宣示：「由於特殊的歷

史情境，台灣文學自來就是文化啓蒙，社會改造，民族解放運動的一環。」（註十七）強烈的文化和社會運動使命感，成爲「台文」的接棒者之間，不必著文立約卻靈犀相通的奮鬥目標，成爲他們忍苦負重追尋的十字架。

2.以推展文藝、文化運動觀點辦雜誌

《台灣文藝》創刊迄今已三十二年，一共出刊一五二期，平均每年出不到五期，以其薄弱的篇幅，充分顯示受限於人力物力，能推展的文藝活動必然十分有限。吳濁流似乎一開始便考慮到這個問題，創刊之前即召開一場座談會，邀請的對象是政界、商界、醫界、文化界知名人士，都不是作家，甚至都是未必懂文學文藝爲何物的門外漢。吳氏卻告訴他們，文藝是社會共同的責任，有人肯花大錢在上酒家捧酒女、捐錢蓋寺廟，爲什麼就不能捐出來辦文學雜誌呢？他想說服他們，把振興文藝當作對台灣的責任。座談記錄刊在創刊號。創刊前一個月，他也召開過一次「青年作家座談會」，內容、目的不詳，因爲沒有留下記錄，想必是邀稿性質，與會的鍾鐵民、林鍾隆、鍾肇政、張彥勳、江上、趙天儀、廖清秀、文心、都成了「台文」的主要作者。

創刊後，五月三日，他更赴台中「台陽美展會場」召開美術座談會，記錄刊於第二期。有李梅樹、楊三郎、陳進、廖繼春、顏水龍等畫壇人士出席，由王湖光主持。六月十四日，再赴台中召開「文藝座談會」，邀集中部地區的詩人、小說家、畫家、音樂家等舉辦座談會，記錄刊於第四期。舉辦一連串的座談會，不外是想讓社會各界動起來，加入這個文化振興的行列。此外，他一而再、再而三的籌辦各種文學獎，也是要把文藝活動，從平面的雜誌，推向立體多面向的活動。吳氏手上的「台文」雖單薄，卻能穩定地吸住一批創作者、讀者，和他以推展文藝活動的觀點來辦雜誌有關。吳氏

主持的十三年間，刊出小說五百二十八篇，內含長篇小說《台灣連翹》、《無花果》等，新詩五○九篇，參與的作者、小說家有二○三人，詩人二三九人，（另有散文、評論、漢詩作者未加計算）（註十八）幾乎網羅了從六○年代到八○年代的知名文藝工作者，都加入他發起的活動行列。

　　鍾肇政主持《台灣文藝》時，推出作家作品討論專輯，也是一種主動出擊的運動方式。鍾氏亦深悉「台文」的活動空間有限，後來辭去教職，出任「民眾日報」副刊主編，以及創辦「台灣文藝出版社」，都是為了擴大文學的運動空間，讓更多的人加入台灣文學運動的行列。陳永興主持時的文藝多元化主張，試圖走出大眾文藝的路線來，也是以運動觀點，擴大文藝成為社會大眾共同參與的事務。其後，李敏勇要為作家定位，尋找台灣文學的歷史座標，以及筆會時代嘗試釐出政治與文學的糾葛，推動台語文字化、台語文學，都有文藝火車頭的自覺和自負，在改革、改造某些文藝現象，在推動、推展某種文學主張。前衛時期推出台灣文學創作，在落實本土語文學的主張；李喬的新生版時期，提出文化改造的主張，體驗台灣文化現象，旨在推銷文化及文學創作的台灣主體意識。

　　透過有限的人力、物力，以有限的園地，做為推展、帶動整個台灣文學的火車頭，以運動的方式，不斷提出議題、主張來，導引台灣文學的發展方向，帶動風潮，以小搏大，可以說是「台文」數易其手，卻連結一貫的精神。

3.堅持異議、在野文學的特質

　　戰後台灣本土作家，經歷二二八事件和四六事件兩大衝擊之後，在台灣文壇的地位，不僅反主為客，甚而完全喪失對台灣文學的主權，在五○年代開始的白色恐怖統治時期，具有本土意識，也就是具有台灣自然、人文環境自覺的作家，只能在反共抗俄文藝政策

大纛的縫隙中挣扎，自二二八事件，迄一九六四年四月《台灣文藝》創刊止，中間十七年，沒有一本正式的、以台灣為主體的文學或文化雜誌出現，所有的文藝刊物，報紙副刊，不是官辦、官控，就是官資、官導，遂行以中國文化和中國文學為主體的文化、文學殖民主義。吳濁流創辦「台文」的獨資、民間性質，不管他曾經佈下什麼文字迷彩偽裝，它的另起爐灶和存在，就是向當道當權文藝表達了異議、反抗，不被收編，不認同官導文藝政策的立場。

　　《台灣文藝》的在野文學立場，固然是時代、環境造成的——因為官控文藝的排擠、打壓，但潛在的因素中，也有真、假文學之別，從本土作家作品裡的民間、土地裡冒出來的聲音，殊少發聲的管道，吳氏的自力救助，等於自然凝聚了這樣的聲音，自然也難免有人視之為一種圖騰，而發揮了和它的體積不成比例的影響力。

　　吳濁流在＜台灣文藝雜誌的產生＞（註十九）一文中，雖然曾提到「我們中華民國有五千年的悠久文化」、「五四時代」等語，但並不能遮蓋他費了九年二虎之力創辦「台文」是在對抗官辦、官控文藝現狀的本意。剛開始，有些作家可能無從去分辨「台文」出現的意義，等到弄清楚它的在野、異議文學集散地的立場之後，漸行漸遠，終至分道揚鑣。等到鍾肇政接辦之後，「台文」成為推動本土文學－當時稱作鄉土文學——重要據點或發動中心的地位，已經沒有人懷疑。一九七七年「鄉土文學論戰」發生後，原本潛藏的對立才表面化，但在這之前，「台文」對文學中「鄉土」——「本土」意識的建立，是透過在野立場的堅持建構起來的。

　　戰後台灣社會的文化資源，幾乎涓滴不流的掌控在官方手中，以遂行其殖民文化的推動，在長期戒嚴統治下，「皈依」在「台文」旗下的作家，堅持不受收編，其異議、反對的在野立場已經凸顯。陳永興接辦的八十期後，試圖連接日治時代的文化、文學運動，李敏勇推動的台灣作家定位，台灣新文學的回顧，都可以說是在重

塑戰後台灣文學的形貌，試圖為這股在野的文學力量找出合理的位置和意義。台灣筆會接辦後──筆會本身已經具備更強烈的、明確的、對立異議團體色彩，其所推出的「重建海洋文化」、「台語文字化」、「台語文學」這些議題，不僅與官控文藝政策對立，且已明顯擺出顛覆官控「大陸文化」、「國語文學」的意圖了。經過八〇年代「台灣結」與「中國結」的辯論之後，台灣文化和台灣文學主體性的討論，逐漸渲染開來，「台文」與官控文學的立場已經簡化到：「如何建立台灣文學的主體性」這一項議題而已。只是戒嚴時期與解嚴後，作法上略有差異而已。

4.建立有批判能力的寫實文學

　　吳濁流的創刊「宣言」（註廿）曾表示，創刊的動機，一方面固然是文化凋弊，不健康的文藝充斥，但另方面亦強烈表示，正因為文化沙漠的現象才使得社會風氣，「一年不如一年，每況愈下。兇殺、情殺、搶劫…層出不窮。」透過文學的振興以改造社會的主張，其實與日治時代《台灣青年》的發刊宗旨，與《文化協會》的創設宗旨，是一致的，視文學為社會運動的一環。其後，逐漸明確本土化的走向出現後，「台文」所以和官方的關係，愈來愈緊張，終於在九十一期出現警總的查禁事件，查禁的理由並不明確，顯然，這只是「台文」長期受情治人員注目的一種「結果」而已。

　　在查禁之前，「台文」不僅將台灣的文學傳統搬上舞台，重建台灣人的文學史觀，更將台灣的歷史、美術、音樂、政治……搬出來討論，重建台灣人精神傳統的意圖甚明，這種沿襲自日治時代的社會運動方式，都是透過對現實批判、反省、以逐漸建立具有批判性的寫實文學，正是日治時代台灣新文學運動的翻版。誠然，「台文」內部亦有一些反對聲音，因為失之駁雜的文化運動形貌，使得文學在文化運動的地位被減縮，而且文學駕馭「台文」的主體地位

已被動搖。不過，包括情治單位在內，注意的是「台文」這種做爲文學運動體質的大幅更新、遞變，所謂「台灣文化體質改造」，無異是刻意擺脫官控文化政策之後，回過頭來批判長期官製的文化，逐行的一種大顛覆運動。

相較於七〇年的鄉土文學論戰，情治單位代表的官方在背後不是主謀也是主控的藏鏡人。但八〇年代的台灣意識論戰，固然長期在意識型態上依附官方的文人是反台灣意識的主將，但其主動應戰的立場也十分明顯，在「台文」展開一系列台灣文學本質體檢的過程中，官辦官控文學的虛妄性、空洞性、非民間性，懸浮於台灣土地上空無根、失根的特質，很容易被挑剔出來，長期未曾反省的結果，一旦面臨「台文」的一連串「回顧」、「定位」、「體檢」、「重建」，引起恐慌性的出擊是必然的。

不過，八〇年代開始的「台文」，雖然表現了強烈的批判性的反省特質，重建了台灣文學的批判性，事實上卻沒有就台灣文學的本土化或主體性展開辯論，這才留給李喬的新生版一項善後工作。

(二)文學界與文學台灣

一九八二年元月，《文學界》第一集出刊之後，《台灣文藝》還在鍾肇政手上維持一年，但嚴重的財務危機，「台文」出現自身難保的窘況，面對鄉土文學論戰後的台灣文學處境，根本無力爲台灣文學發言。《文學界》除了提出「自主性」和「本土化」的主張之外，以更全面化、而且明顯年輕化的台灣作家作品研討系列，旨在爲自主性和本土化，提供有力的佐證，但同時也不忘提昇台灣文學的地位，不忘提供歷史的見證，以史料的研究和出土證明台灣文學的自主性和本土性，不僅是台灣文學奮鬥、追求的理想，並且是已然的歷史事實。文學史料的出土和整理，是《文學界》一開始就

著手的工作重點之一，但台灣文學史的撰寫，才是主要的、眞正的目標。

　　《文學界》所以特別重視文學的撰寫，可以理解的是，台灣文學長期處於只能被解釋的情況下，不僅有淪落爲台灣的邊陲文學的尷尬，並且可能有被全面否定的危機，由台灣作家解釋台灣文學存在的意義和目的的台灣文學史，其重要性在開啓台灣文學理論建構的先河。

　　台灣新文學運動發軔於外來政權統治下的日治時代，從未改變以在野、異議的反對文學位置，戰後猶然，所以幾乎也從未有機會從正面、主動發抒自己的文學主張，建立自己的文學理論。興論大都仍停留在反帝、反封建、抵抗日本的殖民統治，做爲日治時代台灣新文學運動的理論骨架。若然，戰後，日本殖民政權放棄對台灣的統治，日治時代的台灣新文學運動，豈不因此喪失了意義？而戰後呢？戰後台灣文學存在的意義又在哪裡？因此，《文學界》對撰寫台灣文學史的積極和焦慮，是建立在整理台灣文學理論架構的急迫性認識上的。雖然這個時期，仍處於戒嚴時期，但面對論戰後，澎湃洶湧的文學探索和解說思潮，台灣文學已沒有退縮，猶豫的空間。

　　《文學界》所以比同時期的《台灣文藝》有更堅定的本土文學立場，也比鍾肇政交棒後的「台文」有更提綱契領式的認知，沒有那麼多枝節性的議題，實際上只是抓住了文學史這樣的解釋主題；不然，《文學界》的台灣文化使命感、在野、異議的立場，從事文學運動的觀點，批判性寫實文學主張，與「台文」，乃至台灣新文學的傳統性質，並無二致。《文學界》七年（註廿一），和「台文」比起來，也是相當安靜的存在，但篤定地循台灣文學史的方向建構台灣文學理論的努力，仍然爲八○年代台灣文學開闢最紮實的一條思路來。

　　距離《文學界》創刊整整十年後創刊的《文學台灣》，仍然是和《台灣文藝》並行的兄弟刊物，也是《文學界》的某種程度的延續，但已豎立了全新時期的台灣文學雜誌風格，那就是積極地鼓勵台灣文學的論述。雖然這些論述不都是有計劃的，具有系列性的，而是開放性的討論，但已顯示出主動、積極建構台灣文學理論的企圖心，每期都有三分之一強的篇幅，提供給論文發表，也曾經由社方主辦過台灣文學研討會，對開啟九〇年代台灣文學學術討論會有積極的作為，帶動了九〇年代台灣文學進入學術討論的風氣。

　　九〇年代的台灣文學也的確面臨進入比較嚴格、嚴肅討論的時代，八〇年代零星討論過的文學議題，需要比較全盤性的釐清、整理，尤其是刑法一〇〇條廢除後的言論解嚴時代，台灣文學的討論和理論，已沒有任何含混的藉口，《文學台灣》的確也深刻感受到此一使命。不過，也不能否認的，這些來自政治外力的干預解除後，台灣文學的詮釋和理論建構，其實仍然面臨了巨量的歷史性言論負債，那就是說，台灣文學的發展史上，由於長期在外來政權的殖民觀點壓制下，積存了太多的扭曲的言論，令人真假莫辨，「建構」就不是說做就做那麼容易了。

　　《文學台灣》在言論的態度上，不能說沒有自己的立場，但大體上對台灣文學的解釋，仍然採取開放的態度，主要是確認到台灣文學理論的建構不可能以急切立功。新生版的《台灣文藝》也有同感，雖然把標的定得十分清楚，但仍然想從文化上、歷史上先去解決結構性的偏差問題，才回到文學來。

四、結語

　　從吳濁流到李喬的《台灣文藝》，從《文學界》到《文學台灣》，代表戰後的台灣以民間的力量支撐的文學刊物，先天上即扮演

了與官辦、官控文藝對抗的反對、抗議角色。《台灣文藝》創辦之前的台灣文壇，由國民黨政權帶來的「中國文學」全面佔領近二十年之久，不僅隔絕了日治時代的台灣文學傳統和經驗，更嚴重的是還得面對官控「反共反蘇文藝政策」的文學價值觀的全面顛覆現象，實際上，吳濁流是在一片荒蕪的廢園中重新種植台灣人的文學幼苗。

《台灣文藝》植下的第一株幼苗，其實已經建立了與官控文藝政策相對立、與否定官控、官導文藝的理論礎石，台灣文學也由此建立了以被動、否定出發的理論建構模式。而官控文藝的本質，具體地說，就是以「中國為中心」的殖民文化政策，和以維護統治政權利益為目的白色文藝價值觀。因此，站在這種對立面出發再建構的文學，其艱困創立、刻苦護持的決心，不必以任何文字立下任何宗旨，都已經表示不認同、否棄官控文學的「去中國中心」的立場，也等於具體表示追求以「台灣為中心」、具有自主性，以人民、土地為依歸的文學主張。

因此，戰後的台灣文學本土中心主義，在官控、官導文藝政策發出的同時已經發生，只是在白色恐怖統治與戒嚴法的淫威下，無法表面化，以文學運動的方式予以建構而已。吳濁流的《台灣文藝》率先突破了這樣的困境，讓它成為凝聚此一意識、思想的運動發展中心，做為戰後台灣文學理論建構的基點。

七〇年的鄉土文學論戰，進一步揭穿以「中國」為中心的官辦、官系文藝無根懸浮的虛假，《台灣文藝》雖然沒有以團體的名義直接加入戰團，但之前十多年間的創作耕耘，已經以「作品」為「以台灣為中心」的「鄉土文學」做了最有力的見證。經由論戰戰火洗禮的台灣文學，等於結結實實提出了人和土地為中心的文學主張，揭穿了官導的「中國」文學，乃是沒有天空、沒有土地，更沒有人民依據的文學，一種「假象」文學。

「鄉土文學論戰」最大的「成果」，應該是在「創作上」使台灣文學澈底脫離官控文學的緊箍咒，去除「中國文學」的陰影。在《文學界》出現自主性、本土化的主張之後，呼籲文學回到現實來，回到大地上來。雖然曾經發生過零星的文學統獨論戰，但本土文學運動已經朝積極建構的方向努力。在《文學界》和八〇年代的《台灣文藝》上，同時可以看到，主張文學由一元邁向多元，解構「中國中心」論、神話文學的言論，同時出現。由文學的語言探討、文學社會議題的探討，作家責任定位的探討，文學文化觀的探討，或者文學史的梳理，不可否認的，的確出現一種千頭萬緒的駁雜、繁亂現象，真正應驗了「多元化」的形容詞，但是亂中有序的是，這些討論已經完成了「以台灣為中心」的定根事實，已經真正落實在自主性、本土化的「理論」裡了。

或許從八〇年代台灣文學運動所得到的結論，有予人時光逆轉的錯覺，這些結論不過是回到台灣新文學發軔的原點——台灣文學指的就是台灣人的文學，但這正表示戰後台灣文學歷經過覆亡的危機而浴火重生，也正是本文「再建構」的依據。九〇年代，是台灣文學的「本土論」正式進入建構的階段，官系長年虛構的「中國文學」雖然仍掌控了絕大部分的文學資源，但在理論上，已經完全無法阻擋台灣文學本土化的道路了。

二〇年代的台灣新文學運動，在台灣民族運動的大旗幟下，已經確立了對日本外來殖民文化，或同化政策，採取抵抗的立場。所謂反帝、反封建，其本意當是等同反日。延伸的說法，就是在建立以台灣的人民和土地為中心的本土文學，做為向官方對抗，以及用來抵抗殖民主義，所以日治時代的台灣文學，在三〇年代業已建立了本土化的認識和理論起點。四〇年代，皇民化運動時期，固然不可避免受到打壓，但戰後，來自皇民化運動的壓力解除之後，台灣的文學回復以台灣為中心，所謂努力「建設台灣新文學」的時期。

不過，國民黨政府推行的新殖民文學運動——反共抗俄文藝，則嚴重打壓阻礙了此一運動，強迫台灣文學放棄根植的土地和人民，改為為「中國」服務，為「反共反蘇」效力，強迫接受中國中心的觀念。在「反共文學」的淫威籠罩下，台灣文學裡的「台灣中心」思想，面臨喪失，亦即台灣意識的喪失。十多年後，自然面臨重建、復歸的工程。

　　吳濁流在「反共文學」時代的末端，站在官方文學的對立面，創辦「台文」，目的當然就是在重建台灣文學的理論基礎。「台文」能在沒有稿費、沒有任何利益的情形下，吸引大批的作家，等於以「行動」建立共同的文學信仰，無疑也是「理論」構建的一部分，這個理論就是證明台灣文學是抵抗官辦文藝政策的文學。七〇年代發生鄉土文學論戰，其實也就是這種「理論」在發酵，意義擴張到、使官系文學感受到壓力，終至浮上台面的對決。鄉土文學論戰的結果，是論戰為台灣文學的台灣中心本土主張背書。八〇年代的台灣意識、中國意識之爭，或是統獨之戰，所以抓不起什麼驚濤駭浪，主要的就是鄉土文學論戰中文學定根現實、土地的台灣本土中心論，正當性、正確性都不容懷疑。

　　台灣作家在七〇年代即以「台灣意識」註解「台灣文學」（註廿二），但真正將台灣文學的自主性、本土化完成立說是在《文學界》。八〇年代創刊的《文學界》，在將台灣文學本土論立說上顯得積極、主動，其實仍然是受激於「中國意識」論者的攻勢言論。所謂台灣文學解釋權的爭執，是《文學界》顯得積極主動的工作方向，台灣文學史的出現，等於進一步完成以台灣為中心的文學敘述和書寫的建立，也為「自主性」、「本土化」的理論打了一劑強心針。

　　認真檢討起來，八〇年代的若干台灣文學主張，口號的性質明顯強於實質的論述。細緻而深入的探討這些「口號」，實在是九〇

年代台灣文學必然要面對的課題，諸如台灣文學的源起，歷次以鄉
土爲名的本土化運動的實質和效益，範圍界說的辯證和連結，新舊
文學論戰，語言問題，作家作品的再定位再檢討，日人作家、作品
，皇民文學，相關的文化、歷史、社會議題……，都被提出來討論
。雖然看起來相當零散無章法，但九〇年代的《台灣文藝》、《文
學台灣》，無疑開啓了台灣文學理論全面整理的新時期，由這兩個
刊物打開的台灣文學探討風氣，業已漫及學院、學術研究機構。在
角色扮演上，也不再只是和巨大的官系文藝勢力頑抗的反對、異議
文學，一種以台灣爲主體，立足台灣的土地和人民間的文學觀已然
建立，和官系文學比較誰眞誰僞的爭執，已經沒有必要，台灣文學
已經可以回到純粹的文學討論上來。

註解：

註 一　見游喚〈八十年代台灣文學論述的變質〉，刊《台灣文學觀察雜誌》第五期，一九九二年七月出版。

註 二　一九八四年七月，《台灣文藝》一至五十三期重刊本，鍾肇政作序——熬過廿年霜雪的《台灣文藝》滄桑史，鍾肇政回憶與吳濁流討論刊物命名時說：「我憤然地反駁說，在台灣，爲台灣的文學而辦的雜誌，絕對應該用台灣兩字，且從日本時代就如此，不可能有妥當不妥當的問題。」

註 三　見《台灣文藝》創刊號第四十六頁。一九六四年四月一日出刊。

註 四　見同前刊三十一頁，〈閒談文藝〉林佛樹發言。

註 五　見同註二。

註 六　「革新號」共二十六期，總號至七十九號，其中九期——三至十一期，由遠景負責，而二十六期是二十五、二十六期合刊。

註 七　見鄭炯明〈寫在《文學界》停刊之前〉，《文學界》第廿八期，一九八九年二月出版。

註 八　引自一九六四年五月一日出版，《台灣文藝》第二期：吳濁流〈給有心人一封信〉。

註 九　引自一九六四年六月出版，《台灣文藝》第三期七十三頁〈千里來鴻〉。

註 十　見同註二。

註十一　見同註二。

註十二　引自一九八三年元月十五日出版，《台灣文藝》八十期〈接辦台灣文藝紀要〉。

註十三　引自一九八六年七、八月號《台灣文藝》一〇一期。

註十四　見《台灣文藝》一○五期，一九八七年五、六月號。

註十五　見一九九三年十二月十五日出刊，《台灣文藝》一四○號
　　　　。

註十六　見一九九四年二月二十日出版，《台灣文藝》新生版第一
　　　　期＜發刊詞＞。

註十七　見同註十六。

註十八　按一九八四年七月一日出版，一至五十三期「台灣文藝重
　　　　刊本」分類總目統計，小說含獨幕劇，新詩含譯詩，數量
　　　　極有限。

註十九　刊於一九六四年四月一日出版，《台灣文藝》第一期。

註 廿　指註十九之＜台灣文藝雜誌的產生＞一文。

註廿一　一九八二年元月創刊，一九八九年二月，出版二十八期後
　　　　，宣佈休刊。

註廿二　見葉石濤＜台灣鄉土文學史導論＞，刊於一九七七年五月
　　　　一日，《夏潮》二卷五期。

試論戰後台灣文學研究之成立與現階段日據時期台灣文學研究問題點

——以『よみがえる台灣文學—
日本統治期の作家と作品』爲分析場域——

⊙黃英哲

前言

本文一方面試圖探討戰後台灣文學研究的成立問題，同時另方面也想藉著『よみがえる台灣文學—日本統治期の作家と作品』（即日文版『賴和及其同時代的作家：日據時期台灣文學國際學術會議論文集』）一書中探討台灣文學的論文作爲分析的場域，檢討現階段日據時期台灣文學研究的問題點，並提出未來研究時必須注意的幾個面。

當然從戰後到一九八七年解嚴之前，其間並非沒有人從事日據時期台灣文學的研究，然本文因篇幅有限，不擬敘述。另外還要說明的是，本文是根據『よみがえる台灣文學』一書的「解說」改寫而成，該「解說」分成總論與各論兩部份。總論探討戰後台灣文學研究的成立，由我執筆。各論針對該書所收錄的論文，試著檢討研究的問題點，由下村作次郎先生、中島利郎先生及我共同執筆。所以這次所發表的論文，嚴格上說，並不是完全由我個人單獨撰寫。

但是，本文的論點若有爭議性，一概由我負責。

一、戰後台灣文學研究的成立

　　戰後台灣的台灣文學研究，由於國民政府的台灣文化政策，可以說徹底的被愚弄。

　　一九四五年台灣被國民政府接收後，對國民政府而言，如何使新接納的非國民——五十年的植民地統治被日本化的台灣人——「國民」化的問題，是統治台灣最優先的課題。這意味著台灣中國化，台灣人中國人化，最後使台灣社會一元化（中國化）。因此，戰後國民政府採取使台灣中國化的文化政策，即文化一元化的方法，強力推行台灣的文化重建 (cultural reconstruction) 工作。該文化政策，在一九四七年發生「二二八事件」以後，尤其是國共內戰國民政府戰敗遷台以後，更被徹底的執行。此一文化政策，反映在戰後台灣的學術研究，即是「只有中國研究，沒有台灣研究」，尤其在中國文學界，不存在台灣文學，一直是台灣的中國文學研究者根深蒂固的偏見。因此，這期間雖也有台灣文學研究者，卻長期被學術界排斥，並視為異端、末流。這種情況大約持續到一九八七年戒嚴令解除為止，戒嚴令解除後的台灣，在文化政策上，採取了多元化地包括台灣固有文化的文化統合 (cultural infegration) 政策。去年，由文建會主辦，清大承辦的「賴和及其同時代作家——日據時期台灣文學國際學術會議」，或可視為此文化統合政策的具體化。戰後台灣的台灣文學研究，直到被政府及學術界承認之前，可說是屈折甚多，一向是受盡戰後國民政府台灣文化政策玩弄的研究領域。但是，若要探尋戰後台灣確立台灣文學研究之原點，則可追溯到戰後初期「二二八事件」發生之前，該時期或可稱之為台灣的第一次「戰後民主主義」期，但時間極短不滿兩年。

　　從日本敗戰後到「二二八事件」發生這段時期，我所以稱它是

台灣第一次的「戰後民主主義」期，並不是有意再評價陳儀政府，替他翻案。而是因為在這一段混亂期、過渡期的階段，台灣的文藝界、言論界反而呈現出百花撩亂、百家齊鳴的現象，下村作次郎氏也曾指出當時的文化狀況「隱藏著無限的、多樣的可能性」（「戰後初期台灣文藝界の概觀——一九四五年から四九年」『咿啞』24‧25合併號，一九八九年七月）。

　　當時陳儀邀請許壽裳來台擔任台灣省編譯館館長，負責戰後台灣文化重建的一部份工作，陳儀、魯迅、許壽裳早年在日本留學時期即結識，因為都是來自浙江紹興，而成為終生摯友。許壽裳在陳儀的庇護下，大力宣傳向為國民政府所厭惡的魯迅思想。此乃因許壽裳將台灣文化重建的思想基礎置於五四新文化運動的精神上，以承繼發展該精神作為文化重建的主要內容。所以將五四新文化運動精神支柱的魯迅介紹給台灣，有意藉著普及其思想，使台灣發生新「五四文化運動」。此外，許壽裳同時也邀請了昔日魯迅創立的文學團體「未名社」之成員李霽野來台協助其文化工作。陳儀政府時期，台灣不只是活躍著來自中國大陸的進步知識份子，台灣出身的戰前左翼份子也同樣活躍。譬如，前台灣共產黨領導人蘇新；留學過莫斯科孫逸仙大學，且與著名日本左翼學生運動團體「東大新人會」有關係的許乃昌；東京台灣人留學生左翼文化團體「台灣人文化圈」、「台灣藝術研究會」的成員王白淵等人，當時都活躍在台灣的文化界及言論界。因此，將該時期的台灣稱為第一次「戰後民主主義」期，也許並不為過。而戰後最先對台灣文學的反省與檢討，正是在這樣的情況下出現。

　　戰後，首先對台灣文學提出反省的大概是龍瑛宗！龍瑛宗是日據時期在日本的中央文壇也很活躍的作家，一九三七年用日文撰寫的「パパイヤのある街」入選為『改造』雜誌小說甄選的佳作。戰後，成為『中華日報』日文版副刊的主編，一九四五年十一月，向

「新新」雜誌創刊號投稿一篇以「文學」爲題的短文,針對日據時期的台灣文學作了如下的反省。

> 回顧一下台灣吧!台灣無疑是個殖民地。在世界史上的殖民地,文學未曾繁榮過,殖民地是和文學無緣。
>
> 儘管如此,台灣不是有文學嗎?不錯,有像文學的文學,但那不是文學,明白吧!
>
> 有謊言的地方沒有文學,只有戴著文學假面具的假文學,我們必須否定一下自我,我們必須再出發走正道不可。

龍瑛宗對台灣人在日本統治下所創作的文學作品的文學性表示懷疑,他認爲脫離日本統治的台灣文學必須重新再出發。與龍瑛宗這樣反省的同時,某日本人也作了同樣的反省。

日本戰敗時,在台灣的日本人包含軍人將近有四十九萬,他們由一九四五年十二月下旬開始至隔年的二月初,分批被遣送回日本。當時,等待遣送回國的日本人,得到台灣省行政長官公署的許可和援助,創辦「新聲」月刊雜誌。主編爲戰前「台灣時報」的編輯長,和日本人作家阪口澪子有深交的植田富士太郎。在一九四五年十二月發行的「新聲」創刊號刊載了一篇署名爲「U」(植田富士郎?)的短文「台灣の文學界」,也對日據時代的台灣文學作了反省。

> 日據時代的台灣文學界可以說直到最後都未造就出一個魯迅。總之,未能完全掌握民心的政治,也無法發揚文學。
>
> 我們在台灣光復的今天,期待著不久後展開蓬勃熱烈的文學運動。
>
> 在日據時代看得很清楚,隨著時局起舞的文學運動是如何地庸俗。不過,回想起來,當時仍有一些文人值得讚揚。如張文環、楊逵、呂赫若等人,站在第一線堅守自己的主張和天分

，勇敢地與政治投機相搏鬥。以上三位資質聰穎，被認爲是本省小說家中的小說家。除此之外，龍瑛宗、黃得時、詩人楊雲萍等人的成就也很可貴。他們都是十幾年前成就白話文小說的人。衷心期待擔負建設台灣省的任務，而且生動的「民族自覺」的作品活動，能在明年春天左右順利展開。

「Ｕ」及龍瑛宗都指出在日本植民統治的政治環境下，台灣的文學發展，基本上受到了限制，而對戰後的台灣文學寄予滿腔的期待。此外，由「Ｕ」的這篇文章了解在戰後初期，除張文環、楊逵、呂赫若外，龍瑛宗、黃得時、楊雲萍也被日本人編輯列入具代表性的台灣作家中。

台灣在脫離植民統治後，確實擴大了自由創作文學的空間，但卻面臨了新的難題，亦即轉換言語（中國語）的難題。如前所述，戰後國民政府對台灣的基本政策是「中國」化。戰後初期因爲是過渡期的緣故，暫時被允許在報章雜誌等刊載日文（一九四五年十月二十五日～一九四六年十月二十四日）。但是，由日文轉變爲中文，對作家而言，無疑的帶來了創作語言被剝奪的無比痛苦。報紙、雜誌廢除日文的前夕，王育德以王莫愁爲筆名，在龍瑛宗主編的「中華日報」日文版副刊「文化」（一九四六年八月二十二日）發表了一篇題爲「彷徨へる台灣文學」的文章。該文可以說極爲明確的道出台灣文學的特質，而且真實地敘述在戰後初期的變化中，台灣文學所面對的窘境，並點明在戰後的台灣確立台灣文學研究的原點。王育德在戰時，向東京帝國大學文學部支那哲文學科辦理休學，回到故鄉台南。戰後，在台南一中當教員的時候，曾在「中華日報」副刊積極地從事評論活動，「二二八事件」後亡命日本，在日本的學術界以閩南語的研究家而知名，一九八五年任職明治大學教授時去世。在「彷徨へる台灣文學」一文中指出。

　　台灣絕非文學的不毛之地，甚且在他處擁有難得的肥沃土地。住在台灣的人對文學的熱誠絕對超過賺錢，但奇怪的是，一旦進行實際的文學創作，則鮮少有像在台灣那樣困難的。

　　台灣充滿文學的素材。姑且不追溯到發現台灣島的隋代以前，在進入近世史以後，所有歷史的潮流硬是往台灣蜂湧而來。台灣島確實是遠東的民族競逐之地，因此，史料豐富。社會環境也因大勢所趨無法安定，提供了文學、電影、戲劇非常豐富的材料。而且，住在島上的人，有足以充分運用這些材料的天賦才能。雖處於如此好的條件下，文學創作為何沒有好成果呢？這乃是受困於後天的人為因素，一波未平一波復起地糾纏不斷，感覺是深受詛咒的文學。

　　在日據時代產生台灣人小說家是最近的事情。在那之前勉強叫做文學的，只有像老人之言風月的小說或是五言絕句之類的東西。…何以文學如此的衰頹呢？這乃是由於這個期間年輕人正孜孜不倦地學著日文之故。過了四十年的歲月，能像日本人一樣運用日文時，光彩奪目地出現了一批台灣人小說家。像王白淵、楊雲萍、龍瑛宗、呂赫若、張文環、楊逵等人。……此外，也有西川這一派所主持的古董趣味文學。這與傳來台灣的日本宗教一樣，以在台灣的日本人為對象，充其量只是將異國情趣的台灣介紹給日本而已。

　　然而，台灣光復了，他們一定興緻教勃地打算好好地寫一下日據時代無法寫的題材。但是，歡樂跟感動只是一瞬間而已，辛苦學來的日文無法隨心所欲的使用了。他們都成了國語（註：中國語）講習所一年級的學生。從「多聽、多說、不怕笑」的口號開始到學會文學修辭法也要相當時日吧！大多數在學了國語，即使是台灣人也能像祖國的老舍，郭沫若、茅盾等人

一樣用流暢的白話文寫文學時，從前的小說家們已被遺忘，而
被新一代的人所取代了吧？……

　　如前所述，王育德指出了培育台灣文學的台灣風土的特質，同
時，非常清楚地述說了橫跨日本統治期和戰後初期這兩代的台灣人
作家們的失望和悲哀。不過，台灣的「近代文學」毫無疑問的是由
這些被列舉出的台灣人作家所確立的。的確，由於戰後國民政府的
文化政策，使得這些作家們相當長的一段時間無法再拾筆寫作而被
遺忘了。但是，事實證明他們絕未被遺忘，其地位也未被新人所取
代。此次在首次舉辦的「賴和及其同時代作家－日據時期台灣文學
國際學術會議」上，「Ｕ」及王育德等所提到的張文環、楊逵、呂
赫若、龍瑛宗等作家們，成為各國研究者的研究對象而被重新評價
，甚至連經常被台灣人所批判的日本人作家西川滿，其否定的立場
也被重新討論。戰後經過了五十年，日據時代的台灣文學被由各種
角度多層次的重新探討，這或可以說，暗示著一向被忽略的該領域
的研究，今後將成為學界重要的研究對象。

二、現階段日據時期台灣文學研究之問題點

　　由於篇幅的關係，此次日文版論文集只能由三十九篇論文中選
錄二十篇，難免會有遺珠之憾。

　　刊在本書卷首的彭瑞金的「日據台灣社會運動的勃發與新文學
運動的興起」是篇視點很突出的論文。在已往，一般人總以為二十
年代初發生的台灣新文學運動是受中國的新文學運動（中國白話文
運動）的影響，其中心人物是張我軍，由他從北京投寄『台灣民報
』的「致台灣青年的一封信」（一九二四年）等的評論文章，點燃
了新舊文學的論戰，由該論戰中產生了台灣新文學。彭的論文對此

一說法提出了全面的反論。彭論文的特徵由標題明顯的看出，是有意審視由抗日運動前期的武裝抗日改變方針，而發生了＜台灣社會運動＞當中的台灣新文學之誕生。總之，他認為台灣新文學運動「是台灣社會運動的一環，是台灣人反日、抗日運動之一。」如此，在過去的說法（即台灣新文學的創作始於賴和和楊雲萍的作品）中完全被遺漏的追風的日文小說「彼女は何處へ」（一九二二年）、無知的中文小說「神秘的自制島」（一九二三年）、柳裳君的「犬羊禍」（同上）的三篇小說被定位為台灣新文學的創作成果。另一方面，該理論架構完全未考慮到日本文學對台灣新文學的影響。在第五節，作者按照所定的架構依題目分類，分析台灣新文學的各作品。但是，光這樣子，真的足以作為文學作品的分析方法嗎？這一點，使本論文作為產生新爭議的論文而受到矚目。

黃琪椿的「日治時期社會主義思潮下之鄉土文學論爭與台灣話文運動」，換句話說，是考證台灣三〇年代的文學。依作者所言，「『鄉土文學論戰』和『台灣話文運動』，到目前為止，一般認為是同一範疇，予以相提並論。」可是，「在三〇年代，鄉土文學、台灣話文論戰、文藝大眾化、民間文學採集等主題相繼被提出，各主題本身有爭論，而且主題與主題間常常相互關連發展，各個理論越來越複雜化。」此一背景，受到台灣的社會主義思潮的影響，一九二七年台灣文化協會改組以後，「台灣新文學運動和社會主義思潮合而為一」，產生了如上述的錯綜複雜的論戰。本論文主要是著眼於知識青年的對大眾的認知和「個人對大眾的各自認識」的差異（起因於出身階級等），從而看出針對鄉土文學和白話文運動所呈現不同面貌的議論之內涵。不過，一如著者在引用松永正義的見解中所言，刊登黃石輝的「怎樣不提倡鄉土文學」的「伍人報」（一九三〇年），至今仍未被發掘。這成了台灣文學研究共同的障礙，文獻資料的發掘是目前留下的一個重大課題。另外，依照過去的分

類，將戰前的作品區分為＜中文小說＞和＜日文小說＞來閱讀的話，尤其是沒學過台灣話的人，難免會有意想不到的誤讀，而本論文的漢文廢除（一九三七年四月）的「前一年，對用漢文書寫的人而言，台灣語式的白話文是主流」的觀點，或許提示了今後閱讀這種＜中文小說＞作品時的方向。

　　藤井省三的「＜大東亞戰爭＞時期台灣讀書市場的成熟與文壇的成立－從皇民化運動到台灣國家主義之路」，是一篇從「讀者層」與「讀書市場」來捕捉大東亞戰爭時期台灣文學狀況的劃時代論文。關於日據時期的台灣文學研究，藤井論文可以說不但提出了新穎的觀點，也指示新的研究方向。論文中，作者認為「文藝台灣」和「台灣文學」的並存是表示了讀書市場的成熟，而「文藝台灣」月刊，在經營上更煞費苦心，志在成為涵蓋層面廣泛的文藝雜誌，同時，「台灣文學」和「文藝台灣」一樣也刊登皇民文學，在這點上兩本雜誌之間並無差異。這種觀點的確是值得肯定，但也留下了疑點。因為從讚美大東亞戰爭的文章比例及編輯角度來看，「文藝台灣」更傾向於讚美戰爭。略掉這一點而只看現象層面，不就留下了疑問嗎？ 此外，論文中有二點值得注目的：第一、指出台灣皇民文學是以台灣民族主義的形成為核心而出現。台灣民族主義的形成，在日據時期尤其是在大東亞戰爭時期加速形成，關於此論點，政治學者黃昭堂及歷史學者吳密察已有論述，作者可以說是針對此一事實從文學的角度開創新的視點。第二、是著眼於「台灣皇民文學生動活潑的展開」這一點。這跳脫了尾崎秀樹所確立的分析架構－所謂的「壓迫－抵抗」或是「壓迫－屈服」的構造。可是關於尾崎所提出的二極構造的意義，仍有待檢討吧！

　　柳書琴的「大政翼贊運動與日治末期台灣文學運動之復甦」是由中、日戰爭的「順利擴展」和昭和十五年成立的第二次近衛內閣的＜大政翼贊運動＞這二點，探討昭和十二年（一九三七）中、日

戰爭發生以後處於空白期的台灣文壇，以昭和十五年（一九四〇）為分界再度復興呈現盛況的原因。也就是說，作者認為中、日戰爭初期日方的戰勝和隨之展開的日本政府外地重視政策，消除了中、日戰爭爆發時的不安，特別是讓在台日本文學家感到安心，設立「台灣詩人協會」，發行機關雜誌『美麗島』，進而發展為「台灣文藝家協會」和『文藝台灣』。而＜大政翼贊運動＞提倡「高度國防國家」「地方文化」「外地文化」，影響了台灣的文化政策，尤其是「提昇地方文化」和「內外地無差別」的「地方文化振興案」，對台灣文壇的復興造成極大的影響，促使了『台灣文學』創刊，使寫實主義為主體的台灣人文學再度復蘇。換言之，中、日戰爭和其相關的＜大政翼贊運動＞，使台灣的文壇復活。這在過去的台灣文學史研究上，未曾有過以此一觀點來解釋台灣文學的空白期和昭和十五年以後的台灣文壇興隆。經常對台灣施以壓迫的日本政府對台施政方針，若僅就＜大政翼贊運動＞而言有其正面作用，柳書琴的這一論點，可以說是卓見。柳書琴是個歷史研究者，以歷史研究者的看法審視當時的台灣文學，因而有文學研究者無法想像到的見解，這點文學研究者有必要反省。

　　費德廉的「徵募之作家與被迫之言？決戰時期的報導文學與台灣作家」，是由大東亞戰爭末期，台灣總督府為了「真實地描述要塞台灣戰鬥情形，有助於島民的啟發，培養明朗風趣的情操，激發明日的活力，同時作為產業戰士鼓舞激勵的源泉」，而委託包含台灣人作家與日本人作家共十三人所寫的短篇小說中，選取楊逵及呂赫若的作品加以論述。說明他們受委託所寫的響應戰爭的作品中，傳達了些什麼訊息。作者認為楊逵和呂赫若在其受委託的作品中所描述的，不是「為了激勵戰略重地台灣和支援總奮起」，不是為了皇民化運動，而是「跨越人與人的界線的密切結合」，這才是他們所描寫的「戰爭協力物語」。作者跳脫了已往所作皇民化作品的分

析，響應戰爭作品或是抗日抗議作品的兩種極端分析，而有意建構新的論點，這點值得注目。可惜的是，所有的委託作品（受情報課委託的日本人作家有六名，台灣人作家有七名）中，只評價二人的作品，似乎無法了解這種特殊的委託作品之全貌與突顯楊逵、呂赫若的作品所具有的意義。

　　此次的學術會議，特別選在賴和誕辰一百周年時召開，發表的論文中，有關賴和的論述最多，共十二篇。每篇論文都各有特色，透過這些論文，對作家賴和的了解更邁進了一大步。本書雖只收錄了其中的四篇，但應該已足夠讓我們了解賴和是個怎麼樣的人物。

　　首先談一下林瑞明的「賴和漢詩初探」，這是第一篇正式闡述賴和漢詩的論文，而且是篇更清楚的顯現被譽為＜台灣新文學之父＞＜台灣魯迅＞的台灣作家賴和全貌的珍貴論文。本論文是這數年來，負責整理賴和遺稿的作者之研究成果的一部份。一如在本論文中所說的，是根據整理賴和手稿而出版的「賴和漢詩初編」，將賴和的漢詩世界和其事跡結合加以論述。賴和即使作為一個漢詩人亦是才華橫溢，而且由其詩中所歌詠的題材，可知賴和對時代及社會等的關心是廣而深的。林論文的特點在於將如上所述的賴和文學盡量作全面的觀察。作者從多數未發表的漢詩中，發掘出數篇出色的漢詩，在台灣文學史上添加了珍貴作品，作者的功績是非常大的。

　　陳芳明的「賴和與台灣左翼文學系譜」，結構井然有條，極為嚴謹。作者指出本論文的目的是「探討台灣左翼文學的氣氛越來越自由的現在，回顧賴和文學和其對新文學運動的啟發，無非是要更深一層的了解生活在植民地下的作家們精神的昂揚和壓抑。」在此所說的「探討台灣左翼文學」是目前在台灣的一個研究趨勢，前面提到的彭論文和黃論文也可看出反映了這種趨勢，姑且不論作者將賴和定位為「台灣左翼文學的開拓者」，而楊逵和王詩琅為賴和的繼承者，前者繼承了賴和的「早期的奔放」，而後者繼承了「晚期

的內歛」，由這觀點演出「左翼文學的抬頭是承接左翼政治運動的發展而造成的。」根據這點，作者對林瑞明曾經提出的將新文學運動和賴和的文學運動組合的時期區分（第一期一九二五～二八年、第二期一九二九～三二年、第三期一九三四～三五年）提出了不同意見，主張第一階段是由一九二五年八月二十六日發表的「無題」到一九三一年四月完成的長詩「南國哀歌」為止，而第二階段是由一九三一年發表的新詩「低氣壓的山頂」到一九三五年十二月發表的「一個同志的批信」為止。陳論文的特色，可以說明顯的表現在這區分上，由政治運動和作品的關聯性來分析賴和的文學，隨處可見其銳利的論評。

張恆豪的「蒼茫深邃的『時代之眼』—比較賴和『歸家』與魯迅『故鄉』，一方面作者把賴和的『歸家』（一九三二年）認為是刻畫三〇年代台灣＜問題點＞的作品，同時又認為魯迅的『故鄉』（一九二一年）是逼視二〇年代中國問題點的作品，由此來探討二篇作品中所描寫的「＜時代之眼＞的實際情況」，有意比較二人對國家的見解，對民眾關心的情形。到底這樣的比較可能嗎？對此，作者作了如下的回答：「我沒有賴和的『歸家』受魯迅『故鄉』影響的證據，但是，由題材和表現手法來看，賴和給予魯迅很高的評價，或許可以說『歸家』是受『故鄉』的啓發而創作的。」總之，作者對於其影響提不出任何證據。不過，本論文根據有可能「受其啓發」這個假說，比較賴和的「歸家」和「故鄉」，探討通過比較所看到的二人的「＜時代之眼＞的實情」，進行敏銳的分析。張論文的重點在於分析截至目前未被注意的賴和作品「歸家」，通過和魯迅的「故鄉」所描寫的＜時代之眼＞的比較，認為「賴和之所以為賴和，是在於始終一貫的冷靜觀察，而不去描繪希望」，作者有意更清楚地刻畫出生活在異民族統治下的賴和之絕望的實質，因此，在結語的部分，硬是加上了與論文的性格有點脫節的感慨。

　　下村作次郎的「日本人印象中的台灣人作家‧賴和」可以說是探討到目前爲止應該被討論而又未被討論的問題，因此意義深遠。但是就內容而論，與論文標題重複的第三節「賴和與日本人‧日本人作家與賴和」理應更擴大地展開論述，但或許是受限於資料，作者只談到中西伊之助和中村哲而已。此外，論文中雖然論及賴和和日本漢詩人交流的問題，卻未對該問題提出展望，實在很可惜。這點有待作者今後的研究。

　　楊逵可以說是日據時期在日本知名度最高的作家。河原功的「楊逵『新聞配達夫』的成立背景」以及塚本照和的「談楊逵的『田園小景』和『模範村』」，都是累積多年對楊逵的研究之精緻論文。前者推斷楊逵「新聞配達夫」的成立背景是其自身的處女作「自由勞動者の生活斷面」小品文的延長，其執筆的動機可能是受日本普羅作家伊藤永之介的「總督府模範竹林」和「平地蕃人」的啓發。關於「新聞配達夫」成之於「自由勞動著の生活斷面」的延續這點，因是同一作家的作品，而且作者有說服力的論證，令人信服。但是，伊藤永之介的二篇作品對「新聞配達夫」的成立有些什麼影響？作者幾乎是依照縝密論証所作的推斷，但若無楊逵本身證言或其他確實的佐證，是極難論證的。重要的是，一如本論文結尾作者所指的，期待著將楊逵的文學「在和日本普羅文學運動的關係中實證性的刻畫出來。」

　　後者的塚本論文主要是論述楊逵的作品「田園小景（模範村）」的考證，其提出的問題是有關研究者的資料處理。其一，即使是原作者本身針對自己的作品所說的話，若時代相差很遠，因已滲入種種的因素，欠缺可靠性。其二，要論述特定時期的某篇作品時，一定要使用當時發表的作品作爲原資料。總之，就本論文而言，可以說是在闡明作爲研究日據時期楊逵的一環，要研究其作品時，按常理首先務必要查明發表時的第一手資料，這是一個研究者應該要

有的基本態度。但事實上，有很多研究皆與此脫節，作者誠懇地敦促研究者應注意此基本研究態度。

　　山田敬三的「龍瑛宗論」是篇源自於一種「執著」的論文。也就是說，作者認為「日據時期用日文寫的台灣文學當中，台灣人的作品目前有很多被翻譯成中文，確立了『台灣文學』的位置」，又說，「話雖如此，日本語時代的台灣文學可以說和日本文學完全無關嗎？龍瑛宗的作品可以漠視和日本文學的關係而加以評論嗎？」作者基於這種「執著」，根據龍瑛宗在戰前所發表的從處女作「パパイヤのある街」（一九三七年）到「歌」（一九四五年）計二十多篇的作品，一面思考日本文學的影響，一面分析龍瑛宗的文學。山田論文的特色在於企圖全面探討日據時期龍瑛宗的文學，作者指出其處女作「パパイヤのある街」「幾乎已匯集『挫折型、庸人型、破滅型』以及其後在他的創作中所出現的全部的原型」。作者含蓄的分析，並更進一步從和時代背景的關係，指出龍瑛宗文學所具有的宿命性格，提示了要評論龍瑛宗文學時，絕對不能忽視的一個前提，他說：「對日本植民地統治的批評及抗議，陳述對日本人直率的感情，這作為一個作家，由此出發一開始就犯了禁忌。」本論文，雖限定於戰前，但有意嘗試以龍瑛宗為例，全面的探討日據時期台灣作家的作品。作者的研究提示了今後台灣文學研究下一個階段的研究方向。

　　垂水千惠的「論『清秋』之遲延結構─呂赫若論」是篇嘗試解明呂赫若「清秋」矯情做作的作品構造之論文。為了開醫院由日本返台的主角，開業許可一直未獲批准，而且難以開業的種種問題橫阻在他的前面。因此，他在「遲延」的期間，對自己當開業醫生之路感到懷疑和不安，經過深思熟慮後，決定當個從事臨床研究的醫生。然而，就在他下這種決定的時候，開業許可批下來了，而且阻擋在他前面的種種問題也解決了。總之，該小說的開業許可「遲延

」的構成，正是扔掉主角在台灣當開業醫生存錢孝順父母的「反近代性的假面具」，而使所謂臨床研究醫生的「近代主義者的本來面貌」顯現出來的一種手法。作者的立意頗有意思，比起過去刊登在「台灣文學」使用＜地方素材＞的呂赫若的作品，「清秋」可以說是性質不同的作品。但是，「選擇地方素材是爲了使「台灣文學」上軌道的必要課題……一旦脫離刊登在「台灣文學」的束縛，給予新寫作品的自由時，呂所選的題材不是地方素材而是近代知識人的問題」，這種說法有問題。呂赫若是因爲要使台灣文學上軌道才寫下一堆＜地方素材＞的作品嗎？題目上即使有變化，總覺得似乎潛在某種與「清秋」共通之處。

　　王昶雄的「奔流」，是否爲＜皇民文學＞，在過去張恆豪及林瑞明等一再討論，陳萬益的「夢境與現實—重探「奔流」」是承繼這些諸家之說的論文。本論文的特色在於著眼於作品中人物中的＜我＞，以日本和台灣的情景爲媒介，對於這個＜我＞，在戰爭末期台灣知識人受到限制的狀態中，經過精神的煎熬之後，有意從「日本人化」返回台灣人的情形，給予下結論。作者直率的論理展開，說明了「皇民小說」有種種的解釋方法，頗堪玩味。不過，問題是本論文使用的資料是前衛出版社版的「日據時代台灣小說選」（施淑編，一九九二年）中鍾肇政翻譯的「奔流」。使用非作者本人而是他人修改的戰後中文翻譯的資料，究竟能否正確的展開論理呢？要評論日據時期的作品，即使是台灣人作家用日文寫的作品，當然也要使用當時的原作爲資料，這樣比較能探究作品的眞意。

　　中島利郎的「在殖民地台灣的日本作家－－西川滿的文學觀」是篇重新探討西川滿的論文。目前，在日本及台灣等地，譴責他的論調很多。對此，中島的論文整體而言，充滿了對西川滿的同情與理解，從西川滿本身的文學觀及他周圍的人的西川滿觀來探索他的定位。總而言之，作者認爲，對西川滿而言，台灣文學雖不是模倣

東京，卻是屬於日本文學延長的＜地方文學＞、＜台灣＞是日本文學的新素材，西川本身並不關心台灣人的現實生活。西川滿因爲尊重＜藝術＞及＜人工美＞，因而批判寫實主義，並且也批判贊同此論調的與文藝有關的在台日本人。作者在論文結尾，從「文藝台灣」的創刊和由其衍出的「台灣文學」的發行，以及開啓了台灣民俗研究的契機各點，來評價西川滿。作者的論文極爲清晰地分析了西川滿的文學觀，但是也有疑點。＜藝術至上主義＞的西川滿和他在大東亞戰爭時期的偏向皇民文學，這兩者之間有怎樣的一貫性呢？會不會是西川滿的文學觀發生了變化？如果是的話，那對讚美皇民文學的西川滿文學觀的分析，可以說做得還不夠。

日據時期最受矚目的台灣人作家裡，有＜皇民作家＞周金波。星名宏修的「再論周金波－以『氣候與信仰與老病』爲主」，擺脫了已往被其處女作「水癌」及皇民小說代表作「志願兵」所定型的＜周金波＝皇民作家＞的框框，有意重新建構周金波的全貌。作者認爲在上述的初期的兩個作品中，毫不猶豫的描寫日本化＝皇民化的周金波，在這奇怪標題的作品等當中，變成描述由日本化的意向轉爲因「對台灣文化的留戀」而回歸「台灣傳統的媽祖，觀音信仰」，又由他整體的文學活動來看，「志願兵」之後所寫的這些回歸台灣的作品群「更表露出他的文學的特質」、「水癌」及「志願兵」這「兩個作品」想必是居於「特殊位置」吧！總之，要由全體作品來觀察已往從＜皇民作家＞的狹隘觀點只著眼在「水癌」「志願兵」的周金波文學時，不能只納入＜皇民作家＞的框框，有必要重新建構周金波像。這對今後的周金波研究提供了方向。

日據時期，有不少的台灣人擺脫日本統治，由台灣到中國大陸去，其中包含少數的台灣人作家。但是，其實際情況至今仍不太爲人所知，岡田英樹的「在淪陷時期北京文壇的概況－關於台灣作家的三劍客」以及澤井律之的「論在大陸時代的鍾理和」，都是在追

蹤日本統治時期北京的台灣人作家的足跡。前者是論述淪陷時期北京文壇的台灣人作家的動向，台灣文學研究到目前為止有單獨評論張我軍及張深切等的論文，但是，將這些台灣人作家賦予在北京文壇的定位且加以評論的則很少。岡田論文啓發了我們在評論日據時期的台灣文學時，不只是和台灣島內及日本等的關係，中國大陸的日本佔領區以及滿洲和其他植民地等也有必要列入考慮。不過，本論文雖稱為「三劍客」，對洪炎秋、張我軍和北京文壇的淵源及動向等的記述似嫌不足。

上述的「三劍客」以台灣人的身分在北京活躍，但是，和他們同一時期住在北京的台灣人作家鍾理和，卻過著隱瞞台灣人身分的生活。為了擺脫同姓不婚的禁忌而到大陸去的鍾理和，去大陸也是為了要追尋漢民族意識。但是，在那裡所看到的，卻是醜惡的中國人之生活情形，因此鍾理和「很厭惡而且強烈地拒絕」他們，對大陸的現實感到失望。並且在大陸，雖然是同一民族，但因台灣人被大陸人蔑視為投降日本的漢民族，如果不隱瞞身分，則無法在大陸生活。這種雙重的失意，使鍾理和自覺到台灣人意識，因而產生了台灣鄉土作家鍾理和。澤井的論文評論到此為止的鍾理和之心路歷程，而台灣人意識的自覺，一如在論文中所提到的，出自陳映真等的批判。這的確是由「政治立場」來批判，但作者本身今後如何將這種批判與鍾理和研究結合，將是個課題。

本書收錄了三篇與詩有關的論文，都是台灣人研究者的論文。各論文所提出的三位詩人的特色，由詩的用語來說的話，賴和（一八九四～一九四五年）是漢詩（前面已提到）、吳新榮（一九〇七～六七年）是日文和漢詩等，而楊熾昌（一九〇八～九四年）是日文。世代的差別明顯地反映在詩人使用的語言上。

呂興昌的「吳新榮「震瀛詩集」初探」是根據新出現的資料撰寫的論文。吳新榮在台灣文學史上早就以「亡妻記」（一九四二年

）而知名。著作有去世後由張良澤整理的「震瀛採訪錄」（一九七
七年）、「震瀛回憶錄」（一九七七年、都是瑯琅山房出版）以及
「吳新榮全集」共八冊（遠景出版，一九八一年）等。此次，呂的
論文所舉出的是，吳新榮生前計劃出版的詩集，即「震瀛詩集」的
草稿（六十九首）和該詩集未收錄的作品（二十首），計詩作八十
九首。據呂論文所言：「以言語形式來區分的話，用日文寫的新詩
有六十首，最多，其次依序是漢詩十五首、台灣語詩七首、中國語
詩六首，最後是日本的俳句僅有一篇（實際上是一句數首）。台灣
語詩、中國語詩、漢詩合計共二十八首，剛好大約是日文詩的半數
。」吳新榮其人和文學雖在日本幾乎是不爲人所知的台灣作家，但
是藉著本論文可以對其在台灣文學史上的位置和重要性加深一層了
解。

　　陳明台的「楊熾昌・風車詩社和日本詩潮」是由「『橫的移植
』即外來思潮的影響」來分析一九三〇年代的新詩發展。風車詩社
在日本創刊詩誌「風車」（一九三三年十月～三四年九月，共四期
）。楊熾昌、林永修等「主要的同人都有留學日本的經驗」好像也
有戶田房子等三位日本人參加。陳的論文留意楊等留學當時（「一
九二九年到一九三五年之間」）形成日本詩壇詩潮的「詩と詩論」
團體及「四季」派，認爲「昭和初期相繼發生的二大詩潮，支配了
昭和十年代日本詩的走向，大大地左右了剛好在這段期間逗留日本
，處於文學成熟階段的風車詩社主要成員的文學趣味及認識等。」
可以說本論文是將台灣新文學置於以小說爲中心來評論的台灣新文
學論，和作爲社會運動的一環來觀察的新文學運動論等的相反點上
的論文。這個題目應該是很適合是詩人又有長期留學日本經驗的作
者。值得一提的是，本論文兼含有向最近溘然長逝的楊熾昌追悼之
意，詩的研究在台灣很盛行，在本次會議有八篇論文，顯示了對詩
研究的關心。

結語

一九八七年戒嚴令解除，一九八九年立法院全面改選後的台灣，或可稱之為台灣第二次「戰後民主主義」期，台灣文學研究的成立可以說是在第一次「戰後民主主義」期間確立的，爾後的研究，也僅止於斷片、零散式的研究。去年，清大召開的國際會議可以說是在台灣進入第二次「戰後民主主義」期後，對台灣文學研究，首度作了全面、整體性的研究開端。檢討這次會議論文的問題點，展望今後日據時期台灣文學研究時，筆者提出幾點呼籲與看法。

一、日據時期台灣歷史的研究須再加強，文學步調的變化和歷史發展密切契合，歷史事實真相的解明有助於理解文學步調的演變。研究日據時期的歷史學者與文學者應當充分溝通、互補。

二、日據時期台灣人作家撰寫的中文作品和日文作品須和同時代中國大陸作家撰寫的中文作品，及在台日本人作家、日本本土作家的日文作品作比較，同時還須將同時期的朝鮮人文學、滿州國文學、中國的日本佔領區文學與馬華文學也納入視野，一方面除了可以瞭解、突出台灣文學的特色，同時也能夠避免將台灣文學孤立化─孤立在世界文學研究範圍之外。此外，與日據時期台灣文學同時代的世界文學，尤其是少數民族文學也要納入研究視野之內，這樣也才能瞭解當時台灣文學的世界性。

三、研究台灣人作家的日文作品時，最好能看原文，因為要瞭解熟習日文微妙語感的台灣人作家的心路，這應該是一個必要條件吧！此外，研究作家個人的生平，予以考證，使用原手史料也是一個必備的條件。

（本文原先以日文撰寫發表，改寫為中文時，得友人黃振原兄協助，謹致謝意。）

組織表

名譽會長：李家同

名譽副會長：趙天儀

會　　　長：胡森永

顧　　　問：陳芳明・封德屏

總　策　畫：李瑞騰

籌備委員：劉榮賢・陳芳明・倪再沁・林茂賢

執　行　長：鄭邦鎮

執行秘書：邱雅芳

〈工作小組〉

總務組：鄭碧雲（召集人）・江麗君・林妙勤

場務組：嚴小實（召集人）・陳元輔・劉雅蘭

接待組：黃玉蘭（召集人）・劉麗思・何雅雯

文宣組：李培玲（召集人）・鄭美惠・張景冠

機動組：中文系日、夜系學會

議程表

【**主辦**】靜宜大學中文系

【**時間**】84年12月16、17日

【**地點**】台中沙鹿・靜宜大學國際會議廳

12月16日

9：30～10：05　　開幕式（主席：趙天儀）

　　　　　　　　貴賓致詞：李校長家同

　　　　　　　　主題演講：葉石濤／我們應該學習台灣舊文學

10：20～12：00　　第一場（主席：洪銘水）

　　　　　　　　陳芳明／台灣文學史分期的一個檢討（施淑女
　　　　　　　　　　特約討論）

　　　　　　　　許俊雅／戰後台灣小說的階段性變化（陳萬益
　　　　　　　　　　特約討論）

13：30～15：10　　第二場（主席：鄭邦鎮）

　　　　　　　　呂興昌／日治時代台灣作家在戰後的活動（施
　　　　　　　　　　懿琳特約討論）

　　　　　　　　張恆豪／〈春光關不住〉的啟示（游勝冠特約
　　　　　　　　　　討論）

15：30～17：10　　第三場（主席：鐘丁茂）

　　　　　　　　林明德／文學奇蹟——《現代文學》的歷史意
　　　　　　　　　　義（許素蘭特約討論）

　　　　　　　　彭瑞金／從《台灣文藝》、《文學界》、《文
　　　　　　　　　　學台灣》看戰後台灣文學理論的再建
　　　　　　　　　　構（呂正惠特約討論）

12月17日

9：30～12：00　第四場（主席：吳福助）

彭小妍／「寫實」與政治寓言（張大春特約討論）

黃英哲／試論戰後台灣文學研究之成立與現階段日據時期台灣文學研究問題點——以「よみがえる台灣文學——日本統治期の作家と作品」為分析場域（黃琪椿特約討論）

楊　照／從「鄉土寫實」到「超越寫實」——八〇年代的台灣小說（張小虹特約討論）

13：30～15：10　第五場（主席：胡萬川）

林瑞明／戰後台灣文學的再編成（邱貴芬特約討論）

江寶釵／台灣現代派女性小說的創作特色（李元貞特約討論）

15：30～16：20　綜合討論（主席：鄭邦鎮）

16：20～16：50　觀察報告：陳芳明

16：50～17：10　閉幕式（主席：胡森永）

編後記

⊙封德屏

　　當「台灣現代詩史研討會」激起的熱潮尙未消退，論詩、談史的聲浪仍在空氣中迴盪，我們又著手準備參與「五十年來台灣文學研討會」的系列活動。

　　爲了凝聚焦點，也爲了開宗明義地探索問題，在台灣光復五十周年的當天，由《文訊》雜誌承辦的〈面對台灣文學〉座談會，在台灣師範大學的國際會議廳舉行。與會學者、作家、學生及社會人士，把原本只能容納一百五十人的會場，擠到近三百人，窗戶外，走廊上，站滿了「旁聽」的學生，而會場內更是激辯熱烈，討論不休。爲整個系列活動，揭開了一個活潑熱鬧的序幕。

　　第二場的〈台灣文學中的社會研討會〉由中央大學主辦，第三場〈台灣文學發展現象研討會〉由靜宜大學主辦，第四場〈台灣文學出版〉又回到台北由文訊雜誌社主辦，參與的情況及一般反應都相當熱烈。

　　當一切絢爛歸於平靜時，我們所惦記的是論文集的編印。經過編輯及匯整，我們將論文集分成三冊，除會議中發表之論文或引言外，也希望加上專題演講、特約討論，以及會場側記、相關會議資料等。因論文篇數眾多，會後的修正也不少，特約討論部分也經細心整理。但因時間關係，除有疑問處分別請教外，不及一一給作者過目。此外，由靜宜大學中文系主辦之〈台灣文學發展現象研討

會〉，因錄音問題，無法整理，所以論文集只收論文。其次，為顧及論文性質之考量，與原會議論文發表之順序略有不同，也特此說明。

　　看稿、校對、檢核資料、編排、設計，所有與編輯事務相關之工作，無一不需要細心與耐心。四場活動整編出一套三本的論文集，計八百頁，近五十萬字，《文訊》同仁在日常編輯工作及社務之外，用極少的人力，發揮了最大的工作效率，完成了《五十年來台灣文學研討會論文集》的編輯與出版工作，這一點一滴的記錄及成果，也必將是台灣文學發展過程中珍貴的資產。

台灣文學發展現象
——五十年來台灣文學研討會論文集(二)

發 行 人／林澄枝

出 版 者／行政院文化建設委員會

地　　址／台北市愛國東路102號

電　　話／（02）351－8030

企　　畫／李瑞騰

主　　編／封德屏

編　　輯／高惠琳・湯芝萱

辦理單位／文訊雜誌社

地　　址／台北市復興南路一段127號三樓

電　　話／（02）7711171・7412364

印　　刷／松霖彩色印刷公司

　　　　／台北縣中和市連城路222巷2弄3號

　　　　電話：（02）2405000

定價／350元

初版／中華民國85年6月初版

◎一套三冊合購優待價1000元正

國家圖書館出版品預行編目資料

臺灣文學發展現象：五十年來臺灣文學研討會論
文集（二）／封德屏主編．--初版．--臺北市
：文建會，民 85
　面；　公分
ISBN　957-00-7641-0（平裝）

1. 臺灣文學 - 歷史與批評 - 論文,講詞等

820.908　　　　　　　　　　　　85006641